케이팝 시대를 항해하는 콘서트 연출기

김상욱 지음
김윤주 그림

소극장에서 웸블리 스타디움까지, 케이팝 콘서트 연출 노트

c o n t e n t s

CHAPTER 3 그리고, 우리는 스타디움에 서 있다

한국을 떠나온 지 정확히 52일째 되는 날이었습니다.
긴 출장의 마지막 도시 그리고 마지막 공연날인
2019년 6월 8일 오후 2시쯤, 파리의 스타드 드 프랑스 스타디움에서
리허설 시작 전 대기실을 나와 FOH로 터벅터벅 걸어가면서
찰나의 현기증을 느꼈습니다.

공연장에 깔린 새하얀 플라스틱 바닥 보호재가
반사하는 쨍한 햇빛 때문이었을 수도 있고,
긴 출장 기간 동안 철분이 부족해져서였을 수도 있지만,
그 현기증은
'12시간 후면 이 긴 출장이 모두 끝난다'라는
팩트가 유발한 아주 순간적인 감정,
그리고 52일의 투어 내내,
나아가 그 전의 긴 준비 기간부터 쌓여왔던 감정들.

이를테면,
성취감, 미안함, 아쉬움, 어색함, 고마움, 외로움, 자괴감…….
이런 감정들이 모두 순식간에 쏟아져나와
감정을 처리하는 뇌 혹은 마음의 일부분이
화이트아웃이 되어 일어난 일 같습니다.

9년여 만에 새로운 책을 시작합니다.
『김피디의 쇼타임』이
삼십대 중반, 피가 펄펄 끓던 오리PD가
타오르는 열정을 주체 못하고
중구난방으로 모든 걸 이야기하기 바빴던 책이라면,

이번 『케이팝 시대를 항해하는 콘서트 연출기』는
사십대 중반, 하얀 새치가 드문드문 나고 있는 오리PD가
나름 길어진 경력과 꽤 풍부해진 경험,
그리고 식었다기보다는 성숙해진 열정과 새로 장착한 냉정을 담아
차근차근 차분하게 써보려 합니다.

첫 챕터에는,
공연PD가 되기까지의 과정을 담으려고 합니다.
지난 책을 낸 후 많은 학생 독자들이 강연에서 혹은 이메일을 보내 묻곤 하는
'어떻게 콘서트 연출PD가 되셨어요?'라는 질문에 대한
그럴듯한 답이 되었으면 합니다.

두번째 챕터에서는,
저와 제가 몸담은 회사 PLAN A가 2013년부터 2018년 봄까지
BTS와 함께했던 공연들을 되돌아보려 합니다.
데뷔 쇼케이스부터 콘서트, 팬미팅, 이벤트 등
함께했던 20개가 넘는 프로젝트 중에
굵직한 프로젝트의 제작 일지를 간추렸습니다.
콘서트와 공연에 관심이 있는 분들에게
소소한 재미와 흥미로운 정보가 되었으면 합니다.

세번째 챕터에는,
케이팝뿐 아니라 전 세계 콘서트 역사의 한 페이지를 장식한
BTS의 〈LOVE YOURSELF〉 투어와
〈SPEAK YOURSELF〉 투어 제작기를 담습니다.
긴 시간 동안 전 세계를 돌았던 이 위대한 투어의 기억이
이 챕터에 고스란히 남아
투어를 관람한 관객들과 함께했던 스태프들에게
끝나지 않는 여운을 주었으면 합니다.

이 책을 쓰기 시작할 수 있었던 것은
전작 『김피디의 쇼타임』 이후 지난 9년간
주변에 고마운 사람들이 많았기 때문입니다.
그분들께 미리 고개 숙여 감사 인사를 전합니다.

책 쓰는 아들을 자랑스러워 하시는 어머니께,
긴 투어 동안 독박 육아를 잘 버텨준 사랑하는 아내에게,
'사랑'의 정의를 추가해준 김윤과 김연에게,
이 책을 드립니다.

CHAPTER 1
착한 오리 성장기

삶은 켜켜이 쌓인다

위인전에는 주인공의 유소년 시절 이야기가 꼭 들어간다.
한 꼬마가 태어나서 어떻게 자랐고,
성장 과정에서 무슨 일을 겪고 누구를 만났으며,
어떤 도전과 실패를 했고,
중요한 순간에 어떤 결정을 내렸는지 같은
삶의 마디마디를 따라가다보면
주인공이 결과적으로 왜 그 일을 하게 되었는지가 설명된다.

영화에서 캐릭터를 만들 때도 마찬가지다.
당장 아이언맨이 공중에서 빌런을 때려 부수는 신으로 시작하더라도
토니 스타크가 왜 수트를 만들게 되었는지,
토니는 원래 어떤 사람이었고,
그게 그가 아이언맨이 되는 것과 무슨 연관이 있었는지 설명한다.

거창하게 위인이나 아이언맨을 언급하지 않더라도
주변을 둘러보면 '콩 심은 데 콩 난다'라는,
이른바 '콩콩론'의 살아 있는 증거인 사람들이 많다.
특히 '남들과는 좀 다른' 직업을 가진 경우에,
그 사람이 살아온 길을 되돌아보면 콩콩론은 더욱 설득력이 있다.

단언컨대,
인간의 현재는 그가 켜켜이 쌓은 시간의 결과이다.
그가 쌓아온 삶의 지층은 그의 현재를 이해하는 근거이자
그의 미래를 예측할 수 있는 가장 강력한 실마리다.

동시에 삶은 선택의 연속이다.
딸기우유를 마실지, 초코우유를 마실지를
스스로 선택할 수 있는 나이가 되고부터
어떤 공부를 하고 어떤 관심사를 갖고
어떤 사람을 친구 삼고 어떤 진로를 택하고
어떤 사람과 사귀고 어떤 연애를 할지 선택해야 한다.

대학만 가면, 취업만 하면 다 끝일 것 같았던 삶은
실은 그 순간부터 더 크고 중요한 선택을 요구하며,
그 선택을 수행하고,
그 결과를 오롯이 받아들이길 강요한다.

종합하자면,

오늘은 어제까지의 삶의 총합이다.

오늘은 오늘을 어떻게 살아갈지 선택해야 하며,

오늘 선택할 수 있는 경우의 수는

어제까지 켜켜이 쌓아온 삶의 지층이 만들어낸 결과물이다.

예를 들면,

어제까지 달리기 연습을 게을리했던 사람에게

오늘 반 대표 계주 주자로 나갈지 말지 선택할 기회를 주지 않는다.

어제까지 열심히 취업 준비를 한 사람에게

합격한 복수의 회사 중 어떤 회사를 택할지 선택할 기회가 주어진다.

내일 좋은 경우의 수가 많은 행복한 선택의 기로에 서고 싶다면

오늘을 열심히 사는 수밖에 없다.

지금의 오리PD가 하는 일을 설명하기 위해,
지금껏 오리PD가 유소년기와 학창 시절을 거쳐
본격적으로 지금의 직업을 가지기까지의 과정에서 겪었던 일들,
무엇보다 스스로 어떤 콩을 심는 선택을 했는지를 돌아보려 한다.
당연한 얘기지만, 꼭 오리PD처럼 살아야만 오리PD처럼 되는 것은 아니다.
('누구처럼 되고 싶다'가 삶의 목표가 되어야 할 필요도 없다.)

특히 청소년 독자들께 이르건대,
만약 대한민국에 콘서트 연출PD가 52명이 있다면
이것은 52가지 성장 스토리 중 하나일 뿐이다.
(실제로, 주변 PD들을 둘러봐도 그들의 삶의 지층은 정말 제각각이다.)
이 이야기를 참고할 수는 있겠지만,
결국은 자신만의 성장기를 써나가야 하는 것이
삶이라는 점을 잊지 마시길 바란다.

거인의 어깨를 넘보다

•

세 살 터울의 형은 동네 수재로 크고 있었다.
별 말썽 없이 크는 형은
엄마의 두터운 신뢰를 받았다.
그래서 형이 하는 건 뭐든 좋아 보였고 부러워 보였다.
형이 하는 모든 걸 따라 하면서, 나는 거인의 어깨에 오르고 싶었다.

세 살 터울의 형제와 함께 큰다는 건, 한두 체급 위의 상대와
끝없는 육체적, 정신적 스파링을 하는 것과 같았다.

내가 가까스로 초등학교에 들어가면,
형은 어느새 고학년이 되어 있었고,
내가 고학년이 되면,
형은 이미 초딩과는 급이 안 맞는다고 생각하는 중딩이 되어 있었다.

둘째들의 어릴 적 지상 과제는
첫째와 어깨를 나란히 하며 부모님께 인정받는 것이다.
나 역시, 형이라는 세 살 많은 거인의 어깨를 동경했다.

형이 사 온 RC 장난감, 조립식 로봇,
형이 보던 한자어 가득한 『초한지』와 『손자병법』,
형이 듣던 머라이어 캐리의 테이프,
형이 하던 PC용 삼국지 게임,
형이 받은 새 학기 교과서와 문제집.

형이 가진 콘텐츠를 따라 하려 애쓰면서,
나는 거인의 어깨를 등반했다.
문제는 내가 거인의 어깨를 향해 등반하는 속도만큼
거인의 어깨는 높아지고 넓어진다는 것이었다.

형이 동네 수재로 커나가자,
엄마는 나를 그와 비슷한 길로 걷게 했다.

한 반의 인원이 60명이던 시절,
반에서 1등은 못해도 3~4등은 무난히 했으니,
나도 어디 가서 공부 못한다는 얘기는 안 들었다.
대신 이런 얘기만 들었다.

고등학생이 된 형은 또다른 세계에 가 있었다.
한두 달에 한 번씩 까먹지도 않고 치르는 전국모의고사는
학생의 성적을 과목별로 잘근잘근 쪼개어
반 석차부터 전국 석차까지 적나라하게 내놓았다.
형은 여전히 그 세계에서도 승자의 편에 있었다.

형은 더이상 중학생 따위인 나와 놀아주지 않았다.
집에 있는 시간도 아주 짧았지만
집에 있을 때도 거의 방에 틀어박혀 있었다.

그렇게 그는 내 허락도 받지 않고,
심지어 아무 예고도 없이
오랫동안 동경해왔던 어깨를 순식간에 숨겼다.
목표를 잃은 나는 어리둥절했다.

14년간 이어진 불리한 스파링에도
끈질기게 오르고 또 끈질기게 완벽히 패하면서
'언젠가 내가 이길 날이 오리라' 와신상담하던 도전자는
어느 순간 사라진 챔피언의 빈자리를 멍하니 바라보았다.

그때부터 나는 거인의 어깨만 올려보느라 뻣뻣해진 목을 가누고,
스스로가 무엇을 하고 싶은지를 찾기 시작했다.

거인국 여행기

사춘기가 찾아왔다. 그리고 '누가 시키지도 않은' 일들을 했다.

첫사랑의 열병에 감염되었고,
되지도 않는 소설을 쓰겠다며 펜을 들었고,
기타가 너무 치고 싶어서 기타 학원에 등록했다.
하루도 빠지지 않고 일기를 쓰기 시작했고,
다리에 쥐가 나도록 온 동네를 정처 없이 걸어다녔다.
등하굣길에 있는 동네 레코드점을 기웃거리고,
비디오 대여점과 만화책 대여점 회원카드를 만들었고,
혼자 지하철을 갈아타고 종로의 대형서점에 갔다.
난생처음 내 돈 내고 읽고 싶은 수필집과 듣고 싶은 테이프를 샀고,
지금이라면 도저히 들어줄 수 없는 음질의
워크맨을 가지고, 아니, 모시고 다녔다.
오후 5시쯤의 청소년 프로그램보다 9시 뉴스가 재미있어졌고,
이름에 '스포츠'가 달리지 않은 그냥 신문을 매일 정독하기 시작했고,
시사주간지를 정기구독해달라고 엄마에게 떼를 썼다.

예전처럼 형이 가진 것들을 허겁지겁 몸에 박아넣는 것이 아니라
내가 찾아낸 것들을 감상하고, 음미하고, 평가하고,
미숙하기 짝이 없는 필력으로 무언가를 써내려갔다.

오롯이 내가 선택한 것들을 즐겼다.
소소했지만 풍요로웠다.

그리고 그해 늦여름
거짓말같이
아빠가
급작스럽게 돌아가셨다.

그때부터
일기는 길어졌고
말수는 줄어들었다.

공부도 전보다 열심히 하기 시작했고,
성적으로 엄마를 기쁘게 하고 싶었다.

외국어 고등학교에 원서를 썼다.

특별한 시험을 통과해야 갈 수 있는 고등학교에 가서
엄마에게 가시적인 성과를 보여주고 싶었고
내 공부가 전국에선 어느 정도 수준인지,
스스로를 테스트해보고도 싶었다.
떨어진다고 해도 좋은 핑계가 되도록,
외고 중에서도 가장 커트라인이 높다는 학교로 골랐고,
전공은 가장 낭만적으로 보이는 프랑스어를 골랐다.

늦가을, 시험을 봤고, 다행히 합격했다.

이제는 떳떳하게 만나는 동네 아줌마

한편,
내 주변엔 외고를 다녔거나 다니고 있는 사람도 없었고
중학교 때 외고 입시반에 들어가본 적도 없었으며,
충동적으로 원서를 넣었기 때문에
다른 애들이 어떻게 준비해서 입학하는지에 대한 아무 정보도 없었다.

그래서
'이 정도면 누구랑 붙어도 될 것 같은' 수준을 스스로 정한 후,
선행학습을 시작했다.
학원을 마치고 집에 돌아와 기타를 치며 노래를 부를 때면
내 삶은 탄탄대로에 들어선 것 같았다.

불행인지 다행인지
그 우월감과 자만은 오래 가지 못했다.

수학 학원

영어 학원

프랑스어 과외

얼마 후 치른 전국모의고사의 성적표를 받던 순간.
아직도 그 순간을 잊지 못한다.

확증편향.
자신의 선입관에 일치하는 유리한 정보는 받아들이고
일치하지 않는 정보는 무시하거나 왜곡하는 경향을 일컫는다.

때아닌 울음바다가 된 성적표 배부 현장에서 내 이름이 불렸고,
나는 '성적표를 받는 고등학생의 확증편향에 대한 연구'의
실제 모델이 되어 있었다.

오직 '전교'라는 글자와 '46'이라는 숫자만 눈에 들어왔고,
다른 정보는 모두 무시되었던 것이다.

굉장히 복잡한 전국모의고사 성적표를
며칠 동안 시간 날 때마다 눈이 빠지도록 들여다보았다.

내가 그저 우물 안의 확증편향적 심리상태를 가진
철없고 자만하는 개구리였다는 사실을 받아들이는 데에는
며칠의 시간이 더 걸렸다.

그곳은 또다른 거인국이었고,
나는 거인국에 제 발로 시험 보고 들어간 소인이었다.

내가 한 선행학습은 우스운 수준이었다.
고등학교 수학을 아예 다 끝내고 온 친구,
외국에서 한참을 살다 와 영어 수업이 필요 없는 친구,
프랑스어를 어릴 때부터 배운 친구,
중학교 때부터 각종 경시대회를 휩쓸고 다닌 친구.

고등학교 3년 동안 내 옆에 앞에 뒤에 앉은
많은 동갑내기 거인들의 성큼성큼 간 걸음을
너무 뒤처져 창피하지 않을 만큼은 따라가기 위해
오기에 찬 힘겨운 잰걸음을 할 수밖에 없었다.

펜에게 풀어놓은 일상

고등학교 때 열심이었던 것 중 하나는
바로 일상적인 글쓰기였다.
하루에 최소 30분 이상은 무언가를 썼다.

먼저, 매일매일 일기를 썼는데,
중학교 2학년 생일날부터 재수 하던 해 생일날까지,
만 5년 동안 단 하루도 빠지지 않고 썼다.

시작한 이유는 아주 단순했다.
'일기를 꾸준히 쓰면 국어를 잘한다'라는
중학교 2학년 때 국어선생님의 조언 때문이었다.
그 선생님이 지나가듯 얘기한,
사실 별로 새롭지도 않은 조언이
5년간 내게 마법을 걸어놓은 것이다.

성장기 청소년의 넘치는 육체적 에너지를
바르고 빠르게 해소할 수 있는 방법이 스포츠라면,
이른바 '질풍노도'에 비유하는
그 당시 감정의 엄청난 기복을 잡아주는 것이 일기였다.

펜으로 쓴 글자에는 글쓴이의 감정이 묻어 있다.
펜글씨를 쓰면 잉크도 줄어들지만,
가슴속에 넘쳐흐르던 감정도 그만큼 줄어든다.

야자 3교시

주위의 모든 것이 원망스러울 때면,
일기를 쓰면서 그 원망을 글자에 담아 종이 위에 버린다.
내가 세상의 중심이 된 듯 거만해지면,
역시 글자에 그 거만함을 담아 종이 위에 버린다.
이렇게 하면 감정의 파고는 낮아지고
마음의 평정을 찾을 수 있었다.

나의 일상 글쓰기는 일기에서 편지로 이어졌다.

일기가 나만을 위한 글쓰기라면,
편지는 남들을 위한 글쓰기인 것처럼 보인다.
하지만 편지는 나를 위한 글쓰기이기도 하다.

혹자는
편지의 묘미는 그 편지를 부친 후
답장이 올 때까지 기다리는 동안의 설렘에 있다고 했다.
그 설렘뿐이 아니다.
내 필체와 잘 어울리는 펜을 고르고, 편지 내용에 어울리는 편지지를 고르고
수정액을 쓰면 지저분해 보일까 몇 번이고 되뇐 후 정성을 다해 쓰고
봉투에 꼭 맞게 예쁘게 접을 때의 간절함은
요즘의 이메일 쓰기가 줄 수 없는 깊은 감정의 연습이었다.

내가 지금 이렇게 글을 쓸 수 있는 원동력은
단연 십대 중반에서 이십대 초반에 걸쳐
수년간 꾸준했던 일상적인 글쓰기 훈련이다.
그리고 그때의 말랑말랑한 감성을
이제는 다시 가질 수 없다는 것이 슬프기도 하다.

첫 뮤직 비즈니스

교내 동아리들 중 내 눈길을 잡아끈 곳은 '반치음'이라는 중창단이었는데,
신입회원을 무조건 받아주는 대부분의 타 동아리와 달리
'오디션'을 본다는 것이 매력적이었다.
무엇보다도 학교에서 공식적으로 인정하지 않는,
즉, 집회와 결사의 자유가 허락되지 않은 탄압의 대상인
비밀 결사 조직이란 것이 왠지 좋았다.

야자를 앞둔 저녁시간, 선생님들의 눈을 피해
흙먼지 풀풀 날리는 옆 중학교 운동장에서 난생처음 오디션을 치렀다.

오디션

학교 축제 프로그램 중 하나인 가요제에 나가기 위해
동기들과 빈 교실에 모여 같은 노래를 수천 번 불렀다.

노래방을 모범생이 학원 드나들 듯 갔고,
솔로로, 듀엣으로, 합창으로 부르는 끝없는 노래 릴레이에
사장님이 아무리 후한 인심을 베풀어도 항상 시간은 모자랐다.

학교 뒷동산에서, 옥상에서, 빈 교실에서,
무엇보다 오랫동안 쓰지 않은
먼지 수북한 음악실 문을 몰래 따고 들어가
피아노를 뚱땅거리며 노래하던 시간은
거인들 사이에 파묻혀가던 '나'를 찾을 수 있는 시간이었다.

평소 지나다니던 옆 동네 아파트 상가에 나붙은 낯선 간판을 발견했다.
'일반인 CD 녹음실, 당신도 가수가 될 수 있습니다!'
90년대 중반에 일반인이 녹음실에서 녹음을 한다거나,
그걸 CD에 굽는다거나 혹은 다른 CD에 복제한다는 것은
상상도 할 수 없던 시절이었다.
그 간판은 몇 달 동안이나 내 눈길을 잡아끌었고,
일부러 그 상가 쪽으로 돌아가는 한이 있어도
혹시 그 녹음실이 급하게 망하거나
행여 다른 곳으로 이사를 가진 않았는지 체크했다.

'저기서 언젠가 녹음을 해봐야겠다'라고 막연히 생각하던 어느 날
나는 뭐에 씐 듯이 그곳 전화번호를 누르고 말았다.

10명의 동기들이 모여
10곡의 솔로곡과, 3곡의 듀엣곡과, 1곡의 합창곡을 녹음하고
10장의 영원불멸할 최신의 저장장치인 CD를 만들어서 가지는 일.

최첨단의 기술을 향유하는 일에는 많은 비용이 수반되기 마련이었다.
녹음실 아저씨에게 사정사정해서 받은 최종 견적은
지금 돈으로 500만 원 정도 되는 거금이었다.

겨울방학 중에 녹음을 끝내야 하니 알바를 할 수도 없고,
그렇다고 집에 얘기하자니 본전도 못 뽑을 것 같았다.
그래서 생각해낸 것이 '판매'였다.
문제는, 당장 돈이 있어야 녹음을 할 수 있다는 것이었다.
그래서 친구들에게 실체가 없는 앨범을 입이 아프게 설명하고
현금을 먼저 받는 방식을 택해야 했다.

가격은 당시 인기 가수 테이프 가격의 80% 정도로 책정했고,
완성된 CD를 각자 집에서 테이프에 일대일로 녹음했다.
앨범 커버 겸 속지도 집에서 흑백 도트프린터로 출력한 뒤,
동네 문방구에서 양면복사하고,
정성스레 수작업으로 곱게 접어 만들었다.
여기에는 가사는 물론, 한 사람씩 'Thanks to'도 넣었다.

이런 방식으로 10명의 동기들은 무려 350여 장의 우리 앨범을 팔았다.
한 학년 정원이 600명이었으니, 우리 학년의 절반 정도는
우리가 부른 노래로 채워진 앨범을 가지게 되는 것이었다.

기획, 섭외, 연습, 녹음, 제작, 판매, 정산까지
꼬박 두 달 반을 매달렸다.

누가 하라고 한 적은 당연히 없고,
누가 해보라고 권한 적도 없으며,
누가 이런 게 있다고 알려준 적도 없고,
누가 이렇게 하라고 가르쳐준 적도 없었다.

그냥,
그걸 하는 게 너무 좋았다.

별난 알바의 시간

.

고3, 꽃 피는가 싶더니 장마가 왔고,
곧 찬바람이 불었고, 어느새 수능 시험장에 들어가 있었다.

평소 가장 자신 있던 1교시 언어영역을 보는 동안
긴장한 나머지 손바닥에서 난 땀으로
시험지는 쭈글쭈글해졌다.

"오리야, 여긴 반드시 된다! 날 믿고 원서 써라!"
그 신통방통하다는 담임 선생님의 호언장담에도 불구하고
K대 사회학과는 당시 K대 문과 최고의 경쟁률을 기록하며
나를 재수의 나락으로 밀어넣었다.

딱히 누구에게 뒤처진 인생을 살아본 적 없는 내게
남들보다 인생이 1년 늦어진다는 것은 굉장한 스트레스였다.
게다가 재수가 될지 삼수가 될지 모른다는 두려움과
대학생활에 적응해가는 친구들을 보는 자괴감은
이 현실에서 도피하고 싶게 만들었다.

그러다가 대학로 라이브카페에서
통기타 가수 아르바이트를 덜컥 시작하게 된다.
그건 그야말로 '덜컥'이었다.
돌이켜보면, 재수생이 하면 안 될 아르바이트였다.

매일 밤 7시부터 8시까지 노래를 하고 내려오면,
다음 가수 형들은 프로급의 화려한 노래와 기타 연주,
그리고 부드러운 진행 멘트를 연달아 쏟아냈다.
사장 형이 공짜로 주는 맥주를 홀짝홀짝 먹으며
가수 형들의 무대를 넋을 잃고 보다보면 시간이 늦어져
가슴이 터질 듯이 뛰어 지하철역으로 향해야 했고,
지하철 막차를 겨우 타고 와 집 근처 편의점에서 초콜릿을 씹으며
술냄새를 감추고 집에 들어서야 했다.

광란의 겨울이 지나고 재수 학원이 개강했지만, 알바는 계속되었다.
일주일에 여섯 번, 하루에 1시간씩의 무대를
온전히 혼자 채운다는 것은
스무 살짜리 초보 알바 가수에게는 결코 쉽지 않은 일이었다.
어떤 말을 해야 할지 몰라
노래만 연달아 부르다가 30분도 못 채우고
목이 쉬어서 내려온 날도 있고,
들어본 적은 있지만 연습은 해본 적이 없는 신청곡을
멋모르고 시도했다가 얼굴이 시뻘게지도록 망신을 당하기도 했다.

하지만, 반팔을 입은 사람들이 꽤 보이는 계절이 되니
제법 능숙하게 1시간을 만들어내고
때론 스스로 즐기고 있는 나를 발견할 수 있었다.

자신 있는 곡들이 오프닝과 엔딩으로 자리를 잡았고,
한 달에 한 번 정도는 신곡을 연구해서 레퍼토리에 추가했다.
손님들이 따라 부를 수 있는
노래들을 선곡하면서
나의 목을 아끼는 방법도 찾아냈다.
그날의 날씨에 어울리는 몇 개의 멘트와 선곡을
기본적으로 개발해두었고,
그날그날 신문에서 본 세상 얘기도 추가했다.

그건 내가 처음으로 출연하고 연출한 1시간짜리 음악 공연이었다.

곧이어 열에 아홉은 반팔을 입는 계절이 되자
이러다간 삼수를 하게 될 것 같은 불길한 예감이 들었다.

알바를 그만두겠다고 말하자 사장 형과 다른 가수 형들은
성공적인 입시를 마치고 다시 돌아오라고 격려해주었다.
한편, 학원을 그만두겠다고 말하자 학원 담임 선생님은
'니가 이 학원에 있었냐'는 듯한 무심한 표정으로
퇴원 서류에 도장을 찍어주었다.

어김없이 찬바람은 불어왔고, 수능을 다시 봤다.
그리고 성적표를 기다리는 동안 가수 알바를 다시 시작했다.
성적표가 나왔다.
엄마는 내심 성적이 낮은 과라도 S대에 지원하길 원하셨지만,
입시 공부에 대한 열정은 이미 수능 종료 벨이 울릴 때 모두 꺼져버렸기 때문에,
주저 없이 Y대 경영학과에 넣었다.

놀기 바빴던 광란의 겨울이 또 한번 지나고 학교가 시작되었다.
그곳은 또다른 외국어 고등학교, 또다른 거인국이었다.

흥미로운 교양 선택 과목에서는 좋은 성적이 나오기도 했지만,
전공이나 교양 필수 과목은 영 흥미가 없었고,
전체적인 학교생활에도 별 재미가 없었다.
공강 시간에 학교 앞 만화방에 가거나
낮시간에 요금을 할인해주는 DVD방에 혼자 가서
수험생 시절 놓쳐야 했던 영화를 찾아보는 게
신촌에서의 유일한 낙이었다.

뭔가 달랐다. 나는 겉돌고 있었다.

나는 학과에도, 동아리에도 뿌리를 내리지 못하고
내가 하고 싶은 것이 무엇인지 모른 채 정처 없이 찾아 헤매기만 했다.
학점도 낮았고, 정말 친해진 대학 친구도 없었고,
내 마음을 단숨에 빼앗아가는 어떤 것도 없었다.

우연인지 필연인지

고등학교 시절, 군대에 갔던 형 덕분에
'카투사'의 존재를 알게 되었다.
부대마다, 시기마다 다르긴 하지만
주말 외박을 허락하는 '카투사'의 존재는 충격적이었다.
토익 점수만 반영한다는 카투사에 선발되기 위해,
재수 시절부터 토익 시험을 봤다.
대학에 들어가자마자 카투사에 지원했고,
다행히 그때까진 경쟁률이 높지 않았던 덕에 합격했다.
그때부터 경상북도 왜관에서 서울까지 (KTX도 없던 그 시절에)
매 주말 외박을 사수하기 위한 치열한 노력이 시작되었다.

금요일 저녁 일과가 끝나면 죽을힘을 다해 기차역으로 달려간다.
밤 9시, 용산역에 도착하면
지하철을 타고 대학로 알바하던 바에 가서 1시간 노래를 하고,
맥주를 실컷 얻어먹고 막차를 타고 집에 온다.

토요일엔 집밥 점심을 얻어먹고,
(엄마가 안 계실 때가 많아서 '훔쳐 먹었다'라는 표현도 꽤 어울린다)
다시 대학로로 간다.
3시나 4시쯤 하는 연극을 하나 본다.
연극이 끝나면 바로 7시나 8시에 하는 다른 공연의 표를 사고,
동네 구석 분식집에서 제일 싼 기본 김밥을 한 줄 먹는다.
두 편의 공연을 본 후 다시 바로 가고,
또 1시간 노래를 한 후, 또 맥주를 실컷 얻어먹는다.

일요일에 집밥 점심을 얻어먹고,
다시 용산역에서 군인으로 가득한 무료 입석 열차로 복귀한다.

이걸 칠십 번 정도 반복하면 제대가 가까워져 온다.

주중에는 당연히 업무와 훈련에 충실해야 했고,
미군 상사의 영어를 알아듣고 대답하기 위해 온 신경을 곤두세워야 했다.
강도 높은 체력 훈련을 즐기다보니 평생에 다시 가질 수 없을 것 같은,
특수부대 부럽지 않은 체력과 체형, 그리고 특별 휴가가 따라왔다.
주말에는 서울에 가서 연극, 뮤지컬, 영화를 닥치는 대로 보고
바에서 노래하며 스트레스를 풀었다.

영어가 늘었고, 공연을 보는 눈도 높아졌다.
1분 1초를 아껴 쓰지 않으면 안 되는 빡빡한 시간이었지만
남들은 '버린다'고 생각하는 군복무 기간 동안
나는 성장하고 있었다.

'환영'은 바라지 않는다. 작은 '관심'이라도.

제대를 하고,
첫눈이 왔으며, 얼음이 얼었다가 녹았고,
복학을 했다.

남들은 정신 차리고 학업에 가장 몰두한다는 복학 첫 학기,
여전히 학교는 재미가 없었고,
집과 학교와 대학로와 과외 하는 동네를 쳇바퀴 돌았다.

그때 나의 최대 고민은
'어떻게 하면 재미있게, 남들과 다르게 살 것인가'라는
소박하지만 결코 쉽지 않은 고민이었다.

친구들이 취직을 하거나 사법고시, CPA, 대학원을 준비하기 시작할 때
나만 혼자 GPS가 연결되지 않은 배를 타고
기계적으로 노를 젓고 있는 기분이었다.

월드컵이 모든 것을 삼켜버리던 2002년 여름,
선배가 내민 스포츠 신문 구석 한켠에 실린
대여섯 줄짜리 단신 기사.
검은 잉크와 회색빛 종이 위에서
반짝이는 무언가를 보았다.

여름 동아리 모임

2주 후 아카데미 서류 접수가 있었고, 발표가 났다.
또 2주 후 면접이 있었고, 발표가 났다.
학교에는 휴학계를 냈다.

아이러니하게도,
'학업을 쉰다'는 서류를 냈지만
다른 종류의 '학업'을 시작하게 되었다.

대학 입학 이후 몇 년간이나 꺼져 있었던 삶의 GPS가 다시 켜졌고,
목표를 잡은 노는 한결 힘차게 물살을 가를 준비를 시작했다.

공연계로 가는 첫걸음

·

덜컥 휴학을 하고 나니,
이제는 남들과 떨어져 나만의 길을 가야 한다는 두려움도 있었다.
그 두려움을 잊기 위해서는
그 두려움을 느낄 시간도 없을 만큼 바쁘게 사는 수밖에 없었다.

정기적인 스케줄들이 생겼다.
일주일에 세 번 아카데미 수업,
일주일에 다섯 번 '예술의 전당' 아르바이트,
일주일에 여덟 번 과외 아르바이트가 있었다.
일부러라도 더 가혹한 스케줄에 나를 끼워넣었다.

먼저,
아카데미는 '드림팩토리스쿨 – 기획연출반'에 들어갔는데
나를 포함해서 10명의 수강생이 2기가 되었다.

형, 누나부터 동갑내기, 그리고 동생들까지,
과장, 대리 등 회사원부터 대학 휴학생까지,
딱히 공통점을 찾기 힘든 사람들.
이곳이 아니면 절대 만나지 못했을 인연들이 모였다.

어릴 적엔 또래들과 스스럼없이 친해지고,
아이들끼리는 빠르게 형, 누나, 오빠, 언니라는
친근한 관계에서 나올 법한 정겨운 호칭을 부른다.

성인이 되면
나를 'OO씨'라고 부르는 사람을 가끔 만나게 되고,
나 역시 누군가를 'XX씨'라고 불러야 하는 순간이 온다.

일을 본격적으로 시작한 이후 만난 사람들과는
누군가를 형, 누나라고 부르거나
누군가의 형, 오빠가 되기는 굉장히 어려워진다.

돌이켜보면 그런 정겨운 호칭을 스스럼없이 썼던
마지막 집단이 바로 그때 그 동기들이었다.
나 역시 스스럼없이 형, 누나라고 불렀고
기꺼이 동생들의 형, 오빠가 되었다.

왜냐하면 그때 우리는 동지였기 때문이다.
우리는 공연에 대한 같은 꿈을 가진 사람들이었던 동시에
불투명한 미래를 같이 두려워해야 했던 동지였다.

같이 아침 일찍 공연장 문을 열고 들어가
같이 공연장에서 밤을 새우고,
같이 차가운 바닥에 앉아 바닥보다 더 차가운 도시락을 먹고,
같이 전국 곳곳을 돌아다니고,
같이 더운 곳 추운 곳에 함께 있었던
드림팩토리스쿨 기획연출전공 2기 10명.

19년이라는 짧지 않은 시간은
내일의 척박한 현실보다 내년의 불투명한 미래를 두려워했던
이십대 젊은이 10명의 삶을 천천히 결정지었다.

지금이라도 당장 다시 그들과 그때를 겪겠냐고 한다면
나는 기꺼이 그러겠다고 하겠다.

대신,
딱, 일주일만.

'예술의 전당'에서의 아르바이트는
아카데미에서의 배움만큼이나 많은 것을 가르쳐주었다.
대한민국 최상급의 종합 공연장에서 일한다는 것엔
생각보다 훨씬 큰 장점이 있었다.

내가 일하던 '서비스플라자'라는 곳은 한마디로
호텔의 프런트 데스크와 컨시어지를 합친 듯한 파트여서,
공연장에서 관람객이 겪는 대부분의 일을 처리하는 곳이었다.
그래서 공연장 전체가 어떻게 돌아가는지를
어렴풋이 볼 수 있었다.

아카데미 수업 스케줄 때문에
예술의 전당에서는 파트타임으로 일했고,
그래서 급여도 그다지 많지 않았다.

하지만, 그때 내가 받은 급여의 수십 배에 이르는
각종 오페라, 뮤지컬, 연극, 콘서트, 무용, 전시 등을
남는 시간에 무료로 관람했다.

그동안 봐왔던 대학로 공연들이
주로 200석 이하의 소극장에서 벌어지는
스토리 위주의 작은 공연들이었다면,
여기서는 150석짜리 작은 리사이틀홀부터
2500석짜리 오페라극장까지
다양한 사이즈의 공연을 만끽할 수 있었다.
한국 최고 수준의 공연과 전시를 사원증을 내미는 것만으로
무제한에 가깝게 볼 수 있었던 것은 대단한 혜택이었으며,
정신적 허기를 배불리 채울 수 있었다.

1초, 1분, 1시간, 1일.
지구의 자전이 만들어내는,
아마도 수천만 년 전부터 똑같았을 시간의 단위는
그걸 살아가는 사람의 처지에 따라 다르게 느껴진다.

1분을 1초처럼 사는 사람,
1분을 1분처럼 사는 사람,
1분을 1시간처럼 사는 사람.
그때 나는 세번째에 가까웠다.

쉴 틈 없이 이어지는
아카데미 수업, 실습과 파트타임 근무,
그 사이사이에 들어간 몇 개의 과외 수업.
제대로 된 휴식도 없는 혹독한 스케줄 속에서
'두려움'을 느낄 시간은 없었다.
그리고 또다른 순간이 다가왔다.

오리의 삼중생활

당시의 '좋은콘서트'라는 회사는,
척박한 국내 콘서트 시장의 기린아였다.
전 직원의 평균 연령이 30세가 안 되는 젊은 회사이기도 했고,
짧은 회사 연혁에도 불구하고
굵직굵직한 당대의 아티스트들과 작업하며 성과를 내고 있었다.

〈시월에 눈 내리는 마을〉, 〈이문세 독창회〉,
〈싸이 올나잇스탠드〉, 〈더 신승훈 쇼〉 등,
그저 '가수 ㅇㅇㅇ 콘서트'가 아닌 '브랜드'가 있는 공연의
본격적인 태동이 90년대 중후반에 일어났는데,
그 중심에는 '좋은콘서트'라는 반짝이는 회사가 있었다.
(후에 이 회사는 Mnet의 콘서트 사업부로, 지금의 CJ ENM의 공연 사업부로 거듭났고
여전히 한국 콘서트계의 주류에 있다.)

이런 회사의 창립 역사상 첫 인턴이 나였다.

대표님과 이사님은 비록 약속에 30분을 늦었지만,
그들이 샌드위치로 끼니를 때워가며 일하는 모습이
그렇게 멋있어 보일 수가 없었다.

30분을 기다렸지만 3분 만에 끝나버린 첫 면접,
이렇게 이 회사와 나의 인연이 시작되었다.

이십대 중반까지 나의 정체성이었던
학생도, 과외 선생님도, 파트타임 아르바이트도 아닌,
비록 인턴이지만 어쨌든 풀타임 직장인으로 처음 일하는 경험,
업계의 선두권에 있는 회사에서 반짝이는 사람들과 일하는 경험.
첫 출근 날, 가슴이 쿵쿵 뛰었다.

적디적은 인턴 급여를 받으며
정신없는 주 7일 근무를 하며 두 계절이 지났다.
부산 공연장 근처 어디쯤에 가면 맛집이 있는지,
대구의 어느 모텔이 별로였는지를 어렴풋이 알게 되었다.

그사이 나의 호기로웠던 1년의 휴학이 끝났다.

다시 돌아온 학교에 변한 것이 있다면
옆자리에 동기들 대신 후배들이 앉게 되었다는 것이고,
변하지 않은 것이 있다면
'역시나 학교는 노잼'이었단 사실이었다.

도통 흥미를 가지기 힘든 전공 수업과,
가끔 보석같이 반짝이는 교양 수업을 들었고,
다시 과외 수업을 시작했고,
선배가 운영하는 학원에서 강사도 했다.

학생으로서 수업을 받으러 학교를 다니고,
선생으로서 수업을 하러 학원을 다니는
이중생활을 이어가던 어느 날이었다.

퇴사한 지 두 달밖에 안 된 내게 다시 날아온
회사 선배의 단기 알바 제안에 나는 '흔들리는 척'했지만,
나 자신을 속이는 일은 불가능했다.

선배가 제안한 그 공연은
회사 다닐 때 초반 회의에도 여러 번 참석했었고,
규모나 흥행 면에서 회사의 대표작이었기 때문에
탐나지 않을 수 없었다.

알바는 한 달 반이면 끝나지만,
그러기 위해서는 많은 수업들을 걷어내야 했다.
이미 자리를 잡은 스케줄 중에 일부를 들어내고
과감히 삼중생활을 잠시 해보기로 했다.

'한 번이 어렵지, 두 번 세 번은 쉽다'라는 말처럼
그후로도 학교를 졸업할 때까지 몇 년 동안,
이런저런 프로젝트들의 조연출과 무대 크루 역할을 맡으며,
그와 동시에 학생이자 선생이기도 한 삼중생활이 계속되었다.

학교는 졸업장을 위해,
학원은 등록금을 위해.

그리고
일은 나를 위해.

성공적인 대실패

•

콘서트 알바, 학원 선생, 그리고 대학생의 삼중생활을 이어가던 중,
방송국, 특히 지상파의 예능 프로듀서에 대한 관심이 커졌다.
그때 지상파 3사는 지금과는 비교할 수 없을 만큼
대중문화 전반에서 독점적 지위에 있었고,
그만큼 파급력이 큰 콘텐츠들을 만들고 있었기 때문이다.

그러한 시대적 환경 때문에,
당시 콘서트계도 여러모로 지상파 3사와 직간접적인 관련이 있었다.
지금도 그렇지만, TV 작가나 라디오 작가를 하는 작가님들이
이런저런 인연으로 콘서트에 많이 참여하기도 했고,
무대, 음향, 조명 등 프로덕션 팀들도
방송과 콘서트를 겸업하는 경우가 많았다.
콘서트의 제목이나 일부 포맷이
해당 아티스트가 출연하는 방송의 그것을 따라가는 경우도 있었다.

졸업을 앞두고, 이른바 '언론고시'에 도전해보기로 했다.

대학 졸업을 3개월 앞두고 언론고시에 뛰어들었으니,
남들에 비해 늦어도 아주 한참 늦었다.
이렇게 늙은 수험생은 다른 스터디에서 끼워주지도 않았다.
마지막 수단은 그냥 스터디를 직접 모집하는 것이었다.

3개월 후인 그해 8월, 엄마를 모시고
학사모와 가운을 입고 사진을 찍는
늦여름의 셀프 졸업식은 너무나 더워서 죽을 지경이었다.

또다시 3개월 후,
첫 지상파 3사의 공채 시험이 차례로 있었다.
가벼운 마음으로 6개월을 준비한 패기만만한 수험생은
1차 서류 전형을 가볍게 통과하고,
이제 난생처음으로 '언론고시'라고 불리는
'필기시험'을 치른다.

그리고 떨어졌다.
세 군데 '모두'에서.
이런 연이은 실패는 태어나서 처음이었다.

발표가 세 번.
자존심도 무너졌다, 세 번.

어떻게,
다 떨어질 수가 있지….

그렇게 몇 계절을 보내고 나니
'필리버스터'니, '침묵의 나선 이론'이니 하는
두툼한 상식 백과 안의 단어들이 좀 익숙해졌고,
TV에서 하는 웬만한 프로그램의 출연자들을 줄줄 꿸다.
950을 넘는 토익 점수가 생겼고,
'되'와 '돼'의 용법을 알게 되었고,
'~한데'와 '~한대'의 차이를 알게 되었다.
최신 트렌드를 줄줄 외웠고,
무슨 주제를 줘도 1시간이면 꽤나 긴 글 한 편을
뚝딱 써낼 수 있게 되었고,
꽤나 그럴듯한 나만의 기획안도 가지게 되었다.

다시 찬바람이 불었다.
묵묵히 갈아온 칼을 고이 품고
시험장으로 향했다.

M사 예능PD 전형 2차 필기 합격자 발표

3주 후, 3차 면접 발표

3주 후, 4차 합숙 면접 발표

보통 게임을 하다보면
초급 레벨에서 작은 괴물을 만나
몇 번의 실패를 맛보고 다음 레벨로 올라간다.
중간 괴물에게 또 죽임을 몇 번 당하면서 실력을 쌓은 후
더 큰 괴물이 기다리는 레벨로 가는 걸 반복하게 되어 있다.
그렇게 마지막 레벨에 도착해
끝판왕 괴물과 맞서 또 죽으면서도 끝없이 도전해야
게임을 클리어할 수 있는 것이 일반적인 과정이다.

그때는 꿈을 꾸는 것 같았다.
평생의 운을 다 끌어다 쓰는 기분이었다.
시험을 보고, 면접관과 대화를 하고,
합숙에 가서 발표를 하고 밤낮으로 면접을 볼 때마다
모든 걸 쏟아낸 후련한 기분이 들었다.
한 번도 실패하지 않고 초고속으로 레벨이 올라갔다.

이미 어림잡아 1000 대 1 정도의 관문을 지나
이제 마지막 끝판왕,
사장단 면접만 남았다.

그러고는 불과 2 대 1의 경쟁률이었던
최종 면접에서 떨어졌다.

슬퍼할 겨를도 없었다.
급하게 준비한 다른 회사의 전형들을 치렀지만,
그 시험들도 중간 괴물에게 혹은 끝판왕 괴물과 맞서다
거듭 죽어야 했다.

그해의 모든 전형이 실패로 끝난 것이 확정된 날 밤.
그날 밤엔 독한 술을 많이 마셨고,
며칠 후엔 통장의 돈을 탈탈 털어서
국산 중고 빨간색 스포츠카를 무턱대고 샀다.
그렇게 하지 않으면 나를 위로할 수 없을 것 같았다.

이십대 중후반의 금 같은 1년이
별다른 소득 없이 지나가고 있었다.

야속하게도 해는 또 바뀌었고
인생에 도박을 거는 심정으로
1년을 더 같은 시험에 도전하기로 했다.
그때 내 청춘은 흐르는 것 같았다,
이룬 것이 없어도.

그리고 동시에,

그때 내 청춘은 멈춘 것 같았다,
이룬 것이 없어서.

스포츠 중계 해설자들은 그 종목의 고수 중에 고수들이다.
그 고수들이 자주 쓰는 표현으로
'자기 플레이를 해야 한다',
'자기 공을 던져야 한다',
'자기 스윙을 해야 한다',
'조급하면 안 된다',
'마인드 컨트롤을 해야 한다'라는 말이 있다.

하지만 그해 가을의 세번째 언론고시 시즌에서
나는 아주 많이 조급했고,
내 글을 써내지 못했으며,
주위를 굉장히 의식했다.
마치 지는 팀의 플레이 방식처럼.

그리고 앞의 두 시즌처럼,
아니, 훨씬 더 가혹하게 느껴지는 실패만을 맛봤다.

때마침, '좋은콘서트'에서 정식 입사 제안이 왔고,
친정 팀으로 트레이드되어 돌아가는 선수의 마음으로
감사히 그 제안을 받아들였다.

그와 동시에,
수능 시험을 제외하면 살면서 가장 오랜 시간을 준비했던
일생일대의 도전이 결국 대실패로 끝났으며,
앞으로도 다시는 그 시험에 도전하지 않을 것을
스스로 인정해야 했다.

인생의 황금 같은 시기를 오롯이 바친
그때의 도전이 아무런 결과를 빚어내지 못했기에,
그때는 그 시간이 그냥 '실패'인 줄로만 알았다.
하지만 돌이켜보면 그 과정은 알찬 연습의 시간이었고,
덕분에 꽤 오랫동안 두고두고 써먹을 만한 많은 것을 얻을 수 있었다.

영어점수, 맞춤법, 상식 등 가시적인 것들뿐만 아니라,
닥치는 대로 본 여러 문화 콘텐츠에 대한 이해력도 생겼고
생각하는 방법, 글을 쓰는 방법도 더 알게 되었다.
이런 것들은 당장 입사 후 연출 일을 본격적으로 시작할 때
아주 많은 도움이 되었다.

모든 실패는 결과적으로 실패다.
그렇다고 모든 실패가 단지 실패인 것은 아니다.
실패에도 격이 있다.

열과 성을 다한 도전은 비록 결과적으로 실패한다 하더라도
도전자의 머리와 가슴에 분명한 무언가를 남긴다.
내 경우에 있어서 그것은
여러 방면의 지식이나 글쓰기 실력과 같이,
콘서트 연출 일을 수행하기 위해 필요한
지식과 교양의 기초 체력이었을 뿐만 아니라,
삶에서 실패를 받아들이는 성숙한 자세도 포함했다.

실패한 도전이었다 해도
그 과정에서 도전자가 뚜렷이 성장했다면
그건 그냥 '실패'가 아닌 '성공적인 실패'라고 불러야 마땅하다.

돌고 돌아 결국 입사

그 당시 '좋은콘서트'는 이제 막 해외 공연 사업을
본격적으로 시작하려는 참이었다.

그때는 콘서트 공장의 생산 라인에 선
기계 한 대가 된 것 같았다.
연 평균 40회에 가까운 스케줄을 소화해야 했는데,
정통 발라드부터 댄스 공연까지,
작은 소극장에서 대형 야외 공연장까지,
부산, 광주에서 도쿄, 뉴욕까지,
콘서트와 팬미팅에서 신차 론칭쇼와 파티까지,
정말 다양한 종류의 공연 콘텐츠를 만들었다.

연평균 40회를 한 PD가 해낸다는 것은
한마디로 '워워밸(work and work balance)'을
잘해내야 한다는 뜻이다.
당장 이번주 프로젝트뿐 아니라
그다음 주, 그다음 달,
또 그 몇 달 후의 프로젝트까지 동시에 진행하려면
24시간을 쪼개서 각 프로젝트에 잘 배분해야 한다.

워라밸에서 '라(life)' 대신 '워(work)'가 들어간 삶을 살다보니,
개인적인 시간은 거의 다 포기해야 했다.

주 52시간을 지키는 건 상상도 할 수 없었고,
월화수목금금금이 수차례 반복되어야 휴일이 생겼다.
주말 공연장 근무로 생기는 대체 휴무는
항상 30일 이상 쌓아놓은 채 소진하지 못했다.
정확히는, 입사한 지 얼마 후부터는
대체 휴무를 카운트하는 것조차 포기했다.
명절엔 해외 공연에 나가 있거나
가족 모임에 빠지고 집에서 시체처럼 잠만 잤다.

가족들도, 친구들도,
더이상 내가 어떤 모임이나 약속에
잘 나올 것이라고 기대하지 않았다.

농구, 축구, 배드민턴, 탁구, 역도, 레슬링, 사격…….
종목은 달라도 스포츠 선수라면
근력, 지구력, 유연성 등을 향상시키는
'기초 체력 훈련'을 한다.

보병, 포병, 통신병, 취사병, 의무병…….
특기는 달라도 군인이라면
제식, 사격, 경계, 각개 전투 같은
'기초 군사 훈련'을 한다.

회사에서의 시간은
그런 '공연 기초 체력'을 기르는 시간이었다.

입사 전까지 살면서 경험했던 모든 것,
이를테면 학교 공부, 연주, 노래, 글쓰기,
기획, 영어, 여행, 취업 공부, 친구, 연애 경험, 영화, 공연.
내가 알고 있는 모든 것들을 총동원하는 시간이었다.

그간의 삶이 무언가를 배우고 경험해서
인풋(input)을 내 안에 차곡차곡 쌓는 시간이었다면
그때는 그간의 인풋을 짜고 짜내어
무언가를 계속해서 내놓아야 하는 아웃풋(output)의 시간이었다.
이를테면 공연 콘셉트, 제목, 세트리스트, 연출 방향,
비디오 시놉시스, 대본, 무대 디자인, 연출 아이템 같은 것들을
쉼없이 만들어내고, 채택되고, 까이고, 또 만들어냈다.

단식원에 들어갔더니 프로그램이 사막 마라톤인,
유난히 긴 터널같이 생긴 지옥을 걷는 시간이었다.
마음을 채울 어떤 공연도 보러 갈 시간이 없었고,
마음을 위로해줄 누군가를 만날 시간도 없었다.
마음에 채우는 것 없이 참기름 짜듯 생각만 짜내던 그때,
빈궁한 마음에 쓰러질 것 같은 나를 일으켜세웠던 것은
'기회'라는 마약이었다.

기회라는 말은
가진 것 없고 해본 적 없는 사람에게
너무나 달콤하고 너무나 매혹적이다.

'내가 만든 것을 보여주고 싶은 욕망'들을
고르고, 다듬고, 재단하고, 포장하여 내놓을 수 있는 '기회'.
좋아하는 음악을 질리도록 듣고
내가 만든 무대 위에서 울릴 수 있게 하는 '기회'.
유명한 아티스트를 만나 이런저런 얘기를 나누고
업계의 유능한 사람들과 함께 일할 '기회'.

기회라는 말은 '성공(적인 공연)'이라는 신기루가
지금 마치 내 눈앞에 있는 것처럼 보여주는 망원경이었다.
기회라는 말은 마약처럼 미세혈관까지 깊이 파고들어
'열심히', '잘', '멋있게', '재미있게' 같은 단어가 필요할 때마다
나를 더 끝까지 몰아붙였다.

운좋게도 내게 연달아 오는 그 기회를 놓치지 않으려
그 길고 뜨거운 사막을 수년 동안
계속 걷고, 계속 뛰었다.
신기루를 좇아 전국을, 지구를 돌아다녔다.
쉼없이 한참을 뛰고 나니 공연을 만드는 기초 체력이 훨씬 좋아져 있었다.

몇 주간 잠을 좀 (사실은 좀 많이) 덜 자도,
마음에 상처되는 말을 주고 (거의 주로) 받아도,
차갑게 식은 도시락을 (더 차가운 시멘트 바닥에 앉아) 먹어도,
괜찮았다.

어느 해 늦가을,
회사에는 작았고 내게는 컸던 소란이 있었다.

높은 분들이 '더 좋은 기회를 잡는 곳(그룹 내 다른 파트)'으로
해가 바뀌면 가라고 하셨지만 내 생각은 달랐다.
'제가 잡고 싶은 기회는 바로 공연 일에 있어요!'
아직 한참 어린 녀석의 호소어린 이메일은
금세 쏟아지는 새로운 메일들에 묻혀버렸다.

사회화, 직장인화가 덜 된 혈기 넘치는 녀석은
불행히도 끝까지 소신을 굽히지 않았다.

그리고 한겨울에 이루어진 퇴사 절차는
입사 절차에 비해 일곱 배 정도 빨랐다.

전쟁통에도 사랑은 이루어졌다

●

퇴사 후부터의 이야기를 이어가기에 앞서,
퇴사 몇 달 전부터 시작된 연애담을 이야기하지 않을 수 없다.

자의 반 타의 반으로 급하게 회사라는 울타리를 나와,
마치 급하게 야생으로 돌아간 동물원 호랑이가 된 듯
대혼란의 시기를 겪던 내게 그녀가 없었다면
아마도 나는 야생에 적응하는 데 훨씬 더 오랜 시간이 걸렸거나,
혹은 아예 야생에 적응하지 못한 채
어느 동물원에라도 제 발로 걸어들어가고 싶어하는
나약하고 힘없는, 무늬만 호랑이인 존재로 살았을지 모른다.

그녀는 워워밸이라는 사막 마라톤에서 만난 단 하나의 오아시스였다.
그리고 누군가의 말대로, 전쟁통에도 사랑은 이루어졌다.

그녀는 옆 팀 인턴사원으로 입사했지만
인턴은 회사 전체를 두루 경험하게 한다는 원칙이 있었고,
때마침 조연출이 필요한 프로젝트를 맡았던 나와 한 달간 일했다.

2AM 첫 팬미팅의 연출과 조연출로서
공연을 준비하는 과정은 대부분 치열한 업무의 연속이었지만
공연을 준비하는 한 달 동안 항상 옆에 붙어 있을 수 있어 행복했다.

사무실에서 해도 될 둘만의 내부 연출 회의를
'개방된 공간에서는 더 풍부한 아이디어가 나온다'라는
이유를 대며 회사 근처 카페로 나갔다.
성수대교 남단의 루프톱이 있는 커피빈과,
로데오거리 복판에 있던 새마을식당과,
근처 구석진 골목에 있던 오뎅 바와,
도산공원 사거리의 청담순두부에서,
교보타워 뒤 초등학교 운동장에서,
같이 밥을 먹고, 차를 마시고, 술잔을 기울이고, 산책을 했다.

청담사거리에서 가로수길까지,
가로수길에서 강남역까지 걷고 또 걸었다.
서로에 대해 묻고 답하며
서로의 마음을 확인하던 시간이었다.

어떤 일을 하면서
그 프로젝트가 영원히 끝나지 않기를 바랐던 것은
그때가 처음이자 마지막이었다.

그녀를 만난 해 겨울, 나는 퇴사했다.
회사에서 얼굴을 자주 볼 수 있다는 사내 연애의 장점은 사라졌지만,
회사를 나온 후 가장 좋았던 것 중 하나는
회사 스케줄에 얽매이지 않고
그녀와 마음껏 놀러다닐 수 있다는 것이었다.

단순하게 생각하기

유진씨,
나 어떻게 해야 하죠?

PD님, 조금 쉬면서
기다려보세요.

이 일 계속 해야 하나?
내 인생 어쩔.
학원 선생 할까?

똑같은 말
백번 하지 마시고.

오! 근데, 나 이제
회사 안 다니니까
우리 여행 막 다닐까요?

저는 회사
아직 다니거든요.

세계일주 하자요.

졸업도
해야 되거든요.

2010년 3월 1일,
봉고차로 아시아의 국경을 넘나들던
9박 10일의 거칠었던 첫 해외여행에서
나는 무모하게도 그녀에게 결혼 이야기를 꺼냈다.

그날 저녁만큼은 (조금) 비싼 음식을 먹자고 데려간
파타야의 어느 레스토랑(이라고 하기엔 허름한) 야외 테이블에서,
그녀가 좋아한다는 석화가 나오길 기다리며
긴장한 나머지 차가운 맥주잔에 맺힌 물방울만큼이나 많은 땀이 났다.
그리고 나는 태어나서 처음이자 마지막으로 누군가에게 청혼을 한다.

순간의 분위기는 어색했지만
우리는 전직 연출팀 동료답게 재빨리 분위기를 바꿨고
이후로도 알콩달콩 꽁냥꽁냥한 사이를 지속했다.

퇴사 직후의 거의 백수에서 꽤 백수로,
꽤 백수에서 약간 백수로,
그리고 약간 백수마저 탈출하는 긴 시간 동안
그녀는 내 옆에 함께 있었다.

예약 청혼(?)을 한 지
2년 2개월 3일이 지난 후,
우리는 결혼했다.

2010년 2월 1일 월요일. 어쩌다보니, 사장이 되어 있었다.
사장이지만 사원이고,
고용인이지만 피고용인이며,
대표지만 경리와 운전까지 모든 업무를 다 맡는,
1인 기업의 사장이었다.

사무실은 내가 자고 일어난 방이었고,
사업자등록이 무엇인지도 몰랐다.
그저 '콘서트를 연출하고 싶은 사람 하나'만 존재했다.

당장은 막막했지만,
다행히도(?) 세상에 무지했기에,
두렵지 않았다.

간간이 들어오기 시작한 일들로
새로운 누군가를 만날 때마다 주고받을 명함이 필요해졌다.
명함을 파려니 회사 이름부터 정해야 했고,
회사 이름을 정하려니 회사의 철학이 필요했다.

지금은 기억이 나지 않는 수많은 후보작들을 제치고
만장일치로(유권자는 나 혼자) 선정된 것이 'PLAN A'였다.

흔히 쓰는 말 중에 '플랜 B'라는 말이 있다.
계획대로 일이 풀리지 않을 경우에 택해야 하는 차선책을 말한다.

플랜 B가 나와야 하는 상황은 대부분
플랜 A를 실제로 현장에서 실행하기 위한
만반의 준비를 갖추지 못했을 때다.
긴 고심 끝에 좋은 연출을 생각했지만
인력, 장비, 제작 스케줄 등이
잘 준비되지 않아 현장에서 문제가 생기면,
당장 내일 리허설과 공연을 해야 하는 입장에서는
원래 의도한 효과를 낼 수 없다고 하더라도
지금 내 눈앞에서 무난히 실행해 보일 수 있는
플랜 B의 유혹에 넘어가고 만다.

'B'로 점철된 공연을 끝내고
'그래도 공연은 끝냈다'라고 자위하는 것은
강릉의 짬뽕 맛집을 찾아 떠난 여행길에서
어떤 이유에서든 목표를 포기하게 된 후 돌아오며
맛집 대신 휴게소 짬뽕으로 때우고는
'그래도 짬뽕은 먹었다'라고 자위하는 것과 같다.
짬뽕 맛집을 가는 것이 그 여행의 목표였다면,
그 목표를 반드시 이루기 위해
필요한 제반 사항들을 미리 챙기고, 예상되는 트러블들을 제거하고,
예상치 못한 문제를 만날 때를 대비해 시간과 예산에 여유를 두었어야 한다.

제작소에 연출 의도가 잘 전달되지 않아서,
도면이 엉성해서, 현장 스케줄이 딜레이되어서,
리허설 시간이 부족해 스태프들 간에 합을 못 맞춰서,
출연자가 의도를 명확히 파악하지 못하고 공연에 들어가서 등등.

초보 PD 시절, 나 역시 이 같은 이유들 때문에
플랜 B의 유혹에 순간순간 많이 넘어갔고,
더 좋은 연출안이었던 플랜 A를 해내지 못한 사실을 외면하기 위해
'잘 끝냈다', '수고했다'는 겉치레 인사에 의미를 부여하고
뒤풀이의 알코올에 기대기 일쑤였다.

배수의 진을 치는 마음으로,
'플랜 B로라도 어떻게 넘어가겠지'라는 안일한 생각 대신
'최선의 그림인 플랜 A를 생각해내고
그것이 현장에서도 꼭 이루어질 수 있게 하자'라는 의미에서
PLAN A라는 이름을 지었다.

PLAN A에는 점점 일이 늘어났다.
조금씩 큰 공연을 맡게 되었고, 해외 투어도 꾸준히 가게 되었다.
이제, 본격적으로 동료를 모을 타이밍이었다.

PLAN A의 시작은 비록 나 혼자였지만,
지금까지 11년의 시간 동안
PLAN A는 양적으로 또 질적으로 눈부신 성장과 더불어
반짝이는 후배들을 얻을 수 있었다.
아니, 반짝이는 후배들을 얻은 덕에
눈부신 성장을 할 수 있었다고 하는 게 더 맞다.

그렇게 나는 어쩌다보니 후배'들'도 있는
사장이 되어 있었다.

오, 쌰쟝님~

오,
눈부신 성장~
올~

이제 슬슬
우리가 등장할 때가
된 것 같은데요.

PD님,
저희 분량 조절 좀
해주시죠.

사장님 소리 하지 마.
소름돋아.

아직 니네 안 나오거든.

더 기다려.

가서 일해.

니네 안 바쁘니.

반짝이던 신입 때의
너희가 그립다.

진행비 좀 아껴 쓰고.

CHAPTER 2

PLAN A X BTS,
긴 여정의 기록

한 사람이 살아가는 데 있어 누구를 만나느냐는
그 사람의 삶의 방향과 속도를 결정하는
아주 중요한 인자 중에 하나이다.

본인의 의지와 무관하게 엄마의 뱃속에서 잉태된 순간 만난 부모,
컴퓨터의 무작위 추첨이 만나게 한 선생님과 같은 반 친구,
한 동네에 산다는 이유만으로 동네 놀이터에서 만난 친구,
수도 없이 많은 입사 지원 끝에 만나게 된 회사 동료,
친구의 친구의 친구의 친구의 친구에게 소개받은 연인,
몇몇 인연과 만나고 헤어짐을 반복한 끝에 결혼을 결심한 배우자,
그리고 성별조차 예상할 수 없는 시간을 보내고 만나는 자녀까지.

이런 '만남'이 이루어지는 이유는
'완벽한 우연'이거나 '완벽한 필연'이기보다는,
'우연인 것 같지만 사실은 어떤 방향성이 같았다'거나
'필연인 것 같지만 사실은 어떤 우연함이 있었다'처럼
우연과 필연의 중간 어디쯤이기 마련이다.

그리고 이런 만남으로 시작된 관계 속에서
사람들은 삶의 목적을 구하고, 목표를 찾으며,
자신만의 성장기를 쓰게 된다.

2AM 콘서트를 하며
매니지먼트(빅히트 엔터테인먼트)를 처음 만났고,
이후 2AM으로 몇 년간 인연을 지속하다가
매니지먼트가 배출한 신인 아이돌 그룹,
BTS의 데뷔 쇼케이스를 맡으며 BTS를 처음 만났다.

그 만남이 얼마큼의 우연과 얼마큼의 필연이었는지 모르지만,
다시 그 인연은 첫 콘서트로, 두번째 팬미팅으로,
또다른 콘서트와 팬미팅,
그리고 각종 행사와 이벤트로 계속 이어졌다.

BTS가 성장 가도를 달렸던 그 시간 동안
PLAN A와 PLAN A의 구성원들도
그만큼이나 빠른 속도로
회사와 개인의 성장기를 썼, 아니, 써야 했다.

이 챕터에서는
BTS의 공연을 만들며 PLAN A가 켜켜이 쌓아온 시간을 돌아보며
PLAN A가 써온 성장기를 소개한다.

BTS의 데뷔 **쇼케이스**˚가 있기 1년 전,
2012년 봄에서 여름으로 넘어가던 즈음,
매니지먼트의 내부 행사에서
(그때는 아무도 'BTS'라고 부르지 않았던) '방탄소년단'을 만났다.
멤버 구성이 다 완성되지 않은 시절이었지만
팀 이름(!)과 몇몇 멤버가 기억에 남았다.

공연계에서
쓰는 용어들을
설명해드리겠습니다.

착한 오리의 공연 용어 사전

쇼케이스

신인이 데뷔하거나 아티스트가 새로운 앨범을 발표할 때, 언론 기자들을 모아 타이틀 곡 등을 실연하고 포토타임과 질의응답을 하는 1시간 정도의 약식 공연. 최근에는, 낮에는 기자들을 초대한 쇼케이스를 하고, 밤에는 팬클럽을 초대해 작은 팬미팅처럼 진행하며 인터넷 생방송을 겸하기도 한다.

그리고 1년여의 시간이 지난 2013년 6월,
완전체의 모습을 한 방탄소년단의
데뷔 쇼케이스가 청담동 일지아트홀에서 열렸다.

250석 규모의 소극장인 일지아트홀 정도의 공연장이라면
20여 곡을 부르는 정식 콘서트라고 하더라도
정말 길어야 4시간 정도의 리허설을 잡는 것이 일반적이다.

하지만 이번 쇼케이스는 3곡(토크와 짧은 개인기 무대가 있었지만)에
무려 전날 7시간, 당일 2시간의 리허설을 잡았다.
덕분에 데뷔곡인 No More Dream ♪과
수록곡이었던 We Are Bulletproof PT.2 ♪, 좋아요 ♪를
스무 번도 넘게 들었다.

이 일을 하면서 지금껏 많은 팀의 '처음'을 만들어왔다.
첫 데뷔 쇼케이스를 같이 한 팀들도 있고,
첫 콘서트, 첫 팬미팅을 같이 한 팀들도 있다.

그렇게 '첫' 무언가를 같이 한 팀들에겐 유난히 애정이 간다.
그들(대부분 스무 살 내외의 어린 친구들)이 처음으로 경험하는 것이
그들이 이 세계를 바라보는 데에 큰 영향을 미칠 거라고 생각해
더 열심히, 더 세심하게 만들어주고 싶고,
그래서 그들과, 그들과 함께한 '처음'은
기억에도 많이 남고, 애정도 많이 가게 마련이다.

2013년 6월 12일.

옆머리를 짧게 밀고 흰색 테의 선글라스를 쓰고는
첫 공식 무대인데도 말을 뚝 부러지게 하던 남준(RM)과,
갈색 머리에 검은 가죽 재킷을 입고
사슴 같은 눈망울로 잘생김을 뽐내던 석진(진)과,
굵직한 금목걸이에 (초여름에) 검은 비니를 쓰고
특유의 반항기 넘치는 눈빛을 애써 감추던 윤기(슈가)와,
홀로 검은 마스크를 쓰고
그 소극장 무대가 좁다고 말하는 듯 춤추던 호석(제이홉)과,
앳된 얼굴에 앳되지 않은 팔근육이 드러나는 민소매를 입고
첫 무대부터 앳되지 않은 복근을 깠(!)던 지민과,
깊고 그윽한 눈빛이 일렁이던 태형(뷔)과,
소년티를 벗지 못한 선한 얼굴로
센터에 앉아 해맑게 웃고 있던 열일곱 살의 정국.

그들과 시작했던 그 '처음'의 순간이,
꿈의 무대를 향한 첫 발자국을 남기던 그 순간이
아직도 눈앞에 그려진다.

13년 여름 데뷔 쇼케이스로 연을 맺었지만,
14년 초의 상남자♬ 쇼케이스와
첫 팬미팅 〈1st MUSTER〉는 다른 연출팀에 넘어가
BTS와의 인연은 이렇게 끊어진 것처럼 보였지만
BTS의 첫 콘서트를 만들며 인연은 다시 시작되었다.

2014년 10월, 드디어 BTS의 첫 정식 콘서트인
〈BTS 2014 LIVE TRILOGY EPISODE II : THE RED BULLET〉이
광장동 악스홀(현 YES24 라이브홀)에서 막을 올렸다.

PLAN A의 최대 장점은
죽이 맞는 사람들과 자유롭게 아이디어를 주고받는다는 것이다.
서로의 아이디어에 장점을 보태거나 단점을 보완해주고,
어떤 방향을 이야기하다가 막히면
누군가 새로운 방향을 제시하는 것을 기대할 수 있다.

갈릭브레드와 핫도그를 먹으며,

24시간(이었던) 달콤커피 논현점에서의

'아이디어 막 던지기'는 매일 계속되었다.

스타워즈 시리즈의 제작기를 읽은 적이 있었다.

스타워즈는 오리지널 시리즈인

에피소드 4(1977년), 5(1980년), 6편(1983년)을 개봉하고,

16년이 흐른 뒤 프리퀄 시리즈인

1(1999년), 2(2002년), 3편(2005년)을 개봉했다.

그리고 다시 10년이 흐른 뒤 시퀄 시리즈인

7(2015년), 8(2017년), 9편(2019년)을 차례로 개봉해

무려 42년 동안 시리즈를 이어가고 있었다.

에피소드 한 편 한 편의 완성도가 높은 것은 물론,

시리즈 안에서의 유기적인 연결,

나아가 시리즈끼리의 유기적인 연결로

'평생 동안 보는' 시리즈로 유명하다.

(심지어 2022년부터 새로운 3부작을 연결한다고 한다.)

에피소드의 순서 또한

그때그때의 제작 환경(제작비, 흥행 여부, CG기술의 발달 등)을

면밀히 반영한 결과여서

긴 호흡의 콘텐츠를 만드는 사람들에겐

가히 교과서적인 사례로 꼽힌다.

오프라인 공연에서는 이런 긴 호흡을 가진 사례가 드물었고,
특히 콘서트는 다른 공연 장르보다 스토리를 넣기 어려운 특성 때문에
아예 사례 자체를 찾기가 힘들었다.
일부 케이팝 공연들이 제목에 번호를 붙이거나
공연 제목을 브랜드로 만들어
다년간 같은 제목으로 공연을 하긴 했지만
시리즈 간 유기적인 연결을 가지고 있지는 않았다.

콘서트의 설계자인 연출은
2시간이 (가끔은 3시간도) 넘는 공연 시간 동안
관객과 아티스트를 끌고 나가야 한다.

아티스트의 본질을 기반으로 큰 줄기의 서사를 짜고,
그 서사를 설득력 있게 만들기 위해 다양한 연출 장치를 놓고,
그 위에서 아티스트와 음악을 빛낼 수 있는 그림을 그려야 한다.
(대부분이 어린 학생들에겐) 비싼 관람료를 지불하고
(지방에서 올라와야 한다면 훨씬 더) 많은 시간을 투자해서
공연을 봐야 하는 관객들에게
많은 것을 남기는 공연을 만들고 싶었다.

그래서 우리는
그전까지도 없었고 그후로도 없는
최초의 3부작 콘서트를 매니지먼트에 제안하기로 했다.

방향을 정하자, 큰 그림은 빠르게 그릴 수 있었다.
3부작의 순서는 2편, 1편, 3편의 순서로 하여
(스타워즈처럼) 팬들의 호기심을 자극하고자 했고,
1편의 오프닝부터 3편의 엔딩까지 대략의 줄거리를 세웠다.
그리고 2편의 디테일한 구성을 짜기 시작했다.

2편이었던 〈THE RED BULLET〉의 구성은
당시 학교 3부작 앨범으로 활동하던 방탄소년단의
앨범과 뮤비의 내용을 확장 및 재해석하며 만들어졌다.

공연 오프닝 영상에 (아직 존재하지 않는) 1편의 줄거리를 요약한 자막이 나오고,
1편의 끝이 수업이 시작하는 교실임을 알려준다.

이어서 무서운 학생 주임 선생님의 목소리가 들린다.
선생님은 훈계조로 멤버들의 출석을 부르고
학생들(관객들)에게 공연장에서의
주의점(촬영 금지, 스탠딩 구역의 안전 등)을 설명한다.

스토리는 '재미없는 수학 시간에 딴짓을 하는 방탄소년단.
이에 수학 선생님이자 엄한 학생 주임은
슈가에게 대학 가려면 정신 차리라고 소리지르고
이에 반발한 방탄소년단은 교실 밖으로 나가버린다.
복도를 걷던 중 붉은 탄환을 발견한 방탄소년단은 교실로 돌아오고,
교실에서는 학생들이 스트레스를 견디다못해
책상에 머리를 찧고 있다'이다.

이 영상이 나가는 동안 무대에는
'감옥 같은 교실'을 표현하기 위해
프로시니엄에 철창(처럼 보이는) 세트를 내려두었고,
보조 출연자들이 책걸상에 앉아 있다가
영상 내용에 맞춰 동시에 책상에 머리를 찧었다.

이어서 교실 문이 열리듯 중앙의 LED가 열리면
멤버들이 계단을 통해 내려와 첫 곡 N.O♪를 시작한다.
(아마도) 최초로 아이돌을 철창 안에 가둔 채 시작한 공연은,
N.O♪의 첫 코러스 시작에서 비로소 그 철창을 올린다.

1부에서는 발매곡을 장르별로 2곡씩 묶어서
강렬한 군무곡에서 분위기를 천천히 내려 달달한 발라드까지 이어진다.
이렇게 10곡을 소화하고 중간 영상으로 스토리텔링을 이어간 후,
2부의 시작은 다시 강렬한 No More Dream♪이다.
그리고 So 4 more♪를 지나면 개인적으로 최애곡인 Tomorrow♪이다.

이 곡에서 댄서들이 멤버들과 마주서
문을 여는 듯한 안무를 할 때,
조명은 붉은 톤으로 가만히 이 순간을 지켜봤으며
영상은 암전으로 자리를 피해줬기 때문에
모두가 이 파트의 가사에 집중할 수 있었다.

현란한 조명과 영상이 난무하는 댄스곡 콘서트에서
중간중간 만들어놓는 이런 정적인 순간들은
소리지르던 관객도 넋을 잃고 무대를 바라보게 만드는 힘이 있다.

If I Ruled The World 🎵로 올라가기 시작한 2부의 텐션은
상남자 🎵로 막을 내린다.

길 🎵로 시작한 앙코르는
신나는 3곡의 메들리로 마무리되고,
멤버들은 퇴장한다.

하지만, 끝나도 끝난 것은 아니다.
어두워진 공연장에는
'STAY TUNED, 〈BTS BEGINS〉 IS COMING'이라는 문구가 뜨고
객석은 다시 열광한다.
이어진 엔딩크레디트에는 멤버들의 공연 연습 장면 등이 나오고,
마지막으로 7명의 자필 편지가 뜨면서
공연은 진짜 끝이 난다.

바로 다음달부터 투어가 시작되었다.

일본 고베와 도쿄, 필리핀의 마닐라, 싱가포르, 태국의 방콕을 거친 투어는

해를 넘겨 이어졌다.

특히 15년 상반기는 계속 새로운 큐시트를 만들어야 했는데,

〈THE RED BULLET〉 투어를 하는 중간에 다른 프로젝트가 들어왔기 때문이다.

2월에는 일본 한정 투어인 〈WAKE UP : OPEN YOUR EYES〉를,

3월 초에는 다시 〈THE RED BULLET〉으로 돌아와 타이베이 공연을,

3월 말에는 서울에서 〈EPISODE I : BTS BEGINS〉를 열었다.

4월 말에 새 앨범 화양연화 pt.1이 나와 이 앨범의 곡을 업데이트하여

6월부터 〈THE RED BULLET 2nd Half〉 투어가 시작되었다.

새 앨범의 곡을 큐시트에 반영하면서, 공연은 더욱 풍성해졌다.

6월의 말레이시아 쿠알라룸푸르,
7~8월의 호주 2도시, 미국 4도시, 중남미 3도시,
한번 더 간 방콕 그리고 마지막 홍콩까지.

317일간 14개국 19도시에서 22회가 열린
〈EPISODE II : THE RED BULLET〉 투어는
방탄소년단의 가능성을 확인하며 마무리되었다.

투어를 시작할 때는 모두 방탄소년단이 누구냐고 물었지만
투어를 끝낼 때에는 모두 방탄소년단의 다음 계획에 대해 이야기했다.
그렇게, 방탄소년단 투어의 문은 열리고 있었다.

〈EPISODE II : THE RED BULLET〉 투어가
완전히 끝나기 4주 전,
지구 반대편 남미의 공항 라운지에서
새로운 공연 〈화양연화 ON STAGE〉가 만들어지기 시작했다.

3주간의 북남미 투어를 끝내고 귀국길에 오른 칠레 산티아고 공항 라운지

감독님, 이제 남은 아시아 2도시는 지금대로만 하면 될 것 같고요,
올겨울에 트릴로지를 잠시 중단하고,
화양연화 앨범 콘셉트 가지고 공연을 또 하려고 하는데.
일단 타이틀부터 뽑아야 되거든요. 생각해보고 서울에서 미팅하…

오? ON STAGE?
좋은데?

당신 이거
준비해온 거지?

…음.
<화양연화 ON STAGE>요.

아…. 너무 졸려요.

칠레가 고산지대라
숙취가 심한가.

아니에요. 지금
애드립친 거예요.

그냥 어제 마신 만큼
숙취가 오는 거야,
이 양반아.

라운지에서는
맥주 공짜죠?

네, ON STAGE로
발전시키고
미팅 잡을게요!

〈THE RED BULLET〉투어가 서울 첫 공연 후 투어에 돌입하자마자
2015년 2월 일본 한정 투어의 콘셉트 작업이 시작되었다.

이번 콘셉트 작업에서 깊게 고려되어야 할 점은,
먼저 이 공연이 2014년 12월에 발매될 일본 첫 정규 앨범
WAKE UP의 연장선상에 있는 투어였기 때문에,
앨범에 있는 일본 오리지널 곡(일본 한정으로 발매된 곡)들을
세트리스트°에 넣어야 한다는 점이었다.

둘째로, 〈THE RED BULLET〉 일본 공연을 한 지
석 달도 안 되어 다시 열리는 공연이라
'재탕'의 느낌이 들지 않도록 새로운 연출 그림을 그려야 했고,

셋째로, '귀여운, 자상한, 부드러운, 애교 있는' 모습을
특히 좋아하는 일본 관객의 특성도 고려해야 했다.
하지만 동시에, 당시 방탄소년단의 대표곡들이 대부분 '센' 노래였다는 것도
함께 고려하지 않을 수 없었다.
게다가 〈THE RED BULLET〉 때 일본 관객 앞에서 처음
BTS Cypher PT. 3 : KILLER°라는 아주 센 비트와 가사의 폭풍 랩을 했을 때,
당시 관객들의 '조용한' 반응에 아티스트도 연출진도 당황한 적이 있었기 때문에
이번에는 부드러운 모습을 보여주는 데에 특히 힘을 쏟고자 했다.

일본 정규 앨범의 제목이자 타이틀 곡의 제목인 WAKE UP♪에
좀더 시각화할 수 있는 부제인 〈OPEN YOUR EYES〉를 붙여서,
공연 제목은 〈WAKE UP : OPEN YOUR EYES〉로 지었다.
그리고 '눈'으로 풀 수 있는 모든 연출 기제들을
무대 디자인, VJ, VCR 등으로 시각화하는 작업을 했다.

먼저 멤버들의 눈을 초근접 촬영하여 관객 입장 때 **아이맥** 에 틀었다.
관객이 입장할수록 7명의 멤버가 눈을 뜨기 시작한다는 뜻이었다.

공연이 시작하면,
본무대에서 가로 20m의 거대한 윗눈썹 형상을 한 세트가 올라가고,
바로 뒤 가로 20m의 LED에 오프닝 비디오가 나온다.
눈 모양으로 보이는 LED가 새빨개지면 멤버들의 실루엣이 보인다.
강렬한 오프닝 2곡, 힙합 3곡을 지나면 발라드 한 곡과
Tomorrow♪가 이어진다.

이어지는
토크-VCR-좋아요 pt.1♪-좋아요 pt.2♪-VCR-이불킥♪-하루만♪ 구간은
일본 관객들을 겨냥한 비장의, 하지만 가장 부드러운 무기였다.

세트리스트Setlist

콘서트에서 실연하는 곡의 순서를 간략히 쓴 문서로, 공연의 뼈대가 된다. 공연의 타이틀과 큰 콘셉트, 세트리스트, 큼직한 연출 안을 정하는 일이 콘서트 연출과 제작의 시작인 만큼, 세트리스트는 아주 중요하다. 특히 댄스곡이 많은 아이돌 공연의 세트리스트를 정할 때는 정말 여러 가지 사항들이 고려되어야 한다.

a. 최근 앨범의 모든 수록곡

: 1순위로 고려해야 할 곡들이다. 안무가 없는 곡들은 공연을 위해 안무를 새로 만들기도 한다.

b. 지금까지의 주요 히트곡

: 2~3년차 아티스트는 다 부르면 되겠지만, 경력이 쌓인 아티스트는 오히려 '이번엔 어떤 히트곡을 안 부를 것인가'를 정해야 한다.

c. 댄스곡과 비댄스곡의 비율, 조합과 순서

: 격한 안무를 3곡 연달아 하면, 웬만한 아티스트도 다리가 풀리고 정신이 혼미해진다. 아티스트 보호 차원에서, 전체 세트리스트에서의 댄스곡 비중뿐 아니라, 댄스곡이 너무 몰려 있지 않도록 순서를 정해야 한다. 특히 2~3주 동안 죽음의 레이스를 펼치는 일이 많은 미주, 유럽 투어나 더운 야외 공연에서는 더욱 중요하다.

d. 전체 콘셉트, 주요 연출과의 조화

: 공연의 콘셉트를 살릴 수 있는 곡, 연출팀이 오프닝이나 엔딩 등으로 찜해놓은 곡, 주요 연출과 잘 붙는 곡은 우선적으로 들어갈 수 있다.

e. 솔로곡과 유닛곡

: 전체 흐름에 부합하면서도 멤버들에게 고르게 휴식 시간을 줄 수 있도록 배치해야 한다.

아이맥Imag

멀리 있는 관객도 아티스트를 잘 보일 수 있게 설치하는 LED(또는 프로젝션 스크린). 보통 아티스트의 좌우에 설치되며, 공연장이 커질수록 Imag도 같이 커진다. 특히 '우리 아티스트의 얼굴을 보는 것'이 상대적으로 중요한 아이돌 공연에서는 필수적이다. 단순한 얼굴 보여주기 기능뿐 아니라, 전체 비주얼 아트워크의 하나로 쓰이기도 한다.

이 구간은 다양한 기제들을 섞었다.
토크로 자연스럽게 관객의 호기심을 유발했고,
그 호기심을 멤버들이 직접 출연하는
짧은 시트콤 VCR로 이어갔다.
시트콤의 이야기는 이어지는 두 곡 가사의 프리퀄이었다.

좋아요 pt.1♬과 좋아요 pt.2♬는
페이스북에서 '좋아요'를 누르는 헤어진 연인에 대한 가사인데,
이 두 곡을 하는 동안 VJ는 페이스북의 UI 느낌으로 했다.

이어진 VCR에서는 지금까지의 스토리를 연결하는 동시에
일본어를 공부하는 멤버들의 모습에
일본의 유머 코드, 방탄소년단의 일본어 곡 가사를 얹어
잔망(!)스러운 멤버들의 모습을 유쾌하게 그렸다.

이 VCR의 끝 장면은 다음 곡의 시작과 이어진다.
당시 방탄소년단의 세트리스트에서 '잔망'을 맡고 있던 이불킥♬에
곡 중 사라진 정국이 2층에서 등장하는 깜짝 동선을 만들어 넣었다.
〈THE RED BULLET〉 투어를 하는 동안
이불킥♬의 정국 동선이 이미 노출되어
새로운 연출이 필요했기 때문이다.

이불킥♬과 하루만♬의 VJ도
시트콤 로케이션 구석구석을 실제 촬영한 분량으로 만들어,
이 두 곡을 보는 관객이 VCR에서 받은 심상을 이어갈 수 있게 했다.

두 개의 VCR과 4곡의 발라드로 만든 이 30분짜리 미니드라마는
다분히 일본 관객들을 겨냥해 만들어졌고, 큰 호평을 받았다.

토크와 VCR 시놉시스, 가사, VJ의 오브제가 가졌던 유기성은
이 드라마를 끌고 가며 멤버들이 돋보이게 하는 가장 강력한 무기였다.

그런데 그 무기를 만들기가 너무X100 힘들었다.
2015년 1월 15일, 원고 마무리

2015년 1월 18일, 촬영

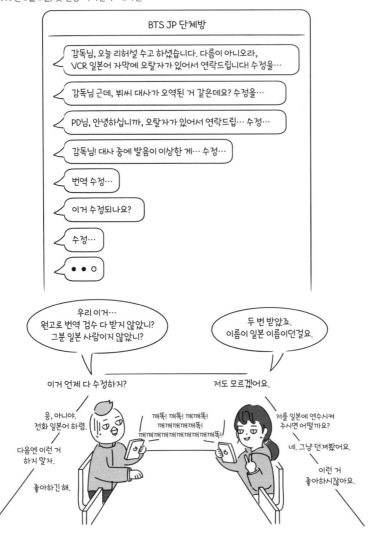

수정은 사람 이름일 때만 좋은 듯
2015년 2월 9일, 첫 현장 리허설 후 대기실

BTS JP 단체방

감독님, 오늘 리허설 수고 하셨습니다. 다름이 아니오라,
VCR 일본어 자막에 오탈자가 있어서 연락드립니다! 수정을…

감독님 근데, 뷔씨 대사가 오역된 거 같은데요? 수정을…

PD님, 안녕하십니까, 오탈자가 있어서 연락드림… 수정…

감독님! 대사 중에 발음이 이상한 게… 수정…

번역 수정…

이거 수정되나요?

수정…

• • ○

우리 이거…
원고로 번역 검수 다 받지 않았니?
그분 일본 사람이지 않았니?

두 번 받았죠.
이름이 일본 이름이던걸요.

이거 언제 다 수정하지?

저도 모르겠어요.

응, 아니야.
전화 일본어 하렴.

깨똑! 깨똑! 깨깨똑!
깨깨깨깨깨똑!
깨깨깨깨깨깨깨깨깨깨깨똑!

저를 일본에 연수시켜
주시면 어떨까요?

다음엔 이런 거
하지 말자.

네, 그냥 던져봤어요.

좋아하긴 해.

이런 거
좋아하시잖아요.

연출진의 피, 땀, 눈물로 만든 미니드라마가 끝나면
일본에서 첫 선을 보인 유닛 무대 2곡을 선보이고,
'진심'을 하나 묻어놓은 If I Ruled The World♬로 향한다.

'세상을 지배하더라도 우리는 여전히 음악을 하겠다'라는
내용의 이 노래의 후렴에는 관객과 주고받기 딱 좋은 파트가 있다.

원곡 길이인 3절이 끝나고
모두가 다음 곡이나 토크를 기다릴 때,
멤버들은 아무 말도 없이 마이크를 바지 주머니에 넣는다.
그리고 관객 모두에게 조용히 해달라는 제스처를 한다.

장내가 조용해지면, 멤버들은 왼쪽 객석을 향해
주고받는 파트를 육성으로 노래한다.
그러면 왼쪽 객석 관객들은 크게 화답한다.
오른쪽 객석을 향해 같은 파트를 부르면
오른쪽 객석은 왼쪽 객석보다 더 크게 불러준다.
마지막으로 좌우 모두를 향해 한번 더 던지면
이전의 좌와 우의 목소리의 합보다 훨씬 더 커진
하나된 육성이 공연장을 가득 메운다.

바로 이어지는 큰 스피커 소리에 맞춰
한번 더 무대와 객석이 주고받으면 비로소 이 노래는 끝이 난다.

제이홉 와…. 저 지금 완전 감동했어요.
와…. 보쿠 이마, 마지데 간도- 시마시타.

지민 저는 사실 이거 안 될 줄 알았어요.
보쿠와 지츠와 코레 데키나이토 오못떼마시타.

뷔 여러분 덕분에 해냈네요!
민나노 오카게데 데키마시타네!

슈가 진짜 소름이!!!!!!!!
혼토 토리하다가!!!!!!!!

진 최고! 대박!
사이코! 스고이!

정국 역시 여러분과 함께 호흡하는 무대가 더 즐겁습니다!
얏바리 민나토 잇쇼니 스루토 못토 모리아가리마스네!

RM 함께해주셔서 정말 감사합니다.
잇쇼니 우탓테쿠레레 혼토니 아리가토고자이마스.

일본 관객
호응이
이렇게 좋다니.

혼키오 칸지타!

스고이!

보단쇼넨단노 코에!

성공이닷.

아 나도
소오름.

그 넓은 공간에서 기계가 증폭한 소리 대신
아티스트와 관객이 오로지 육성으로만 대화하는 이 장면은
비록 30초밖에 안 되는 짧은 시간이었음에도 불구하고
모두에게 짜릿한 소름과 깊은 감동을 주었다.
채우는 것보다 비우는 것이 더 좋을 때가 있다.

크고 작은 에피소드와 함께,
9일간 4개 도시 6회의 공연이 순식간에 지나갔다.
마지막 후쿠오카 공연 후에는 아티스트와 한일 전 스태프가 참여한
정이 넘치는 뒤풀이가 소박한 이자카야에서 열렸다.
첫 일본 투어의 성공을 자축하고,
방탄소년단의 다음과 또 그다음에 대해 이야기했다.

건배사를 해달라는 요청에,
'말도 안 된다는 걸 아는데 불러보는 철없는 노래'라는
If I Ruled The World♪의 가사처럼,

말도 안 되게 들릴 수 있지만
우리가 가고 싶은 곳을 이야기했다.

14년 겨울, 15년 3월 서울에서 열릴
〈2015 BTS LIVE TRILOGY EPISODE I : BTS BEGINS〉를 준비하기 시작했다.

3부작 중 가장 먼저 공연한
〈EPISODE II : THE RED BULLET〉의 프리퀄인
〈EPISODE I : BTS BEGINS〉는 3부작 방탄소년단의 스토리 중에서
방탄소년단의 탄생에 대해 이야기했다.

그리고 〈BTS BEGINS〉는 '투어 없이 서울에서만 공연'된
방탄소년단의 유일무이한 콘서트이기도 한데,
결과적으로 서울 '한정' 공연이 된 것은
〈BEGINS〉라는 타이틀에 묘하게 어울리기도 했다.
'시작'은 한 번뿐이니까.

현실의 멤버들(소년과 청년 사이의 존재)과
'방탄소년단'으로서의 멤버들이 가진 캐릭터를 넘나들며
공연 VCR 속의 멤버들과 무대 위의 실제 멤버들이 혼재되어 보이도록
이미지를 구축하는 스토리보드를 짜고
그에 맞게 VCR 시놉시스와 공연 큐시트를 만들어나갔다.
〈THE RED BULLET〉과 〈WAKE UP〉으로 얻은 스토리텔링의 노하우는
〈BTS BEGINS〉에서 빛을 발해 다양한 방법으로 공연에 녹아들었다.

무대는, 낡았지만 여전히 위압적인 학교의 외관을 형상화했다.

벽의 여기저기에는 건물에 박힌 총알 자국처럼 할로겐램프를 박아넣었다.

중앙의 대형 LED가 열리면,

그 안쪽은 무서운 학생 주임이 수업하는 교실로도 보였고

아무도 쓰지 않는 오래된 음악실로도 보였다.

(모두 VCR에 나오는 공간들을 똑같이 재현해놓았다.)

학교 외관 세트가 위로 올라가면, 빈자리에는 기괴한 모양의 구조물에

조명과 다양한 크기의 모니터를 달아놓았다.

A 스테이지 와 먼 관객들을 위해 B, C스테이지까지 설치했다.

7명의 멤버들이 더 뛰어다닐 수 있게 조금 더 그리고 싶었지만,

1초 매진을 기록할 예정인 공연이라(실제로도 그랬다)

스탠딩 관객 구역의 면적 확보를 위해 돌출 무대를 더 그리지는 못했다.

스테이지와 효율적인 네이밍

A스테이지는 메인스테이지, 즉 본무대이다.

B스테이지는 객석 쪽으로 돌출된 무대이고 그 외에 돌출 무대가 더 있을 경우 C, D라고 이름 붙인다. 이렇게 이름 붙여놓으면 커뮤니케이션이 훨씬 효율적이 된다.

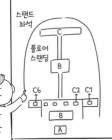

스탠드 좌석

플로어 스탠딩

C6   C2 C1

효율적인 네이밍은 비단 본무대-돌출무대뿐만 아니라, 도면이 복잡해질수록 많아지는 장비에도 적용되어야 한다. 리프트가 많아지면, 무대 뒤쪽부터 A, B, C 순으로 붙여나와야 하며, 좌우 동일선상에 동종의 리프트가 있다면 하수부터 C1, C2, C3 순으로 이름 지어야 한다.

물론, 이 방법만이 정답은 아니고 많은 사람들이 기억하기 쉬운 네이밍이면 된다. 이 네이밍은 해당 투어가 끝날 때까지 바뀌지 않아야 모든 스태프가 안정적으로 커뮤니케이션할 수 있다.

스토리텔링은 공연장의 시공간을 2013년 3월 2일
VCR 속 멤버들이 고등학교에 입학하는 날짜,
무서운 학생 주임 선생님이 버티고 선 교문으로 설정했다.
(13년 3월 2일에 고등학교를 입학하고,
〈BTS BEGINS〉와 〈THE RED BULLET〉의 VCR 속 이야기를 겪은 후,
실제 데뷔일인 13년 6월 13일에 학교를 뛰쳐나온다는 설정이다.)

첫 VCR로 멤버들의 실제 중학교 졸업 사진이 나온다.
이어서 공연장에는 긴 사이렌이 울리고,
〈THE RED BULLET〉 VCR의 학생 주임 역 배우가 무대 위에 등장한다.
선생님은 공연장에서의 주의점 즉, '스탠딩에 있는 학생들은 뒤에서 밀지 말 것'과
'학교(공연장)에서 사진이나 동영상 찍어서
유튜브나 인스타에 올리지 말 것'을 이야기한 후,
'저멀리 오는 지각생들, 빨리 뛰어와!'라고 호통치고 사라진다.

이어지는 VCR은 일곱 소년들의 고등학교 첫 등교날 모습을 보여준다.
이어폰을 낀 채 멋진 교회 오빠처럼 등장한 진,
떡볶이코트를 입고 동네 개와 놀고 있는 뷔,
(뷔의 떡볶이코트와 강아지는 이 VCR에서 유래했다)
등교하다 말고 들른 놀이터에서 만난 지민과 정국,
버스정류장 노선도를 보는 RM,
초코바를 먹으며 천진난만하게 걷던 제이홉,
(제이홉의 초코바도 이 VCR부터 그의 시그니처가 되었다)
휴대폰에 랩 가사를 쓰며 걷던 슈가.

지각한 벌로 7명의 학생들은 수년간 아무도 쓰지 않은
창고 같은 폐음악실을 청소하게 된다.

아, 좋은 질문이야.

이건 내가 실제로 겪은 일인데, 때는 바야흐로 내가 고1 때였지. 나도 이 스토리처럼 딱 고1 때 학교가 싫었거든. 반항까지는 아니었지만, 그냥 싫은 정도랄까? 근데 내가 우연히, 학교 구석진 곳에 비밀스러운 교실을 발견한 거야. 이중문을 열고 들어가니, 낡은 피아노와 긴 합창단 의자가 있고, 먼지가 수북이 쌓여 있었어. 아마 옛날에 음악실로 쓰다가 방치해둔 교실이었나봐. 난 쉬는 시간이나 점심, 저녁 시간에 그곳에 드나들며 피아노를 치고 노래를 불렀어. 나만의 아지트, 나만의 음악실이 된 거지. 비록 조율도 좀 틀어진 고물 피아노였지만 정말 행복했었지. 그러던 어느 날, 아침 자습 시간에 너무 졸린 나는 친구와 몰래 그 음악실에 들어가서 긴 의자에 누워 잠을 자고 있었는데, 담임이 거길 찾아왔지 뭐야? 결과는… 하키채로 뚜드려 맞고 – 하키채가 그렇게 단단한지 처음 알았네 – 벌로 그 음악실을 청소하라는 거였어. 물걸레를 빨고 빨아도, 그 바닥 묵은 때는 도저히 벗겨지지가 않더라. 그리고 그 음악실에는 아주 무거운 자물쇠가 걸렸지. 매를 맞아 아팠던 것보다, 나만의 음악실이 없어진 것이 더 마음 아팠어. 이 사건이 내 삶에 미친 영향이라고 한다면…

주절 주절

구구 절절

랩 하시는 줄.

근데 왜 하필 오래된 창고 같은 음악실이에요?

왜 물어보셨어요.

미안하다…

아 지겹… 이 얘기 전에도 들은 거 같은데…

처음 서로를 만난 입학 첫날부터 기분을 잡친 7명의 소년들은
찌푸린 얼굴로 폐음악실에 들어선다.
음악실 한쪽 벽에는 알 수 없는 영어로 가득찬 벽이 위압적으로 서 있고,
(이 영어 문구들은, 조지 오웰의 『1984』, 올더스 헉슬리의 『멋진 신세계』 등
주로 '지배', '억압', '통제' 등에 대한 문학작품 속의 구절들을 인용했다.)
먼지 쌓인 바닥에 빈 탄피들이 굴러다니는
폐음악실의 낯선 장면과 우울한 분위기 속에서
슈가는 오래된 건반을 찾아내 연주하기 시작한다.
이에 호기심을 느낀 다른 소년들이 하나둘 모여들고,
혼자 벽 앞에 서 있던 진을 제이홉과 지민이 어깨동무를 하고 데려온다.
(무리에서 겉돌던 진을 데리고 오는 역할도, 평소 사람을 잘 챙기는
제이홉과 지민의 캐릭터를 반영하여 역할을 맡겼다.)
소년들은 건반 하나로 폐음악실의 분위기를 바꾸기 시작한다.

VCR이 끝나면, 무대 중앙의 LED가 열리고
VCR의 폐음악실과 같은 장면으로 배치된 멤버들이 보인다.
영상 속 슈가처럼 실제 슈가가 건반 앞에 앉아 있고,
건반 위주로 편곡된 JUMP♪의 전주가 나온다.
폐음악실에서 노래하며 놀던 연기를 하던 멤버들은
계단을 내려오며 이 공연을 시작한다.
이 오프닝 신은 VCR에서 튀어나온 듯한 스토리텔링을 의도했다.

'처음 만나 음악으로 친해지는 일곱 소년'이라는 스토리보드에 맞게,
1부는 주로 연습생 때 공개했던 곡들과
첫 앨범에 수록되었던 곡들 위주로 담았다.

데뷔 전과 직후의 곡들로 꾸민 1부가 지나면,
VCR이 관객들을 다시 스토리 속으로 데리고 들어간다.

폐음악실에서 같이 어울린 지 석 달여를 뜻하는
'2013년 6월 12일'의 달력이 보인다.
소년들은 억압과 통제에 대한 문구가 쓰인 벽에
붉은색 스프레이로 낙서를 하고,
좋아하는 음악을 크게 틀어놓고 춤을 추며 어울린다.
정국이 음악 소리를 귀가 터질 듯이 최대로 올리자
빈 탄피가 조금씩 붉은빛을 발하고,
폐음악실의 한쪽 벽인 줄 알았던 곳이 무너져내린다.
그곳에는 쇠사슬로 꽁꽁 싸인 낡은 옷장이 있고,
이를 본 RM은 나뒹굴던 학교 의자로 자물쇠를 내리쳐 문을 연다.
(그가 옷장 문을 여는 것은 RM으로 인해 방탄소년단이 기획되기 시작되었다는
실제의 탄생기를 접목한 것이다.)

옷장 안에는 (당시 방탄소년단의 로고이기도 했던)
방탄조끼 일곱 벌이 가지런히 걸려 있고,
자신들의 운명을 직감한 소년들은
방탄조끼를 입고, 붉게 빛나는 탄환을 조끼 주머니에 넣는다.

무대 위로 VCR과 똑같이 방탄조끼를 입은 멤버들이 등장한다.
2부의 텐션을 끌어올리는 강한 군무곡들이 이어진다.

유닛곡, 발라드, 미디엄템포, 관객참여형 선곡이 이어지는 동안
멤버들은 돌출무대를 마음껏 돌아다니며 관객들과 눈을 맞추고,
이어진 If I Ruled The World♪의 육성 떼창이 분위기를 다잡는다.
처음 라이브로 선보이는 BTS Cypher PT.1♪과
BTS Cypher PT.2 : Triptych♪가 텐션을 다시 끌어올리면
불기둥, 화약 등 특수효과가 함께하는
Danger♪, 호르몬 전쟁♪과 진격의 방탄♪이 2부를 마무리한다.

관객이 한마음으로 앙코르를 외치면,
'실제 방탄소년단이 서로를 처음 만났을 때'를 이야기하는
멤버들의 VCR이 이어진다.

'처음 만났을 때',
남준(RM)은 어떤 춤을 추고 있었고, 그걸 본 정국은 무슨 말을 했는지,
윤기(슈가)는 어떤 모자에 어떤 향수를 뿌리고 있었는지,
호석(제이홉)은 피부가 얼마나 까맸었는지,
정국은 한 눈을 가린 앞머리를 어떻게 고수했는지,
태형(뷔)는 빨간 노스페이스700 패딩을 왜 입고 있었는지,
석진(진)은 지민에게 어떤 포스 넘치는 이야기를 했는지,
지민은 엉덩이에 무엇이 그려진 추리닝을 입었었는지를 유쾌하게 회상한다.

유쾌한 분위기는 앙코르 첫 곡, 흥탄소년단♬으로 이어진다.
상남자♬로 공연이 최고조에 달했을 때,
멤버들은 한 사람씩 마지막 인사를 전한다.
(그때나 지금이나) 마지막으로 RM이 마무리 인사를 하고 암전이 되면
멤버들은 B스테이지 중앙의 원형 턴테이블 위에
멤버 서로를 볼 수 있도록 관객을 등지고 선다.

〈BTS BEGINS〉의 마지막 곡은
지금까지도 팬들에겐 '눈물 버튼'이라고 불리는 Born Singer♬다.

아티스트 본인들에게도, 초기 팬덤에게도 가슴 아린 가사인 이 곡을
멤버들이 온전히 그때의 그 감정을 느끼며 부르게 하고,
또 그 모습을 팬들이 마음속 깊이 동감하기를 바랐다.

턴테이블이 천천히 돌기 시작했고,
두 눈을 감고 첫 멜로디를 부르는
정국의 목소리에는 눈물이 묻어 있었는데
그가 감정을 '잡았다'기보다는
아직 여렸던 그가 감정에 '휩쓸린' 것처럼 보였다.

3명의 래퍼가 각각 성찰과 사자후와 아련함을 토해내면,
7명의 멤버들은 그 자리에서 180도를 돌아 관객을 향해 선다.
관객을 향해 한 번의 코러스를 부르고, 그다음 코러스는
관객에게 '우리와 함께 불러달라'는 듯 온전히 마이크를 객석에 넘긴다.
이 마지막 코러스에서 정국이 흘린 눈물은 두고두고 기억에 남는다.

공연 일주일 전, 스튜디오 리허설

자, 다음 곡 설명할게요.
RM 마지막 멘트 하고,
암전되면 여러분들이 원을 그리고
서로를 바라보는 거예요.

서로 마주보면서
이 가사 쓸 때 감정을
충분히 곱씹으면 됩니다.
그리고 바닥이 천천히
빙글빙글 돌 거예요.

이 노래 가사가 찐인데.

서로 보면서 부르면.

진짜 분위기 눈물대잔치.

감동적인 Born Singer♪의 후주가 길게 흐르면
멤버들은 B, C스테이지를 오가며
관객들과 눈을 맞추고 마지막 인사를 한다.
B스테이지 가운데에서 다 같이 손을 잡고 인사를 끝낸 순간,
관객은 이렇게 감동적으로 공연이 끝난다고 생각했을 것이다.

그 순간, 공연장에는 신경을 긁는 톤의 사이렌이 다시 울린다.
A스테이지의 LED 뒤에는 어느새 교실이 차려져 있고
선생님이 '지각하는 녀석들 빨리 교실로 들어와!'라고 소리친다.

멤버들은 관객을 등지고 교실을 향해 천천히 걸어들어간다.
그렇게 3부작 속으로 다시 들어간 멤버들은
〈THE RED BULLET〉의 첫 VCR 모습처럼 책상에 앉아
관객들을 향해 고개를 돌려 의미심장한 눈빛을 보낸다.
이렇게 〈BTS BEGINS〉의 마지막 장면은
〈THE RED BULLET〉 스토리텔링의 시작과 맞닿는다.

LED가 닫히고, 'STAY TUNED, EPISODE III IS COMING'이라는 문구가
마지막으로 관객을 들었다 놓은 후에 비로소 엔딩크레디트가 올라간다.

2014년 10월 첫 공개한 〈EPISODE II : THE RED BULLET〉에 이어
2015년 3월 〈EPISODE I : BTS BEGINS〉는 이렇게 막을 내린다.

데뷔 1년 9개월째,
방탄소년단은 이제 '시작'이라는 단어를 쓸 수 있는
아마도 마지막 순간에 서 있었다.
누구도 그들을 더이상 '신인'이라고 부르지 않았고,
동시에 '신인이니까', '시작한 지 얼마 안 됐으니까'라는 핑계도
더이상 댈 수 없는 시점이 되었다.

〈BTS BEGINS〉를 끝낸 우리에겐 '진격'만이 남아 있었다.
과감하게 미리 공연 스케줄을 잡고 공연의 퀄리티에 투자를 아끼지 않는
매니지먼트의 전폭적인 지원과 함께
PLAN A도 과감한 연출과 이를 뒷받침할
혁신적이고 선진적인 프로덕션으로의 드라이브를 시작했다.

우리는 3부작을 잠시 멈춰두고
'화양연화'의 세계로 '진격'하기 시작했다.

2015년 11월 화양연화 pt.2 앨범의 발매를 3일 앞두고
화양연화 pt.1과 pt.2를 아우르는 공연인
〈화양연화 ON STAGE〉가 서울 핸드볼경기장에서 시작되었다.
서울 3회, 요코하마 2회, 고베 2회의 일정이었다.
차곡차곡 쌓인 앨범들 덕에 세트리스트 후보곡이 많아졌고,
뮤직비디오와 프롤로그 등 매니지먼트에서 풀어놓은 영상들에는
공연에서 쓰기 좋은 이야깃거리가 가득했다.

방탄소년단은 I NEED U♪로 첫 지상파 음악방송 1위를 했고,
관객 동원력도 급속도로 커져
회당 4천 석이 넘는 핸드볼 경기장 3회 공연이 순식간에 매진됐다.
이제 제법 큰 그림을 그린 연출로 승부할 수 있는 좋은 기회였다.

당시 화양연화 앨범이 그리던 세계관의 아우라가 매우 강력했기에,
공연은 그 세계관을 재해석함과 동시에
〈화양연화 ON STAGE〉라는 제목에 맞게 공연장에서만 보여줄 수 있는
'화양연화'의 새로운 면모를 보여주고자 했다.

공연의 오프닝과 엔딩은 공연 3주 전에 미리 공개되었던
'화양연화 ON STAGE : prologue' VCR에서 실마리를 얻었다.
프롤로그의 스토리 후반부에 일곱 소년이 차를 타고 바다로 향하는데,
'바다에 닿기 전 동네 사진관에서 마지막 사진을 찍는다'라는 설정을 추가했고,
이 설정이 공연의 오프닝 VCR과 엔딩 VCR의 배경이 되었다.

오프닝 VCR에서,
일곱 소년은 해맑은 웃음을 지은 채 오래된 사진관의 렌즈 앞에 앉는다.
'사진 찍겠습니다'라는 말과 플래시가 터지면 VCR은 끝나고
무거운 사운드의 OUTRO : House Of Cards♪가 흐른다.
무대 전면을 막은 반투명 이탈막에는 음울한 컬러가 맺히고,
막 뒤로 비치는 무대에는 프롤로그의 마지막 '점프대' 신이 재현된다.
프롤로그에서처럼, 뷔(실제로는 대역)가 위태로운 점프대를 올라가고
점프 직전 코를 한 번 훔치면서 오프닝이 끝난다.

그 이탈막을 떨어트리는 첫 곡은
뷔가 처음으로 작곡에 참여한 잡아줘♪였다.

1부의 마지막은
'사골(공연에서 매번 불러, 사골처럼 우려먹는 곡이라는 뜻)'이 될
조짐이 보이던 No More Dream♪과 N.O♪를
군무를 버리고 과감하게 하드한 록으로 편곡한 무대를 선보였다.

이어진 VCR은 '스무 살 내외의 멤버들이 연예인이 아니라
평범한 청년이었다면, 지금 이 청춘의 화양연화를
어떻게 보내고 있을까?'라는 가정에서 출발했다.

학교 식당에서 이성과 눈도 못 마주치는 수줍은 정국,
헌책방에서 책을 보는 지적인 남준(RM),
공원에서 친구들과 농구하며 땀 흘리는 윤기(슈가),
삼청동의 예쁜 거리를 사진으로 담는 석진(진),
노래방에서 신나는 시간을 보내는 지민,
동호대교가 보이는 한강을 산책하는 호석(제이홉),
색연필로 의상 스케치를 하는 태형(뷔).

일곱 소년의 행복한 얼굴이 나오는 동안
VCR에서는 노란 나비가 날갯짓을 했다.

실제로는 2개로 나누어 상영한 이 VCR 사이에는
멤버들의 자전적 이야기를 담은 이사♪를 배치했고,
뮤비 속에서 뛰어다니던 (20785라고 쓰인) 컨테이너를
미니어처로 만들어 무대 위에 올렸다.

VCR에서 나비가 날갯짓을 하며 무대에 앉으면 나비가 앉은 그 자리에서
Butterfly♪의 전주와 함께 마치 나비의 환생처럼 멤버가 등장한다.

힙합성애자♪, 2학년♪, 홍탄소년단♪, 쩔어♪를 묶은 섹션에서 멤버들은
Y자형 돌출 무대와 그 끝에 설치된 리프트뿐 아니라 공연장 복도까지
뛰어다니며 관객과 만난다.
밴드 덕분에 풍성해진 사운드는 여기서도 빛을 발했고,
상남자♪로 본 공연은 끝을 맺는다.

앙코르 VCR은 '멤버들은 실제로 어릴 적에 어떤 꿈을 가지고 있었고,
인기 아티스트가 된 지금은 어떤지?'에 대한 이야기였다.
우리는 멤버들의 속내를 듣는 사전 인터뷰를 가졌고,
이 내용에 기반해 촬영 원고를 정리했다.
속 깊은 이야기를 담으려다 보니 분량이 길어져
투어 7회 동안 한 회에 한 명씩에 대한 VCR을 내보낸 후,
투어 종료 후 발매될 DVD에 일곱 이야기를 모두 담기로 했다.

앙코르 첫 곡은 선곡도 연출도 파격적이었다.

슈가 솔로곡 INTRO:Never Mind♪의 전주가 흐르면 슈가는 관객을 등지고(!)

무대 위로 등장한다. 자전적 이야기를 랩으로 쏟아내는 동안 슈가 앞에는

거대한 거울이 등장하고, 그 거울 안에서 슈가는 자신을 본다.

마침내 슈가가 등을 돌려 관객을 향해 음악을 '더 세게 밟'기 시작하면

다른 여섯 멤버가 나와 슈가가 가는 길에 동참한다.

멤버들의 고향에 대한 이야기를 담은 Ma City♪에는,

광주, 거창, 대구, 일산, 부산, 과천 등의 행선지가 적힌

버스터미널의 대합실을 통째로 뜯어 온 것 같은 세트를 만들어 넣었다.

멤버들은 자신의 고향 푯말 밑에서, 대합실 긴 의자에 누워서,

또 그 위를 뛰어다니며 신나게 놀았다.

성장중인 무대 매너1

성장중인 무대 매너 2

마지막 소감 후, 대망의 I NEED U♪가 마지막 곡이었다.
첫 랩을 맡은 슈가는 인이어를 빼고 관객의 떼창을 듣는 것으로 대신했고,
꽃이 피고 지는 듯한 마지막 군무가 끝나면 밴드의 웅장한 후주에 맞춰 멤버들은
관객에게 고개 숙여 인사하고, 곧 모든 멤버가 퇴장한 자리에는 뷔만 남았다.

화려한 공연의 피날레와는 완전히 다른 분위기다.
어느새 무대 위에는 점프대가 설치되어 있고,
OUTRO:House Of Cards♪가 다시 흐른다.
뷔는 천천히 점프대를 오르고, 정상에서 코를 한 번 훔친다.
마치 지금이라도 뛰어내릴 것처럼.

그 순간 조명은 암전되고, 엔딩 VCR이 나온다.
오프닝 VCR의 마지막 신으로 돌아가 '사진 찍겠습니다'라는 말과
플래시가 터지면 소년들은 웃으며 사진관을 떠나고,
인화된 사진 속에는 진만(!) 앉아 있다.
이 설정은 방탄소년단의 스토리를 이해하는 열쇠가 되었다.

멤버가 많은 팀의 공연에서 동선을 쓰는 기본적인 원칙은
한 회의 공연 안에서도, 다회라면 각 회간에도
멤버들의 동선이 공평하게 나뉘어야 한다는 것이다.

예를 들어 멤버 A가 3일간 3회의 공연을 하는 동안
'가' 구역에 아홉 번 가게 된다면,
멤버 B도 같은 기간 동안 '가' 구역에 아홉 번,
혹은 아홉 번에 최대한 가깝게 가야 한다는 뜻이며,
어디에 위치한 관객이든 모든 멤버들을 고르게 볼 수 있게 하려는 의도이다.

매일 바뀌는 이 동선 때문에,
매일 리허설을 하고, 프롬프터 모니터에도 넣어놓지만,
순간순간 까먹는 경우에는 바로 아티스트에게 이야기해준다.

전체적인 무대 디자인은 I NEED U♪ 뮤비의 감성을 따와
하수는 '철거가 진행중인, 골조가 다 드러난 아파트',
상수는 '무리한 사업으로 채 다 짓지 못한 미분양 아파트'를
각각 디자인 콘셉트로 삼았고,
좌우의 아이맥에는 프롤로그의 주요한 오브제로 쓰였던
사진기와 캠코더를 연상시키는 세트로 LED를 감쌌다.

납작한 타원형 공연장의 특성을 감안해,
좌우 관객을 커버하도록 Y자 돌출 무대를 그리고,
플로어와 2층 스탠드의 높이 차를 극복할 수 있게
Y자 끝에는 5m를 올라가는 리프트를 설치했다.

무대 중앙의 거대한 '양꼬치 3종 세트'는
무대 디자인과 연출의 가장 핵심 포인트였다.

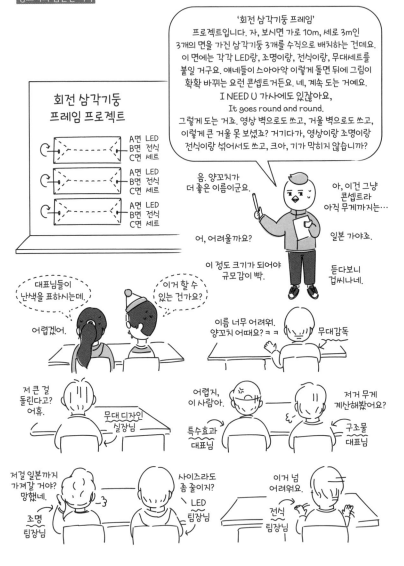

장비를 붙일 프레임과, 꼬치를 돌릴 모터가 제작되었고,
육중한 프레임에 장비까지 달자 양꼬치 한 덩어리는 3톤이 넘었다.
총 10톤에 이르는 양꼬치를 공중에 띄우는 일은 아주 난이도가 높았다.

무대팀 창고 앞마당에서 실제로 장비를 부착하고 돌려보는
프리프로덕션 을 두 번이나 했지만,
여전히 두려움을 안고 서울 현장 셋업에 들어가야 했다.

간신히 서울 공연을 마치고, 배로 보낸 양꼬치 관련 장비들을 포함해
요코하마 아레나에서 17시간의 초고속 셋업을 마칠 때
한일 모든 스태프들의 눈은 반쯤 감겨 있었다.
(00시에 들어가서 17시에 리허설을 해야만 하는 스케줄이었다.)

BTS팀끼리는
줄여서 '프프'라고
불렀죠.

착한 오리의 공연 용어 사전

프리프로덕션(Pre Production)

실제 현장에 들어가기 전에 미리 하는 모든 작업. 작은 공간에서 주요 장
비만 조립하는 경우에서부터, 공연 시뮬레이션을 띄워놓고 비주얼을 조정
하는 경우, 큰 공간에서 실제와 아주 비슷하게 만들어놓고 아티스트가 동
선 연습을 다 하는 경우까지, 그 범위는 굉장히 다양하다. 성실한 프리프
로덕션을 마치고 들어가는 공연 현장은 여유롭고 부드러워 좋은 공연으로
이어질 확률이 매우 높다.

일본에선 '야키도리'라 불린다
일본 투어 양꼬치 철수

토분야키도리와
타베나이토오모이마스

일본 무대감독
이시야마 감독님

PD님, 와,
이번엔 진짜
너무 힘들었어요.
ㅋㅋㅋ

일본
프로덕션매니저
앤디 이사님

이시야마상이,
자기는 이제 야키도리를
당분간 안 먹을 거래요.

저도 당분간 안 먹겠다고…
고생 많으셨다고 좀…

고베에서
만나요.

앤디이사님,
누나도
고생하셨습니다요.

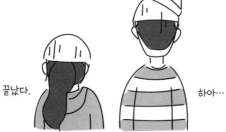

끝났다.

하아…

15년 6월에 하려던 2기 팬미팅은,
그해를 강타한 메르스 때문에 기약 없이 미루어졌었다가,
〈화양연화 ON STAGE〉가 끝난 후인 16년 1월 말에 고대 화정체육관에서 열렸다.

팬미팅이 끝나자마자,
우리는 숨 돌릴 틈도 없이
〈화양연화 ON STAGE〉의 다음 이야기를 담은 새로운 투어,
〈화양연화 ON STAGE : EPILOGUE〉를 준비하기 시작했다.

방탄소년단의 콘서트는
악스홀에서 올림픽홀과 핸드볼경기장을 넘어
드디어 체조경기장의 문을 두드리고 있었다.

16년 5월 2일 '화양연화' 시리즈의 마지막 앨범,
화양연화 Young Forever가 발매되었고,
바로 다음주인 5월 7일과 8일, 서울 올림픽공원 체조경기장에서
〈화양연화 ON STAGE : EPILOGUE〉 투어가 시작되었다.

체조경기장은 회당 1만 명 이상을 수용할 수 있는,
그 당시만 하더라도 실질적으로 '국내 최대 실내 공연장'의 지위에 있었다.

워낙 공연장이 크다보니 기본적으로 들어가는 비용이 많고,
따라서 1쇼로는 수익률을 제고하기 힘들기 때문에
보통 2쇼, 혹은 그 이상의 회차를 채울 자신이 있어야
들어갈 수 있는 곳이 체조경기장이다.

그러므로 체조경기장 2쇼 이상을
(티켓 가격이 높은) 단독 콘서트로 매진시키는 아티스트라면
콘서트 업계의 누구라도 해당 아티스트를
'A급'으로 인정한다고 봐도 무방하다.
동시에, 많은 아티스트들이 '체조경기장에서 단독 공연하는 것'을
본인들의 꿈이라고 말하기도 한다.

15년 11월 말 핸드볼경기장 3쇼를 마치고
6개월도 안 되어 체조경기장 2쇼를 단숨에 매진시킨 방탄소년단의 행보는
그야말로 거칠 것이 없어 보였고
그들의 시간은 진정 '인생에서 가장 아름다운 순간'이라는 뜻의
'화양연화'를 향해 질주하고 있었다.

그래서 PLAN A는 방탄소년단이 걷고 있는
'슈퍼스타의 길'을 이 공연에서 보여주며,
더이상 '흙수저'니, '중소아이돌'이니 하는 불편한 수식어를 떼고
지금의 방탄소년단이 그야말로 정상에 서 있음을 과시하고 싶었다.
(그리고 실제로 그때는, 그때가 정말 정상 근처에 와 있다고 생각했다.
하지만 그후로 4년 반 동안, BTS는 더 가파른 상승세를 탔고,
마침내 서울에서만 체조경기장 때보다 6배 더 많은 관객을 동원했다.)

그래서 오프닝 VCR부터 화려한 패션필름 스타일을 택했다.
〈화양연화 ON STAGE〉가 동네 허름한 사진관을 배경으로 했다면
이번에는 화려한 화보를 찍는 모던한 스튜디오를 배경으로 했다.

〈화양연화 ON STAGE〉의 Butterfly♫ 인트로를 스스로 오마주한
대형 철제 나비가 무대 위에 앉으면
그곳에서 나비의 환생처럼 멤버들이 등장한다.

훨씬 커진 공연장에서 3배 많아진 관객의 함성에도
멤버들은 전혀 긴장한 모습을 보이지 않고
관객과 밀당을 하며 여유롭게 능수능란한 멘트를 던졌다.

고엽♪, Butterfly♪ 안무버전, Outro : Love is Not Over♪,
OUTRO : House Of Cards♪ 풀버전 등 첫 선을 보이는 무대가 이어진 가운데,
RM의 솔로 Intro : What Am I To You♪는 깊은 인상을 남겼다.

여덟번째 곡인 이 곡의 에너지를 보여주기 위해
쓰지 않고 아껴두었던 돌출 동선을 이 곡에 주었는데,
본무대 맨 뒤에서부터 혈혈단신 등장해 60m를 직진하며
돌출 무대가 끝나는 곳까지 가서 랩을 쏟아내는 모습은
그가 이 공연장을 지배하고 있다는 인상을 주기에 충분했다.

2부의 시작엔 최신 타이틀곡 불타오르네♪가 있었다.
화약, 불기둥, 레이저를 쏟아붓고
마지막 코러스에는 댄서들의 군무까지 더해,
그야말로 불타오르는 무대를 만들었다.
한껏 끌어올려놓은 분위기를 힙합곡들로 이은 후,
BTS Cypher PT.3 : KILLER♪로 정점을 찍었다.

브리지 VCR과 밴드 연주로 잠시 숨을 고른 후,
멤버들은 원형 돌출의 곳곳,
스탠드 관객의 눈앞에서 등장한다.

많은 덕후들을 양산한 뱁새♪와 뮤비 맛집으로 유명한 쩔어♪가 이어지면
마지막까지 꼭꼭 숨겨두었던 연출 아이템,
B스테이지 주변의 기둥 4개가 일어선다.

(당시 리뉴얼 공사 전이었던) 체조경기장에서는 공연장 특성상 공연장 천장에
장비를 걸 수가 없어 **그라운드 서포트방식**˚을 쓸 수밖에 없는데,
이 경우 B스테이지 근처에 구조물을 세우면
아티스트가 A스테이지에 있을 때 심각한 시야 방해가 일어난다.
그래서 아티스트가 B스테이지에 있더라도 먼 뒤쪽의 A스테이지에서
오는 조명만 활용해 다소 밋밋하게 공연하는 경우가 대부분이다.

이 단점을 보완하고자, 평소엔 B스테이지 주변에 누워 있다가
아티스트가 B스테이지에 나오면 수직으로 일어서는 10m 기둥 4개를 만들고
거기에 조명과 전식을 달아 활용했다.

리깅 방식과 그라운드 서포트 방식

무대 디자인, 인력 섭외 방식, 반입구의 위치와 사이즈, 트럭과 지게차의 접근도, 롤링 스테이지의 여부 등 여러 가지 변수가 현장에서 얼마만큼의 시간을 소비(혹은 허비)해야 하느냐를 결정하는데, 그중 리깅 가능 여부는 가장 중요한 요소이다.

예를 들어, 같은 1만 석 급의 아레나 공연을 하더라도, 리깅이 가능한 공연장에서는 보통 하루의 셋업 시간을 잡지만, 그라운드 서포트를 해야 하는 공연장에서는 최소 이틀을 잡아야 한다.

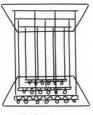

리깅 Rigging

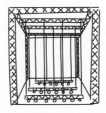

그라운드 서포트 Ground Support

공연장 천장에 조명, 영상 등 장비를 매달아서 쓰는 방식. 해외 대다수의 공연장이 이 방식이 가능하도록 설계되었다. 천장에 격자로 두꺼운 철근을 설치하고, 철근 곳곳에 체인을 걸고 장비를 끌어올리는 방식으로, 상대적으로 빠른 설치-철수가 가능하며, 장비 설치 구역은 천장 철근이 허락하는 공연장의 모든 곳이다.

리깅이 불가능할 때, 바닥에서부터 가설 구조물을 지어 올리는 방식. 여전히 우리나라 대부분의 체육관, 홀, 전시관 등은 유의미한 무게의 리깅이 불가능하기 때문에 이 방식이 널리 쓰인다. 가설 구조물을 짓는 데만 최소 8시간(야외의 대형 구조물인 경우 36시간) 이상이 필요하므로, 설치-철수가 상대적으로 느리며, 기둥이 생길 수밖에 없으므로 객석에 시야 제한이 상대적으로 많이 생긴다. 매달 수 있는 무게의 제한도 있다.

공연장은 엄청난 에너지로 가득차고,
마지막 곡 No More Dream♪으로 본 공연의 막을 내린다.

잠시의 정적도 허락하지 않는 관객들의 앙코르 요청 후에,
앙코르를 시작하는 VCR이 나온다.
전작 〈화양연화 ON STAGE〉의 인터뷰 VCR을 잇는 이 VCR은
'화려한 화보 촬영이 끝나가는 촬영장'을 배경으로
'화양연화 시리즈를 마무리하는 멤버들의 마음'을 묻고
'멤버들에게 지금 이 순간이 화양연화인가요?'라는 질문을 던진다.

스물몇 살의 청년들에게 던지는 질문이라기엔 이 질문은 슬프다.
'인생에서 가장 행복한 순간이 지금이냐'는 질문에
'아니다'라고 하기엔 지금이 너무 행복하고,
'그렇다'라고 하기엔 '이제부터는 지금만큼, 혹은 지금보다
더 행복한 순간은 없을 수 있다는 것을 안다'는 것을
은연중에 의미하게 되기 때문이다.
그래서 이 영상은 담담하면서 착잡하다.

멤버들의 대답은 질문의 예봉을 피해 간다.
'지금이 화양연화이지만, 끝나지 않는 화양연화였으면 좋겠다'라고
대답한 멤버들도 있었고,
'지금 행복하긴 하지만, 화양연화는 아직 아니다'라고
대답한 멤버들도 있었다.

'여기까지 하겠습니다'라는 나의 목소리와 함께
멤버들이 의자에서 일어나려는 순간 VCR은 끝난다.

RM-슈가-제이홉의 연달은 랩으로 시작하는
EPILOGUE : Young Forever♪에는
'그래도 행복해 난 이런 내가 돼서
누군가 소리지르게 만들 수가 있어서',
'더운 텅 빈 무대에 섰을 때
괜한 공허함에 난 겁을 내',
'언제까지 내 것일 순 없어 큰 박수갈채가',
'영원한 관객은 없대도 난 노래할 거야
오늘의 나로 영원하고파
영원히 소년이고 싶어 나'라는 가사가 있는데,
이 가사들은 그들에게 던지는,
궁극의 질문에 대한 답이 되리라 생각했다.
관객의 떼창이 마지막 코러스를 두 번 불러주는 동안
진과 지민의 보컬에는 이미 눈물이 묻어 있었다.

마지막 소감은 눈물 파티였다.
장장 22분간 이어진 이 멘트에서 멤버들은
'화양연화' 시리즈의 모든 활동에 대한 감정을 내어놓으며
서로에게, 팬들에게, 주변 사람들에게 고마움을 이야기했다.

마지막 곡은 '화양연화' 시리즈를 연 I NEED U♪였다.
어쿠스틱 편곡으로 코러스 부분을 관객들이 떼창으로 부른 뒤
본 곡이 시작되었고, 밴드가 길게 후주를 변주하는 동안
멤버들은 돌출 무대 전체를 구석구석 돌아다녔다.
슈가는 공연을 보러 오신 부모님이 앉아 계신 곳 앞에서
큰절을 올린 채 한참을 일어나지 못했다.

멤버들이 퇴장하고 이제 모든 것이 끝났다고 생각될 때,
마지막 엔딩 VCR이 시작된다.
이 VCR의 주제를 정하는 것이 정말 힘들고 오래 걸렸는데,
이 VCR이 〈화양연화 ON STAGE〉 시리즈의
마지막 문을 닫는 이야기를 담아야 했기 때문이다.

'화양연화의 에필로그',
즉, '인생에서 가장 아름다운 순간이 지난 그 다음 순간'.
최고의 순간, 높은 산의 정상에 서기 위해 오랜 시간 단련하고
또 오랜 시간 힘든 오르막길을 올라야 했던 사람이
그 정상에 섰을 때 어떤 생각이 날까. 나라면 어떨까.

그래서 VCR속에서 나는 '여기까지 하겠습니다'라는 멘트 후
인터뷰 의자에서 일어나는 멤버들에게 물었다.
'근데 OO아, 지금 이 아름다운 순간의 끝에는 뭐가 있을까?'
그리고 7명의 진솔한 답이 한 회 한 회 공평하게 돌아가며
투어 14회 동안 엔딩 VCR이 되었다.

"
내리막을 걷게 된다면,
다른 오르막을 찾거나, 내려온 길을 다시 올라갈 거예요.

"
화양연화에 다다르기까지 후회됐던 부분들을 더 열심히 해서
다시 새로운 화양연화까지 갈 겁니다.

"
담담하게 받아들이고 내려올 줄 아는 것도 멋있잖아요.
또다른 멋있는 일을 하고 싶어요.

"
평소에 배우고 싶은 게 많았으니, 그림, 춤, 노래, 악기도 배우고
소소하지만 감사하게 지낼 것 같아요.

"
불확실한 미래에 대한 두려움이 커요.
하지만, 또 많은 시련과 고통이 와도
저와 저희 팀은 또 이겨내고 다른 화양연화를 찾을 거예요.

"
정말 내려가야 할 순간이 온다면,
제가 진짜 좋아하는 일을 하면서 또다른 행복을 찾을 거예요.

"
꽃이 두 개가 있으면 둘 다 아름다울 수 있는데
한 꽃만 아름답다고 말할 수 없듯이,
또다른 화양연화의 새로운 매력을 찾을 거예요.

7명의 비슷하기도, 다르기도 한 대답들.
소박하기도, 대담하기도 한 대답들을 들으며
나를 포함한 공연장의 모든 사람이
이미 느꼈거나 앞으로 느낄
숨가쁜 오르막길이 주는 삶의 힘겨움과
언젠가 마주칠 내리막길과의 조우에 대해 생각해보길 바랐다.

공연 며칠 후

주의 : 음주중 SNS는 부끄러움을 유발합니다.

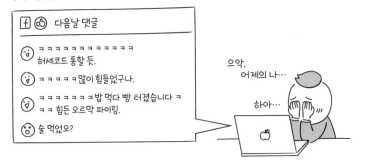

2016년에는 방탄소년단과 여러 가지 프로젝트를 같이했다.

1월에는 광저우 행사와

서울 〈2nd MUSTER〉(공식 글로벌 팬미팅),

5월부터 서울 〈화양연화 ON STAGE : EPILOGUE〉를 시작으로

8월까지 아시아 10개 도시 14회 투어,

6월에는 서울에서 데뷔 기념 파티(온라인 생중계),

8월에는 도쿄 〈A-nation〉 출연 지원.

심지어 11월에는

9일부터 일본 팬미팅 투어(4개 도시 8회)를 시작하자마자

11일과 12일에 서울에서 〈3rd MUSTER〉가 열렸다.

5월에 체조경기장 2회를 단숨에 매진시켰다고는 하지만,

11월 서울 팬미팅의 공연장으로 무려(!) 고척돔을 잡은 것은

매니지먼트의 굉장한 도전이었는데,

고척돔의 관객 수용 능력은 체조경기장의 2배에 육박하기 때문이다.

(물론, 10월에 발매한 WINGS 앨범이 초대박을 터트리긴 했지만,

11월 팬미팅의 티켓 판매가 시작된 건 앨범 발매보다 훨씬 전의 일이다.)

아울러, 국내에서도 고척돔에서 공연한 팀은 손에 꼽을 정도였고,
따라서 연출을 짜고 프로덕션을 꾸리는 데에도 생소한 점이 많은,
PLAN A에게도 큰 도전이 된 팬미팅이었다.
(하지만, 이후로 1년간 방탄소년단은 고척돔에서 4종류의 9회 공연을 열었고,
이는 고척돔 최초이자 아직도 깨지지 않은 기록이다.)

콘서트의 콘셉트를 잡는 작업이
아티스트의 콘텐츠를 바탕으로 한 재해석과 재창조라면
팬미팅의 콘셉트 작업은 팬들의 니즈를 채우고 취향을 저격하기 위해
팬들의 입장에 서서 생각하는 것이 최우선이다.
팬클럽 커뮤니티, 블로그, SNS, 유튜브 등
팬들이 반응을 보이는 모든 채널을 샅샅이 훑으며
아티스트의 어떤 행동에 팬 반응이 어떻게 나왔는지,
팬들이 보고 싶어하는 건 어떤 것일지를 찾고 또 찾는다.

3기 팬미팅의 대주제는 '아미(ARMY)를 이해하는 방탄소년단'이었다.
항상 다수의 팬이 소수의 아티스트에게
엄청나게 많은 양의 피드백을 남기게 되는데,
이때 팬들의 마음은 '이걸 내 아티스트가 볼까?',
'내 아티스트가 알아줬으면' 하는 마음이다.
그래서, '팬의 마음을 아는 아티스트'의 모습을
3기 팬미팅에서 보여주고자 했고,
그 모습을 보여줄 장치들을
연출, 무대 디자인, 스토리, 코너 구성 등 여기저기에 넣었다.

이 대주제를 설정한 이유는
당시 방탄소년단이 해외 활동이 많아지면서
국내 팬들과 정서적 교류가 필요하던 시기였고,
특히 고척돔이라는 거대한 공간에서는
관객과 아티스트의 물리적 거리가 엄청나게 멀어지기 때문에
(주로 아티스트를 '면봉'이나 '이쑤시개'라는 단어로 표현한다).
이 정서적, 물리적 아쉬움을 달래기 위함이기도 했다.

우리는 모든 팬들이 공감할 수 있는 소재를 찾던 중,
팬클럽 아미 3기 모두가 받은 팬키트 'ARMY.ZIP'에 주목했고,
팬미팅 제목을 〈ARMY.ZIP+〉라고 짓기로 했다.
팬키트 'ARMY.ZIP'의 의미와 개념을
오프라인 팬미팅으로 확장하겠다'라는 뜻이었다.

한편, 'ARMY.ZIP' 팬키트에는
포토카드, 인터뷰, 멤버가 그린 그림,
멤버들의 가방 공개기 등이 책처럼 들어 있었고,
사용설명서 역할을 하는 '유저 가이드'가 들어 있었다.

이 '유저 가이드'의 내용 중 포토카드에 대한 설명인
'카드를 잘 때 옆에 놓고 자면 잘하면 꿈에 저희가 나옵니다!'라는 문구를
상상력의 시발점으로 삼기로 했다.

이 프로젝트를 담당한 월리PD를 중심으로
갖가지 방법의 아이디에이션이 시작되었다.

빙의 완료?

진짜로 방탄이 꿈에 나오라고 포토카드를 옆에 놓고 잔 적이 있나요?

아직 빙의가 제대로 안 된 거 같은데? 너 월리지?

어떻게 뜯을 건가요? 칼로? 손으로?

또 뭐가 보이나요? 집에 누구누구 있죠?

그 삼촌이 혹시 슈가를 닮았나요?

또… 또 말해봐요! 주변에 뭐가 보이죠?

압! ……. 네, 안녕하세요, 저는 김아미입니다.

그런 유치한 걸 누가 믿… 아… 아닙니다. 있어요, 있어.

안녕하세요, 저는 김아미입니다. 아… 팬키트가 택배로 왔어요! 뜯고 싶어요.

소중한 팬키트!! 스티커 뜯는 거부터 조심해야 해요. 헤어드라이어로 먼저 말려요.

엄마… 아빠… 오빠… 얹혀사는 백수 삼촌도 있고… 강아지도 있고…

삼촌이 누워 있는 걸 좋아해요. 슈가 맞는 것 같아요!

배고파요. 샌드위치 시켜 먹고 하는 게 어떨까요?

월리PD네. 눈 떠, 먹고 하자.

뭐지, 이 사람들.

공연장에 입장하면, 이미 무대 위에는
대형 애드벌룬들이 떠 있어서 축제 분위기를 잡는다.

오프닝 VCR은 '김아미'의 시선으로
이제 막 도착한 팬키트 택배 상자를 받아들며 시작한다.
칼로 조심스럽게 박스 테이프를 자르고, 보충재를 제거한 후,
뿌듯하게 두 손으로 팬키트를 들어본다.
커버에서 꺼낸 후 최고 난이도의 스티커 제거에 들어간다.
손톱으로 살살 긁어도 보고, 헤어드라이어로 말려도 보고,
칼로 예쁘게 자르려 시도도 해보고, 갖은 시도 끝에 마지막으로
한 번에 깨끗이 뜯기길 기도하며 뜯지만,
결국 커버도 같이 찢기는 참극(!)이 벌어진다.
나의 소중한 팬키트에 이런 참사가 벌어지다니…….
자책감에 몸부림치던 김아미는 침대에서 이불킥을 날린다.
이윽고 정신을 가다듬고 팬키트를 조심스레 열어본 김아미,
유저 가이드대로 포토카드를 침대 옆에 놓고
꿈에 나올 방탄소년단을 기다리며 잠이 든다.

이윽고 몽롱한 명상음악이 나오며 꿈결에서 듣는 것 같은
(유저 가이드에 이걸 자필로 쓴) 정국의 내레이션
'카드를 잘 때 옆에 놓고 자면 잘하면 꿈에 저희가 나옵니다'가
들리는 동안 무대에는 순식간에 거대한 (높이 10m, 가로 7.5m)
팬키트 모양의 ABR 이 생기고 이내 하늘 위로 두둥실 날아오른다.

잔망스러운 첫 곡 이불킥♪을 하는 동안 멤버들은 아미들의 마음을 녹였다.
'우리가 이제 체조에 왔다'며 감격하던 멤버들은
6개월도 안 되어 '우리가 고척에 왔다'며 첫인사를 했다.

10분짜리 미니드라마 'HOUSE OF ARMY'를 상영했다.
김아미(RM)와 엄마(제이홉), 아빠(정국), 삼촌(슈가), 오빠(뷔),
강아지 '이쁘(지민)', 멀티맨(택배 기사, 꽃, 시계, 바나나 등. 진)이 사는
아미의 집(HOUSE OF ARMY)을 배경으로
팬들이 겪었을 법한 일들을 소재로 유쾌한 시트콤으로 촬영했다.
(오프닝 VCR도 이 VCR과 같은 스토리 라인이었다.)

딸과 엄마가 모두 팬클럽에 가입해 두 개의 팬키트를 받은 사연,
손 떨리는 (오프닝과 다른 앵글로 찍은) 팬키트 스티커 떼기,
여권을 잃어버린 RM의 실제 이야기를 녹인 아빠의 여권 분실,
슈가가 당시에 밀던 유행어 '민윤기천재짱짱맨뿅뿅',
방탄을 무시하던 오빠가 숨어서 방탄의 음악을 듣던 사연 등
팬들의 이야기를 시트콤 설정 위에 얹었다.

착한 오리의 공연 용어 사전

ABR

Aero Ballon Robot. 신장개업한 가게 앞에서 춤추는 인형, 석촌호수의
거대 노란 오리 등이 간단한 예다. 빠른 전환이 필요한 라이브 공연에서
는 빠르게 공기를 주입해 크고 작은 동물, 꽃, 조형물 등을 만든다.

아티스트를 보러 온 관객들에게
아티스트가 실재하지 않는 10분은 아주 길게 느껴진다.
그래서 이 VCR에는 엄청난 공을 들여야 했다.
월리PD는 초기 시놉시스와 원고부터
멤버 연기 지도, 편집 디렉팅까지 맡았다.
(물론, 최고의 베테랑 촬영팀과 편집팀이 함께했다.)
이 VCR은 공연의 주제를 잘 담아낸 동시에,
평소 보기 힘든 아티스트의 시트콤 연기,
재미있는 에피소드와 타이트하고 감각적인 편집으로
'하우스오브아미 보려고 DVD 산다'라는 말이 나올 정도였다.

RM과 정국의 알아요♫, 슈가와 지민의 Tony Montana♫가 이어졌다.
다음은 문제의 유닛곡 방탄유소년단 메들리♫였다.
진, 제이홉, 뷔가 유치원 교복을 입고
불타오르네♫, 상남자♫, 쩔어♫ 같은 대표적인 '센' 곡들을
동요로 편곡해 게다리 춤 등 귀여운 안무와 율동을 붙인 이 무대는
팬들에게 오래도록 회자되는 광란의 무대가 되었다.

이어진 '방탄 RUN'은 드넓은 고척돔에서
자칫 소외감을 느낄 수 있는 스탠드 관객을 위해
플로어를 한 바퀴 빙 둘러놓은 엄청난 양의 돌출 무대를
계속 돌아다니며 관객들에게 최대한 가까이 가는 코너였다.
가로 16m에 높이 9m의 초대형 아이맥을 설치하긴 했지만,
모든 관객이 한 번은 아티스트를 육안으로 볼 수 있게 하는 것이
이 코너의 목표였다.

야구장 전체에 十자로 두고 크게 테두리까지 두른 돌출 무대는
테두리에만 약 1000m²의 무대 설비가 필요했고,
A, B스테이지 등을 합치면 무대 전체는 2300m²의
어마어마한 면적이 설치되어야 했다.
이는 국제규격 농구 풀코트 5개를 채우고도 넉넉히 남을 면적이다.
(그럼에도 불구하고 높디높은 4층은 여전히 너무 멀었고,
이후 고척돔을 준비할 때 높이의 차원에서 고민해야 할 숙제가 되었다.)

이 돌출 무대는 '면봉' 걱정을 했던 관객의 호평을 받았지만
고르지 않은 야구장 바닥과 좁은 반입구,
지게차가 들어갈 수 없는 면적이 대부분이었던 점 등
많은 난관을 극복하고 나서야 실현할 수 있었다.
(그리고 물류비, 인건비 등 예산도 무시무시하게 나왔다.)

이 넓디넓은 돌출 무대를 충분히 활용하기 위해,
다음 곡 24/7 =heaven♪에 전동휠을 넣었다.
아티스트는 헤드셋을 끼고 묵직한 전동휠을 타고
돌출 무대를 마음껏 돌아다녔다.

본 공연 마지막 곡은 WINGS 앨범의 타이틀 피 땀 눈물♪이었다.
풍성한 화약과 새로 장착한 장거리 대형 에어샷이
화려하게 마지막을 장식했다.

앙코르 VCR은 팬키트 내용인 멤버들 가방 공개기를 응용했다.
멤버들의 대화 녹음과 자막, 이모티콘으로만 만든 이 Skit VCR은
'아미의 가방에는 무엇이 있을까'라는 주제로 자유 토크 형식을 취했다.
응원봉과 여분의 건전지, 보조배터리, 머리끈, 망원경 등
관객들이 실제로 가지고 다니는 아이템에 대해 공감 수다를 벌였다.
(이 녹음을 HOUSE OF ARMY 촬영장에서
쉬는 시간에 한켠에 모여앉아 5분 만에 녹음했는데,
스튜디오의 정갈한 녹음과 달리 진짜 방에서 수다 떠는 느낌이 난다.)

앙코르 첫 곡은 아티스트가 팬에게 보내는 노래, 둘! 셋!♪이다.
'한국'의 '팬미팅'에서 첫 공개되어 더 의미 있었고,
객석에는 훌쩍이는 소리가 여기저기서 들렸다.
MR을 끄고 2만 명의 육성으로 부르는
'괜찮아 자 하나 둘 셋 하면 잊어
슬픈 기억 모두 지워 서로 손을 잡고 웃어'라는 가사에
보는 스태프들도 잠시 눈시울이 뜨거워졌다.

마지막 소감 후, 흥탄소년단♪과 진격의 방탄♪을 부르면서
전동휠과 (2, 3층을 위한) 리프트를 타고, 객석으로 MD를 던져주며,
관객과 마지막 인사를 나누면
3시간 20분의 풍성한 팬미팅이 끝난다.

그땐 그랬지

〈화양연화 ON STAGE〉 시리즈로 1년여간 멈춰 있었던 3부작은
이제 〈2017 BTS LIVE TRILOGY EP III : THE WINGS TOUR〉로
그 대단원의 끝을 준비하고 있었다.

앨범 WINGS의 성공과 최근 보여준 티켓 파워에 힘입어 몸집을 한껏 불린
이번 〈THE WINGS TOUR〉는 이전 투어보다
훨씬 더 많은 도시에서 훨씬 더 많은 회차가 순식간에 매진됐다.
WINGS 앨범과 〈THE WINGS TOUR〉는
방탄소년단의 잠재력이 걷잡을 수 없이 폭발하는 변곡점이었고,
그만큼 팬, 언론, 업계 관계자들의 관심도 집중되었다.

거대하기만 한 투어가 아닌 위대하기까지 한 투어를 만들기 위해
이전까지의 방식에서 벗어나
다양한 크리에이터들, 다양한 프로덕션을 만났다.
한국에서는 설치 미술과 조각을 하는 힙한 아티스트,
연극계의 젊은 스타 연출가,
콘서트 영상 제작에 손꼽히는 VJ팀들을 다 만나고,
일본에 건너가(일본의 콘서트 시장은 한국보다 훨씬 거대하다)
도쿄 돔을 제집 드나들 듯 한다는 무대 디자이너들,
아시아에서 유일하게 라이선스를 가지고 있다는 키네틱팀도 만났다.

몇 달간의 직간접적인 만남이 모두 결실을 맺은 것은 아니지만
그들과의 커뮤니케이션은 PLAN A의 아이디에이션에 자극이 되었고
일본 키네틱 팀의 인력과 장비는 실제로 섭외해 한국 공연에 적용했다.

풍성하게 확보된 연출 재료들을 늘어놓고
WINGS 앨범에 담긴 7곡의 솔로곡(콘서트에서
솔로 무대를 가진 것은 이 공연이 처음이었다)을 비롯해
풍성해진 후보곡들을 조합해 공연의 세트리스트를 짰다.
이제 방탄소년단 공연의 세트리스트는 어느 한 곡 흘려듣기 아까운,
마치 1번 타자부터 9번 타자까지 너무나 강력해
누구 하나 볼넷으로 거르거나 피해 갈 수 없는
MLB 우승팀의 타선 같은 모양새가 되었다.

세트리스트가 큐시트로, 이면지의 스케치가 디자인으로 진화하면서
공연 준비는 속도를 내기 시작했다.

거대하고 위대한 공연을 만들기 위한 노력은
프리프로덕션으로 먼저 예선 무대에 올랐다.
공연 2주 전, 화곡동의 KBS아레나와 제2체육관(모두 농구장 사이즈의
플로어를 가졌다)을 7일간 빌렸고, 무대 설치 면적을 나눠
KBS 아레나에는 A스테이지를, 제2체육관에는 B스테이지를 설치했다.
아티스트는 이 프리프로덕션에 처음으로 참여했는데,
연출, 동선, 전환, 의상, 음악, 무대미술 등 여러 방면에서
미비한 점을 미리 찾아내 보완하거나 대체할 수 있는 기회가 되었고,
처음 일해보는 키네틱팀과도 실제로 설치된 장비를 보고
디자인과 큐(cue)를 함께 고민하는 시간이 되었다.

무대의 첫번째 주요 아이템은 좌우로 움직이는 거대한 아이맥이다.
3기 팬미팅 때 호평을 받았던 가로 16m, 높이 9m의 아이맥을
이번에는 여닫이로 만들어
닫으면 가로 32m의 초대형 스크린으로 쓸 수 있다.
야구장이라는 거대한 공간에서 쓰는 큰 전환이라는 의미도 있다.

두번째는 7개의 대형 리프트다.
7개의 리프트는 위아래로 움직이며 V, A, ㅡ 자 모양 등을 만들었고
특히 V 모양은 날개를 표현한 오프닝 신에 채택했다.
리프트가 올라간 전면에는 접히는 LED를 달아,
영상을 틀면 리프트가 아닌 영상 기둥이 올라가는 것처럼 보이게 했다.

기분 탓인가

세번째로 키네틱을 B스테이지 천장에 리깅(!)했다.
108개의 모터가 한 변이 1.8m인 36개의 빛나는 정삼각형을
자유자재로 움직이며 깨지는 알껍데기와 날개, 파도 등
다양한 장면을 만들어냈다.

네번째 비장의 무기는 고척돔의 3, 4층 관객을 커버하는
고척돔 천장에서 내려오는 열기구(처럼 생긴) 장치다.
3기 팬미팅에서의 교훈을 반영한 결과이기도 하다.

그 외에도 리프트 6대, 턴테이블 1대, 해치 1대, 바닥 LED,
두 대의 탑카메라를 포함한 14대의 현장 중계 카메라,
돌출 테두리와 빈 곳을 꼼꼼히 채운 방사형의 전식 등
전 파트에 걸쳐 고르게 풍부한 물량을 선정했고,
이 물량을 돌리기 위한 전기 발전차 용량은 무려 2000kw에 이르렀다.

오프닝 VCR로 공연은 시작한다.
푸른 하늘을 날던 시선은 박제된 날개, 어지러운 책상,
붉은 탄환, 캠코더, 불타는 피아노, 초코바, 공중전화부스,
병원 침대, 트럭, 사과 등 3부작을 집대성하는 듯
지금껏 콘서트 VCR과 트레일러, 뮤직비디오 등에서
활용된 오브제들을 줄기차게 활용하며 멤버들을 함께 보여준다.

화면이 하얀 알 껍질로 바뀌고 조각나 깨지면서 끝나면
공연장 한가운데의 키네틱이 그림을 이어받는다.
영화 〈캐리비안의 해적〉에 나올 것 같은 웅장한 음악이 흐르고
B스테이지 위에 반구의 껍질 형태를 하고 있던 키네틱은
한 조각씩 하늘로 날아오르며 그 껍질을 스스로 깬다.
공중에 흐트러진 조각들은 어느덧 날개의 형상으로 모여 빛난다.
날개가 하늘로 날아오르자 거대한 아이맥이 열리며
V자 모양을 한 7대의 리프트에 탄 아티스트가 보인다.
첫 곡 Not Today 🎵 전주에 리프트가 천천히 내려온다.

무대를 부술 듯이 춤추는 강렬한 Not Today♬가 끝나면 첫인사를 나누고,
'여러분 날(아오를) 준비됐어요?'라는 랩몬의 마지막 멘트 뒤로
Am I Wrong♬, 뱁새♬, 쩔어♬가 이어진다.

드디어 막내 정국의 Begin♬을 시작으로 솔로 무대들이 공개된다.
무대에는 흰 LSG(무대에 낮게 깔리는 흰 연기 효과)가 차분하게 깔려 있고,
관객을 등지고 등장한 정국은
'아무것도 없던 열다섯의 나 세상은 참 컸어 너무 작은 나'라는
처연한 도입부 가사를 부르며 턴테이블로 무대를 천천히 한 바퀴 돈다.
곧이어 현란한 안무가 함께하는 코러스가 나오면
아티스트의 등뒤에는 조명기가 빽빽하게 달린 구조물이 내려와
순수한 하얀빛으로 그의 시작(Begin)을 축복한다.

지금까지 이런 춤은 없었다. 이것은 인간인가 춤신인가

지민의 Lie♪는 B스테이지에서 기습적으로 시작한다.
퇴폐미가 돋보이는 이 곡을 위해 다크레드와 퍼플 계열로
조명과 영상을 구성하고 지민은 안대 아이템을 골라왔다.
하늘에서 조명과 색을 맞추며 빛나던 키네틱은
댄서가 지민을 들어올리면 그에 화답하듯 천천히 내려오고
마지막 후렴에 지민의 등뒤까지 내려와 강렬한 엔딩을 함께 만든다.

프리프로덕션에서 나름의(?) 연기 지도

이 구간은, 음, 쉽게 얘기하면
'술 취해 비틀대는' 연기를 하면 되는데.
가사를 생각해봐요, '이 지옥에서 날 꺼내줘
이 고통에서 벗어날 수 없어 벌받는 나를 구해줘',
이 가사를 연기하면서 걷는다고 해봐요.
엄청 멋있을걸?

감독님, 근데,
엔딩 포즈 잡기 전까지
후주가 좀 긴데…
여기서 어떻게 할까요?

취한 사람처럼…

술 취해본 적 없는 건 아니죠?

음. 가사를 그냥
곱씹겠습니다.

지민씨도 멋있어.

이 장치는
확실히 멋있는데…

슈가의 First Love🎵는
슈가와 그가 어릴 적 치던 '갈색' 피아노와의 대화 형식인데,
그 가사의 흐름에 따라 슈가의 동선을 정리했다.
피아노와 함께 등장한 슈가는
이윽고 (가사처럼) 피아노를 떠나 무대 앞쪽으로 걸어나온다.
슈가와 피아노 사이에는 좌우 30m에 달하는
불길과 연기가 솟아 슈가와 피아노를 갈라놓는다.
랩이 끝날 즈음 슈가는 포그플레임의 불길 속으로 들어가
(역시 가사처럼) 피아노 옆에 선다.
의미심장한 표정을 짓는 슈가는 갈색 피아노와 함께 리프트로 퇴장한다.

투어가 거듭될수록 발전하는 표정 연기

Save ME♬, I NEED U♬ 이후 VCR은 물이 가득한 곳에서
거대한 고래가 RM과 마주하는 장면으로 끝난다.

RM의 Reflection♬은 이 장면을 이어받는다.
하늘의 키네틱은 파도의 움직임을 형상화해 일렁이고
무대도 온통 푸른빛으로 가득하다.
하수 끝의 아티스트는 담담하게 가사를 내뱉으며
7개의 리프트가 만든 계단으로 메인 LED를 배경삼아 상수로 올라간다.
6번 리프트에 서면 (영상 속) 거대한 고래가 아티스트를 마주한다.
'I wish I could love myself'라는 의미심장한 가사로 노래가 끝나면
마지막 7번 리프트 위 공중전화부스에 전화가 걸려오고,
뚜벅뚜벅하는 발소리에 맞춰 아티스트는 부스 안에 들어가 전화기를 든다.

안무… 연습?

마치 마술처럼, RM이 들어간 전화부스에서
RM은 사라지고 뷔가 Stigma♫ 전주에 걸어나온다.
WINGS 앨범 쇼트 필름(짧은 티저 혹은 비디오)의 스토리에서 착안한 동선이다.
(이 동선을 위해, 뷔는 공중전화부스 안에서 Reflection♫ 내내 대기해야 했고,
RM도 노래가 끝난 뒤 2분을 더 대기해야 했다.)

아련하게 노래를 부르며 3개의 계단을 내려온 뷔가
중앙의 4번 리프트 위에서 첫 코러스를 마치면
7개의 리프트가 일제히 하강한다.
뷔가 앞으로 걸어나와 열창하면
적색의 강한 레이저와 할로겐램프가 등뒤를 가득 채운다.

중간 VCR이 나오는 동안 거대한 아이맥이 천천히 닫힌다.
하나가 된 거대한 LED를 배경삼아 제이홉이 B스테이지에서 등장한다.

10년 전, 가수가 되겠다는 자신을 뒷바라지했던 어머니에게 바치는
MAMA♬는 신나는 리듬의 찬가다.
제이홉은 어느새 웅장한 LED 벽 앞에 홀로 선다.
아무 소리도 없는 거대한 공연장에서 그는 마이크에 진심을 토한다.
'그대는 영원한 나만의 placebo' 그리고 나직이 내뱉은 고백
'I love mom'이 끝나자마자 등뒤의 거대한 벽이 열린다.
그 안에는 가스펠이 울려퍼지는 성당이 연상되는 스테인드글라스가 보이고
60여 명의 합창단이 신나는 코러스를 이어간다.
2만 관객의 육성 코러스 후 이 웅장한 찬가는 마무리된다.

마지막 주자는 진의 Awake♬다.
7대의 대형 리프트가 지금까지는 웅장한 날개 모양(오프닝),
'성찰'의 상징인 계단(Reflection♬)으로 쓰였다면
정통 발라드 Awake♬에서는 웅장함과 상징, 거기에 유연함까지 더해
솔로 무대의 끝을 아름답게 장식한다.

어둑한 무대에 현악 6인조의 연주가 흐르고 4번 리프트에 진이 등장한다.
7명을 태운 리프트는 음악에 맞춰 V, A, ㅡ자 모양을 자유자재로 만들고
메인 LED와 리프트 전면 LED에는 아름다운 꽃잎이 나부긴다.
특히 마지막 코러스에서 A의 정상에 선 아티스트의 등뒤에
거대한 날개가 생기는 영상으로 마지막 솔로 무대를 마무리한다.

공연은 끝없이 텐션을 올린다.
BTS Cypher 4♪, 불타오르네♪에 이어
N.O♪, No More Dream♪, 상남자♪, Danger♪, RUN♪,
호르몬전쟁♪, 21세기 소녀♪까지 숨가쁘게 몰아친 후,
잠시 마지막 토크를 가진다.

마지막 토크에서 홀로 빠져 숨을 고른 제이홉은,
토크 후 다른 멤버들이 퇴장하자
어둠 속에서 리프트를 타고 무대 위로 등장한다.
붉은 레이저를 배경으로 80초간 몸이 부서질 듯 에너지 넘치는 독무,
Boy Meets Evil♪을 선보인다.
이어진 본 공연의 마지막은 피 땀 눈물♪이다.

앙코르 첫 곡은 WINGS♪다.
1톤 트럭을 개조해 구름 모양의 세트를 붙인
이동차 2대에 나눠 탄 멤버들은 무대 양옆에서 나와
공연장을 크게 한 바퀴 돌며 관객과 호흡했다.

둘! 셋!♪에서 7대의 리프트는 멤버 등뒤로 올라와
앞에 선 멤버들의 데뷔 때 모습을 아련하게 LED에 보여준다.
음악 없이 관객의 목소리만 듣는
둘! 셋!♪의 떼창은 3기 팬미팅에 이어 큰 감동을 선사한다.

마지막 곡 봄날♬이 끝나면 10분이 넘는 긴 후주가 나오고,
공연장에는 마지막까지 숨겨두었던 열기구가 설치된다.
2-3-2명으로 나뉘어 3대의 열기구에 나눠 탄 멤버들은
4층 관객의 눈높이까지 올라가 손을 흔들고 내려온다.

A스테이지로 돌아가 끝까지 손을 흔들면
아이맥이 천천히 닫히며 공연은 끝난다.

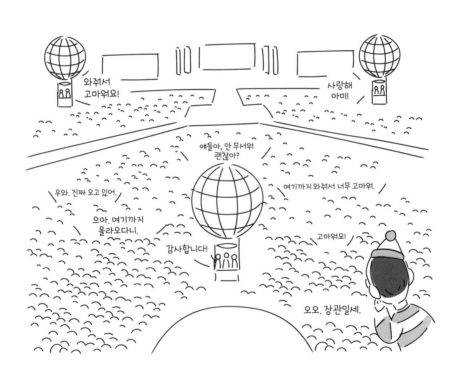

하지만 불행히도, 아주아주 불행히도
마지막날 공연, 마지막 순간에 실패는 불현듯 찾아왔다.

이 공연의 마지막에서 두번째 큐 '아이맥 클로즈, 둘, 하나, 고!'를 외치고
'이제 정말 첫 산을 다 넘었구나'라고 안심하며
마지막 큐 '엔딩크레디트, 둘, 하나, 고'를 준비하던 그때,
각각 16m를 안쪽으로 움직여야 할 두 아이맥 중에
하수 아이맥이 4m째부터 더이상 움직이지 않았다.
급하게 한번 더 시도했지만 또 실패.
후주는 이제 1분도 남지 않은 상황,
잊을 만하면 찾아오는 연출자의 외로움은 그해도 잊지 않고 찾아왔다.

심호흡을 하고, '그냥 다시 다 열고 끝낼게요'라고 인터컴에 얘기하고,
멤버들의 인이어로 '아이맥 안 닫힙니다. 상수 퇴장할게요'라고 전달한 후,
엔딩크레디트를 틀고 깊은 한숨을 몰아쉬었다.

외로울 시간이 없다

서울 공연이 끝난 후 2주간 서울 공연의 장단점을 분석하고,
북남미에 최종 라이더를 보내고, 일본에 당일치기 미팅을 다녀오고,
그리고 짐을 쌌다.

3월 7일 인천을 이륙해 뉴욕에서 환승해 산티아고에 도착하는,
지구 반대편으로 날아가는 긴 비행 끝에 북남미 투어가 시작되었다.
14명의 연출-프로덕션으로 카고 없이 현지 장비로만 진행한 투어는
예상대로 사건과 사고의 연속이었지만
그만큼 14명이 똘똘 뭉쳐 헤쳐나가는 전우애가 다져진 기간이었다.

이어진 아시아와 호주 공연은
25명의 프로덕션으로 인원을 늘리고
주요 장비를 한국에서 카고로 공수해 오히려 수월했다.
(물론 한국 장비가 시드니의 까탈스러운 전기 테스트를 통과하는 것은 힘들었다.
하지만, 이 덕분에 다음 투어 장비를 짜는 데 큰 교훈을 얻는다.)

여름의 일본 아레나 13회에서 줄줄이 매진된 행렬을 잇던 투어는
7월 초부터 9월까지 잠시 휴식기를 가진다.

9월 LOVE YOURSELF : 承 앨범이 발매되어,
이 앨범의 DNA🎵, 고민보다 GO🎵가 하반기 큐시트에 추가되었다.

마침내 10월, 일본 5대 돔 중 하나라는 일본 오사카 교세라 돔에 입성한다.
고척돔(2만 석)을 제외하면 모두 1만 석 내외였던 아레나를 돌다가
3만 석을 훌쩍 넘기는 일본 돔에 들어간다는 사실에 투어팀 모두가 들떴다.

아울러, 교세라 돔 후 타이베이와 마카오를 찍고
투어의 마지막을 장식할 〈THE WINGS TOUR : THE FINAL〉이
서울 고척돔 3회 공연으로 확정되었다.

오사카에서는 일본 돔 투어의 상징처럼 쓰는 이동식 열기구를 섭외했다.
(실내 초대형 공연장인 돔이 많은 일본에서
일본 아티스트들이 돔 투어를 할 때면 종종 사용하는 아이템이다.)

지름 8m의 풍선에 헬륨가스를 넣고
1~2명의 사람을 띄운 뒤, 풍선과 연결된 긴 로프를
지상의 스태프가 잡고 천천히 이동하는 방식이다.

(내가 아는 바로는) 세계 유일의 '이동식 실내 유인 열기구'를 보유한 이 팀을
12월 서울 파이널 공연에 섭외해서 모셔왔다.
그간 고척돔에서 느꼈던 3, 4층 관객들의 소외감을
시간, 비용, 기술이 허락하는 한 가장 효과적으로 해결할 방식이었다.

그 결정은 아주 타당하고 합리적이었지만
그걸 현실화하기 위해서는 처음 겪는 난제들을 해결해야 했다.

특히 엄청난 양의 헬륨가스를 한국에서 준비하기 위해
산업용 헬륨 수입 업체 사장님을 만나 이야기를 나누다가
본의 아니게 국제 헬륨 시장은 미국과 카타르가 좌우하며
시세 급등락이 크다는 사실도 알게 되었다.

그리고 이 열기구를 평소에 지상에 정박(?)시키기 위한
톤 단위의 모래와 그걸 담을 모래주머니를 구매하기도 했다.

2017년 12월의 파이널 공연은
작게는 〈EPISODE III : THE WINGS TOUR〉의 앙코르 공연이자,
크게는 〈THE RED BULLET〉으로 시작한 3부작의 마무리였으며,
더 크게는 3부작과 〈화양연화 ON STAGE〉 시리즈까지 모두 아우르는
길고 긴 대서사의 마침표였다.

이런 의미를 살리기 위해 파이널은 '종합선물세트'가 되었다.
첫째로는 예전 곡들인 We Are Bulleproof PT.1 + PT.2♪, 힙합성애자♪ 등을
추가로 선곡해 세트리스트를 구성했다.

두번째로는, 풍성한 연출안과 프로덕션을 쏟아넣었다.
기존의 주요 아이템들을 지키면서
공연장 여기저기에 새로운 아이템들을 추가했다.
B스테이지에 턴테이블과 5대의 대형 리프트를 추가했고,
상부에는 (키네틱을 대체하여)
WINGS 앨범의 로고를 형상화한 26m짜리 대형 세트를 리깅했다.
일본 열기구팀을 섭외해왔고
2월에 큰 슬픔을 안겨준 아이맥 슬라이딩도 구조적으로 강하게 보강했다.
여러모로 풍부해진 프로덕션 덕에
발전차 용량은 2500kw까지 올라갔다.

파이널에서 개인적으로 가장 인상적인 신은
앙코르 길♪과 Born Singer♪다.
2014년 〈EPISODE II : THE RED BULLET〉에서 공연했던 길♪과
2015년 〈EPISODE I : BTS BEGINS〉에서 공연했던 Born Singer♪를
2017년 3부작의 마지막에서 재해석한 무대였다.

길♪이 시작되면 B스테이지의 리프트는
멤버들을 '정상'으로 올려놓는다.
리프트의 4면에 설치된 LED에는 그간의 뮤직비디오에 등장했던
주요 아이템(No More Dream♪의 스쿨버스 등)이 아련한 수채화로 흐른다.
아이맥에는 14년에 길♪을 부르던 멤버 얼굴이 동시에 나와
'시작'에 서 있던 그들과 '정상'에 서 있는 그들을 함께 보여준다.

공연은 길♪로 한껏 추억에 젖은 모두를
공식 눈물 버튼, Born Singer♪로 이끈다.
〈BTS BEGINS〉때처럼, 턴테이블에 소년들은 동그랗게 모인다.
하지만 그때와는 방향이 완전히 다르다.
그때는 안을 보고 섰다가 마지막 코러스에서야
관객을 향해 돌아서며 마이크를 수줍게 넘겼다면,
이번에는 처음부터 당당히 관객을 향해 사자후를 토한다.

특히 RM은 '스무 살'인 원곡 가사를 '스물다섯'으로 바꿔 부르며
마치 펄떡거리는 심장을 꺼내놓은 듯 강렬한 랩을 들려주는데,
나조차 순간적으로 압도되는 느낌이었다.
마지막 코러스에서 멤버들은 비로소 자기 자신들을 향해 돌아선다.
이 3부작을 하는 동안 앞만 보고 달린 멤버들이
마지막 순간에는 스스로와 옆의 멤버들을 보는 모습을 연출했다.

긴 3부작을 끝내는 순간의 감정은 모두에게 남달랐다.
길게 이어진 마지막 소감에서,
제이홉과 뷔가 멘트중에 터져나온 감정에 눈물을 흘리자,
지켜보던 정국은 멘트 시작 전부터 이미 펑펑 울고 있었고,
항상 깨지지 않는 얼음 같던 슈가도 눈물에 고개를 떨궜다.

봄날♬ 후 잠시 무대 뒤로 퇴장했던 멤버는
이윽고 WINGS♬의 경쾌한 리듬과 함께
4대의 열기구에 나눠 타고 고척돔을 크게 한 바퀴 돌고 나서야
마지막으로 닫히는(!) 아이맥 뒤로 퇴장한다.

〈2017 BTS LIVE TRILOGY EPISODE III : THE WINGS TOUR〉라는
긴 제목만큼이나 긴 시간이었던 2017년 2월부터 12월까지,
전 세계의 아레나와 돔을 돌며 21개 도시 40회를 꼬박 채운
투어가 그렇게 막을 내렸다.
마지막 엔딩크레디트가 올라가는 순간,
내 삼십대의 마지막 숙제가 끝나는 느낌이었다.

자, 그럼 다음 게임을 시작하지
2017년 12월 고척돔 스카이박스

2017년 12월 〈THE WINGS TOUR〉가 막을 내렸지만,
BTS PLAN A의 작업은 쉴새없이 이어졌다.

당장 2018년 1월부터 고척돔 팬미팅, 4월의 일본 팬미팅 투어,
5월의 빌보드 뮤직어워즈, 6월의 데뷔 5주년 기념 공연,
그리고 8월의 새로운 투어가 줄줄이 기다리고 있었다.

〈THE WINGS TOUR〉가 한창이던 17년 여름,
〈4th MUSTER〉를 위한 아이디에이션이 시작되었다.
전작 〈3rd MUSTER [ARMY.ZIP+]〉 콘셉트의 대성공이 부담이었는지,
이번 콘셉트를 잡는 일은 꽤 긴 시간 동안 갈피를 잡지 못하고 표류했다.

'BTS와 ARMY의 기억과 추억은 영원히 쌓인다'라는 대주제를 정했지만
전체 콘셉트와 소재를 정하기 위해 내어놓은 '아무말'이 쌓여만 갔다.
PLAN A 멤버들이 모여 앉아
아이디어를 던지고 받으며 깔깔대는 이 '아무말 대잔치'의 시간은
분명 PLAN A의 최대 강점이기도 하지만,
뚜렷한 결과물을 내지 못하고 야속하게 흐르기만 하는 시간은
점점 우리의 숨통을 조여왔다.

클라우드 서비스를 운영하는 IT회사 직원,
전래동화(『흥부와 놀부』, 『해님 달님』 등)의 주인공,
세계 명작 동화(『걸리버 여행기』, 『라푼젤』 등)의 주인공 등
다양한 버전의 세계관에 기반한
타이틀, 시놉시스, 토크와 게임 구성안이 계속 개발되었고
매니지먼트와의 길고 긴 미팅도 계속되었다.
두 달이 넘는 긴 콘셉트 작업 후, 가을의 시작쯤에서야
타이틀과 전체 시놉시스가 확정되었다.

〈BTS 4th MUSTER [HAPPY EVER AFTER]〉라는 제목은,
항상 '그리고 그들은 행복하게 오래오래 살았습니다'라고 끝맺는
전 세계 동화들의 마지막 문장에서 따와
'BTS와 ARMY가 오래오래 행복하게 지내자'라는 동화적 메시지를 담았다.

이 동화가 펼쳐지는 세계는
ARMY의 상징인 응원봉 아미밤(ARMY BOMB)이었다.

'아미밤 안에는 BTS라는 요정 7명이 살고 있고
이 요정들은 BTS와 ARMY가 만드는 모든 기억과 추억을
기억구름으로 만들어 병에 예쁘게 넣어
잘 저장해두는 역할을 하고 있다'라는 세계관을 세우고,
이를 현실화하기 위한 VCR 시놉시스, 무대 디자인,
전체 구성안, 선곡, 편곡, 프로덕션 물량과 예산 정리 등을 시작했다.
이전까지 경험한 세 번의 고척돔 공연이 큰 도움이 된 것은 물론이다.

'아미밤 안에 BTS 요정이 산다'는 세계관을 구현하기 위해
무대 디자인은 거대한 아미밤의 형상으로 만들었다.

A스테이지는 가로 100m, 높이 27m의 반구를 세우고
(폭탄 심지 모양도 잊지 않았다) 테두리 150m를 전식으로 둘렀다.
그리고 그 안에 가로 30m, 높이 20m의 무대를 집어넣었다.
무대 안에는 가로 24m 높이 10m의 거대한 LED를 세우고
핑크색 세트로 예쁘게 마감했으며,
LED 밑에는 36개의 유리병 (실제로는 담금주 병.
그렇다. 매실주나 인삼주 담글 때 쓰는 그 플라스틱병이다)에
기억구름 (실제로는 솜과 솜사탕)을 넣어 예쁘게 올려놓았다.
아이맥은 그간 고척돔 공연에서의 관객 만족도를 고려해
가로 16m, 높이 9m를 유지했다.

한 변이 약 15m인 정사각형 형태의 B스테이지의 하부에는
등퇴장용 리프트 4대와 탈착식 (평소에는 무대로 쓰지만
꺼내서 쓸 수 있는 방식) 이동차 4대를 넣었다.
그리고 중앙에 리프트와 턴테이블을 같이 넣고
(돌면서 업다운이 가능하다) 상부에 지름 9m의
아미밤 모양 ABR을 걸어놓았다.
이 ABR은 실제 아미밤의 심지 모양과 패턴을 똑같이 구현했다.

한편, 세계관을 전파할 가장 강력한 도구인
VCR(관람 주의사항부터 오프닝, 브리지, 앙코르, 엔딩크레디트까지)은
제작에 엄청난 공을 들이고 그에 따른 **공통비 예산**도 넉넉히 편성했다.
(VCR 예산이 다른 웬만한 소극장 공연 전체 제작비보다 많았다.)
11월 초 이틀에 걸친 고된 촬영 일정이 이어졌고
(VCR에 등장한 기억구름을 넣는 유리병의 용량은 우연치 않게도
BTS 데뷔일인 6월 13일과 같은 숫자인 613ml였다.)

끝없는 편집 수정, 오탈자 체크, 매니지먼트의 리스크 체크 등
후반 작업까지 모두 끝난 시점은
서울 첫 공연을 불과 수일 앞둔 1월 초였다.

착한 오리의 공연 용어 사전

공통비 예산

단발성으로 한 도시에서만 하는 공연이 아닌, 투어가 많이 붙어 있는 경우에는 '공통비' 예산을 책정해야 한다. 여러 도시에서 사용하게 되는 제작물들, 이를테면 VCR, 의상, 포스터, VJ(가창할 때 아티스트 뒤 LED에 나오는 그래픽) 등이다. 이 경우 공통비를 각 투어 도시 예산에서 1/N로 (또는 각 도시의 유효 좌석수, 유료 판매 좌석수 등을 고려한다) 부담한다. 4기 머스터 VCR 제작비의 경우, 서울 2회와 일본 투어 6회가 공동 부담했다.

예산의 법칙

· 제1법칙 : 빨리 짜달라는 사람이 많다.
· 제2법칙 : 짤 때마다 올라간다.
· 제3법칙 : 넉넉히 짜도 결국엔 모자란다.

소극장부터
스타디움 투어까지

다양한 프로덕션
예산을 짰습죠.

예산머신
엑셀은
나의 친구

프리셋(pre-set, 관객입장 전 모든 준비를 마친 상태)으로
관객이 입장하면서부터 이 '아미밤 세계관'에 빠지길 의도했다.
B스테이지의 거대한 아미밤 ABR은 시시각각으로 색깔을 바꾸고,
A스테이지의 테두리와 심지에는 전식이 들어와 있고,
메인 LED에는 기억구름 병이 진열된 모습이 나온다.

아미밤을 클로즈업한 상태에서 진의 내레이션
'아미! 여기야! 여기! 그래, 지금 손에 들고 있는 바로 그 아미밤이야!'로 시작하는
오프닝 VCR은 이 공연의 세계관에 대한 설명이다.
관객은 아미밤 안에서 나오는 듯한 이 내레이션에 이끌려
7명의 요정들이 만드는 세계관으로 몰입한다.

BTS와 ARMY가 함께 한 장면을 보면 기억의 에센스가 남는다.
이 에센스를 RM(Recipe Messenger 역)이 기계에 넣으면
'기억구름'을 만드는 레시피가 출력되고,
이 레시피대로 제이홉(Compounder 역)이 웃음, 감동 등의
원료를 선택하고 곱게 빻아 뷔(Chef 역)에게 주면,
뷔는 원료를 기계에 넣어 솜사탕 모양의 구름을 만든다.
진(Taster 역)은 이 구름을 시식해본다.
(진이 실제로 기억구름을 맛보면 기억 속 장면이 떠오른다)
진의 시식을 통과한 기억구름을
정국(Decorator 역)은 예쁜 유리병에 담고 리본으로 장식한다.
슈가(Labeler 역)는 이 병에 이름표를 붙이고,
지민(Curator 역)은 이 병을 기억구름을 모아놓는 선반에
진열하는 역할을 수행한다.
'이 선반에 놓을 오늘의 기억을 만들자'는 내레이션으로 오프닝 VCR은 끝난다.

이윽고 첫 곡 24/7 =heaven♬이 시작되면
B스테이지의 대형 아미밤 ABR 안에 조명이 들어오고
요정처럼 아미밤 안에서 돌고 있는 멤버들이 모습을 드러낸다.
ABR이 하늘로 날아오르면 멤버들은 아미밤 안에서 나와
돌출 무대를 돌아다니며 첫인사를 나누고,
이어서 B스테이지에서 자연스럽게 분리되어나온
4대의 이동차를 타고 공연장을 한 바퀴 돌며 멀리 있는 관객에게도 손을 흔든다.
좋아요 pt.1+pt.2♬가 이어지는 동안
멤버들은 공연장을 다 돌고 A스테이지에 도달해
좋아요 pt.2♬의 안무를 선보인 후 첫인사로 이어간다.

첫 토크는 멤버들이 기억 선반에서 골라 온 기억구름 병에서
기억구름(솜사탕)을 꺼내 맛을 보고(구름맛 리액션이 일품이었다)
다시 그 기억을 소환해 팬들과 추억하며 비하인드를 이야기했다.

BTS가 입었던 '최고의 무대의상 TOP 10' 퀴즈를 풀며
그때의 기억에 대해 이야기한 후,
퀴즈의 승패를 빌미(?)삼아 멤버들은 7개의 비밀의 옷장으로 들어간다.
팬들의 마음을 저격하는 치트키로 소문이 자자한
귀여운 동물 잠옷이 그들을 기다리고 있고
동물 잠옷 바람으로 런웨이와 군무 무대를 선보인다.

앙코르 VCR 'Guardians of the ARMY BOMB'은
마블사의 영화 〈가디언즈 오브 갤럭시〉의 제목을 차용했다.
회사원과 학생(각각 정국과 뷔가 연기했는데, 이 배역은
두 멤버가 'HOUSE OF ARMY'에서 연기한 역할의 연장선이었다.
공부 안 하는 학생을 나무라는 삼촌 역할의 슈가도 같은 맥락)인 아미가
실생활에서 겪을 법한 난제(?)를 소재로 삼았다.

'어디든 아미밤을 지니고 다니면, 어려움이 있을 때마다
아미밤 요정들이 나타나 도와준다'는 스토리의 주인공은
'ARMY를 지키는 아미밤 요정 BTS'다.

이 요정들은
'이선좌(이미 선택된 좌석입니다)'를 당하며
'피켓팅(피가 튀는 전쟁 같은 티켓팅)'에 실패한 아미에게
포도알(선택 가능한 좌석)을 광클해 찾아주기도 하고,
데이터가 모자라 온라인 콘텐츠를 즐기지 못하는 아미를 위해
와이파이를 만들어 뿌려주기도 한다.

이어진 곡은 이 VCR의 소재와 일맥상통하는
'Stop 이제 그만 보고 시험공부해 니 부모님과 부장님 날 미워해'라는
가사가 있는 Pied Piper♫다.

ㅋㅋㅋㅋㅋ

음?

PD님, 이 탈
제대론데요

웃기긴 했어.
ㅋㅋㅋ

226
227

Pied Piper♩와 Best of Me♩로 앙코르가 끝나면
BTS는 다시 B스테이지의 중앙으로 나온다.
멤버들은 처음 등장할 때처럼 동그랗게 모이고,
턴테이블 리프트가 올라가는 동시에
하늘에서 아미밤 ABR이 내려와 멤버들을 감싸안는다.

엔딩크레디트의 마지막, 진의 내레이션 '앞으로도 잘 부탁해'로
공연은 막을 내린다.

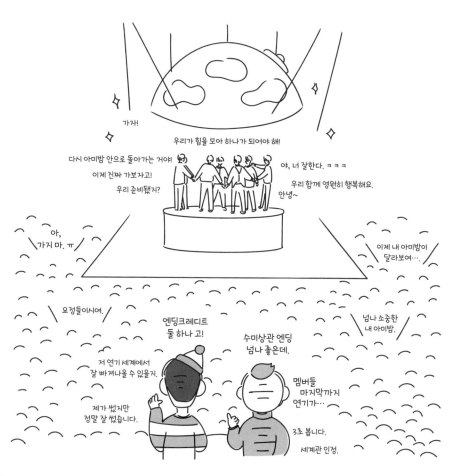

4월, 요코하마 아레나와 오사카 조 홀에서 투어가 열렸다.
타이틀, 콘셉트, VCR 등 큰 틀은 대동소이했지만,
곡을 많이 바꾸고 (일본어 오리지널 곡을 특히 많이 넣었다)
코너 내용도 일본 팬들이 좋아할 만한 내용으로 전면 교체했으며,
모든 토크도 일본어로 진행했다.

매일 조금씩 다른 6회 분량의 일본어 토크를
쓰고, 번역하고, 감수받아 수정하고, MC 큐 카드를 만들고,
프롬프터에 넣는 것도 엄청난 양의 작업이었고,
빡빡한 일정중에 이 대본을 매일매일 리딩하고,
(반 정도는) 외우는 것도 아티스트에겐 쉽지 않은 일이었다.

무엇보다 가장 큰 변화는 360도 무대 를 구현했다는 점이다.
공연장 한가운데에 A스테이지를 놓고 그 위에 아미밤 ABR을 리깅했다.
돌출 무대는 十 자로 뽑아 어느 방향의 관객에게나
가깝게 다가갈 수 있는 360도 무대의 장점을 살렸다.

저도 이게 360도
처음이었다는.
저도 4th MUSTER로
첫 360도 공연을 했죠.

한국에서는 체조경기장이 2018년
리모델링하면서
리깅이 가능해져서 360도 공연이 종종 열리죠.
잠실 실내체육관에서도 아주 가끔.

엔드 스테이지와 360도 무대

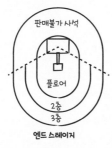

엔드 스테이지

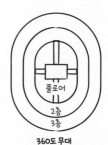

360도 무대

A스테이지가 공연장의 한쪽 끝에 있는 엔드 스테이지 방식에 반해, 360도 무대는 공연장의 한가운데에 A스테이지를 설치하는 방식이다. 360도 무대의 특징은 다음과 같다.

1. 아티스트와 관객 간 물리적 거리가 획기적으로 줄어 관객 만족도를 높일 수 있다.
2. 플로어 좌석 수는 손해지만 스탠드 좌석 수에서 훨씬 더 많은 유효좌석을 확보, 전체 매출을 끌어올릴 수 있다. 따라서 스탠드 좌석이 많은 공연장에서 유리하다.
3. 4면을 커버하기 위해, 프로덕션이 증가함. 예를 들면, 음향, 카메라, 팔로우스포트 등이 2~4배 증가한다.
4. 리깅 가능한 공연장에서 특히 유리. 리깅이 불가능한 공연장에서도 그라운드 서포트 360도 무대를 설치할 수는 있으나, 최소 4개의 기둥으로 인한 시야방해가 발생하고 탁 트인 느낌을 받을 수 없다.
5. 아티스트가 4면을 고르게 봐야 하므로 연출이 훨씬 디테일해진다.

7일간 2도시 6회 공연의 빡빡한 스케줄,
처음 해보는 360도 무대, 매일 바뀌는 일본어 토크와 十 자 동선 등
제작진과 아티스트에게 다소 가혹한(?) 환경은 매일 리허설을 해도
보이는 혹은 보이지 않는 작은 실수들이 발생했다.
오사카 첫 공연에서 뷔는 벌칙에 당첨되지 않았지만
벌칙 의상(수박옷)을 입고 나오는 실수(결과적으로
관객들은 더 즐거워했기에 실수라고 할지는 애매하다)를 했다.
월리PD는 十 자 동선이 헷갈리는 멤버들에게 인이어로 계속해서
동선을 가이드해야 했다(뷔씨 6시 방향! 아니 아니, 슈가씨는 12시!).

분명 손바닥 밀치기 게임이었는데…

요코하마에서는 별,

오사카에서는 하트 모양이었던 윙하트도 볼거리였다.

손바닥만 한 얇은 스티로폼을 예쁜 모양으로 성형하고

앞뒷면에 멤버들의 사인 등을 인쇄한 윙하트

(쿠마모토의 윙하트 장인이 생산하며, 장당 제작비도 높다)는

공연장 천장 여기저기에 매달려 있다가

종이비행기처럼 공연장을 날아다니며 관객에게 떨어지고,

관객에겐 좋은 기념품이 되었다.

타이틀부터 무대 디자인, 코너 구성, 아트워크,

VCR, 토크 등이 하나의 콘셉트 안에 잘 어우러진,

완성도가 아주 높은 공연이었던 〈HAPPY EVER AFTER〉가 끝났다.

〈HAPPY EVER AFTER〉가 진행되는 동안에도

(그리고 이후 5월 빌보드 뮤직 어워드와 6월 데뷔 5주년 기념 공연을 준비하면서도)

우리는 8월에 시작할 새 투어를 준비하고 있었다.

지구를 한 바퀴 도는,

케이팝에서 아무도 가보지 못한 항로를 가야 하는,

진정으로 거대하고 위대하며,

동시에 험난한 투어가 될 것이라는 것을

우리는 짐작하고 있었다.

김PD의 투어 라이프

．

내수용이던 '한국 대중가요'가 '케이팝'이 되어 전 세계로 수출되면서,
자연히 케이팝 아티스트들의 해외 공연도 폭발적으로 증가했다.
내가 처음 공연계에 입문하던 2002년은
케이팝 해외 투어가 걸음마를 시작하던 시절이었고,
한국 연출-프로덕션 스태프가 함께 가는 경우도 많지 않아
동방신기나 안재욱 투어를 하고 온 선배들을 우러러보던 때였다.
하지만 지금은 해외 투어를 안 나가본 스태프를 찾기가 더 어려울 만큼
케이팝에서 일하는 스태프들은 전 세계를 누비며 공연을 만들고 있다.

처음 투어를 나갈 때는 많은 것이 낯설었고, 많은 것에 설렜지만
나를 비롯한 많은 BTS 관련 스태프들은
이제는 투어가 몸에 익을 대로 익은 전문 투어러가 되었다.

'투어 간다고 하고 만날 해외로 놀러 다니는 거 아니야?'라는
약간의 시샘과 많은 호기심이 담긴 질문을 들어왔으나
여권을 만료기간까지 쓰지 못하고 바꿔대야 하는
투어러로서의 삶에 대한 몇 가지 이야기를 나눠본다.

가장 흔한 질문이다. 그렇다, 많이 쌓았다.
하지만 생각만큼 많이 쌓은 건 아니다. 대부분 이코노미석, 그중에서도
가장 싼 등급(같은 이코노미석이라도 수수료 조건 등에 따라 가격이 다르다)을
타기 때문에 적립 마일리지도 그만큼 할인돼서 쌓이는 경우가 많기 때문이다.

그리고 흔히 하는 오해는
'해외에 많이 체류하니, 마일리지를 많이 쌓았겠다'인데,
영 틀린 말은 아니지만 그렇다고 완전히 맞는 말도 아니다.
가까운 나라들은 자주 가도 쌓이는 마일리지가 미미하고,
유럽이나 미국을 통째로 도는 경우는 대륙 내 이동을 버스로 하거나
마일리지가 없는 저가항공을 이용할 때도 있기 때문이다.

234
·
235

리허설과 공연 당일에는 외부 식당에 갈 시간이 없기 때문에
(이건 한국 공연에서도 마찬가지다) 공연장 현장에서 식사가 제공된다.
한식 도시락이나 패스트푸드가 나오기도 하고
투어팀이 큰 경우에는 아예 뷔페식으로 케이터링이 나오기도 한다.

이 뷔페에는 한식 메뉴가 절반 정도 섞이는데,
운영팀에서 먼저 시식을 해보고 고르기 때문에 맛이 꽤 좋다.
(덕분에 가끔은 인생 한식 뷔페를 해외 공연장에서 만나는 경우도 있는데,
개인적으로 브라질에서 만난 한식 케이터링이 최고였다)
외국인 조리사가 조리하는 한식을 받으려
한국 스태프가 줄을 길게 서는 진풍경이 펼쳐지기도 한다.

C 파티는 최대 일주일 정도 먼저 현지에 도착해
현장 셋업을 감리하게 되는데, 이때는 주로 퍼디엠(per diem)을 받는다.
현지 화폐를 현금으로 받는 퍼디엠은
점심과 저녁식사를 위한 비용으로, 끼니당 15~20USD 정도를 책정한다.
이 기간에는 이 퍼디엠을 이용해 각자 알아서 식사를 해결해야 한다.
취향에 따라 근처 식당에 가기도 하고, 룸서비스를 시켜 먹기도 한다.

한편, 현지식을 잘 먹고 즐기는 사람도 있지만, 한식을 고집하는 사람도 있다.
특히 2주 이상의 긴 투어에서 이 사람들의 한식 투혼은 눈물겹다.
우버나 그랩을 타고 한식당을 찾아가는 것은 기초 단계다.
한국에서부터 HMR(가정간편식)을
바리바리 싸들고 가기도 하고 현지의 한인마트에 들러
한식 HMR과 조리된 반찬을 사다가 호텔 냉장고에 쟁여놓기도 한다.
여행용 미니 쿠커(반드시 프리 볼트여야 한다)는 필수다.

조리중 병목 현상 in 달라스
미니쿠커 1개로 5명이 먹으려니…

'아티스트 크루'라고 통칭되는 한국 쪽 인원은 투어에 따라
적게는 10여 명, 많게는 100여 명에 이르기도 한다.
이를 업무 군에 따라 세부적으로 A, B, C파티로 나눈다.
A파티는 아티스트, 매니저, 경호원, 글램(헤어, 메이크업, 스타일리스트) 등이고,
B파티는 보조 출연진(밴드, 댄서)을 뜻하며,
C파티는 연출-프로덕션 스태프다.

C파티의 PLAN A는 직전 도시보다 발전된 공연을 만들기 위해
공연 수정 사항을 정리해서 배포하고,
도시별, 회차별로 토크를 수정하고 아티스트와 리딩하는 일 등을 한다.
아티스트가 갑작스러운 부상이나 컨디션 난조로 공연에 불참하게 되면
그로 인한 뒷수습 계획을 세우고 배포하는 것도 연출팀의 몫이다.

또다른 예로 C파티의 조명감독은
나라별로 바뀌는 조명 장비와 수정된 연출안을 반영하여
현장에서 기존의 프로그래밍을 다듬는다.

모든 팀이 이런 류의 과정을 반복하고, 이를 총괄하는 것이 PLAN A다.
(간단하게 기술했지만 실은 여러 파트에서 예측된 혹은 예측하지 못한
기술적인, 연출적인 문제들이 매일같이 수도 없이 끈질기게 튀어나오며,
하루하루 이 문제들을 해결하기 바쁘다.)

이 질문에 대해 하나의 답을 내놓기는 불가능하다.
개인 성향, 포지션마다의 역할, 각 투어의 셋업-공연 스케줄 등에 따라
그야말로 천차만별이기 때문에 여기서는 몇몇 단면만 소개한다.

남는 시간에 (단 몇 시간만 남아도) 무조건 열심히 돌아다니는 파가 있다.
유명 관광지, SNS의 핫플레이스나 맛집, 시장 등을
이곳을 죽기 전에 다시 못 온다고 생각하는 관광객처럼 돌아다닌다.
디즈니랜드, 유니버설 스튜디오 같은 테마파크나
스포츠 경기를 보러 가기도 하고,
뉴욕, 라스베이거스, 런던에 가면 공연을 보러 다니기도 한다.

나 역시 초보 투어러였을 때는 죽을힘을 다해 돌아다니고,
엄청나게 공연을 보고 선물을 바리바리 사오기도 했는데,
아기들 이유식, 장난감, 디즈니스토어의 공주 옷,
입욕제, 과자, 화장품, 빗, 영양제 등등 다양했다.

한편, 호텔파도 있다.
호텔 피트니스에서 운동을 하고, 코인빨래방을 찾아가고
호텔방 TV에 노트북을 연결해 (HDMI 케이블이 필수다) 넷플릭스를 정복하거나
동네 마트에서 그 나라 맥주를 사다 방에서 혼술을 하기도 한다.
친한 호텔파끼리 모여 한국에서 모셔온 안주를 펼쳐놓고 친목을 다지고
남은 퍼디엠을 걸고 심심풀이 카드를 치고
그도 아니면 죽은듯이 잠을 몰아서 잔다.
쌓인 메일에 답장을 하고,
다음 도시와 다음 투어를 준비하는 업무를 보기도 한다.

미혼 투어러는 그저 가족들의 작은 호기심의 대상이다.
처음에는 걱정하시던 부모님도 투어가 반복되다보면
'언제 나간다고?'를 인사치레로 물어보실 뿐, 딱히 큰 신경을 쓰지 않으신다.
가끔 면세점이나 현지 쇼핑 미션을 주시는 정도다.

사귀는 사람이 있는 경우는
관계에 문제가 생길 소지가 다소 있다.
'눈에서 멀어지면 마음에서 멀어진다'는 말은 정도의 차이는 있지만 만고의 진리이며,
같이 있을 수 있는 시간이 현저히 적고 게다가 각종 기념일에 못 만나는 상대는
좋은 연인의 기준에서 높은 점수를 받기 어렵다.
(특히, 끝나가는 연인에게 장기 투어는 이별을 당기는 방아쇠, 그 자체이다.)
하지만 역으로, 적당한 투어는 오히려 권태기의 연인에게
주말부부 같은 상황을 강제로 겪게 하기 때문에
평소 느끼지 못했던 애틋함을 발견하는 경우도 있다.

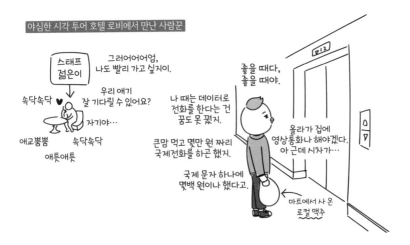

아심한 시각 투어 호텔 로비에서 만난 사랑꾼

스태프 젊은이

그러어어어엄,
나도 빨리 가고 싶지이.

속닥속닥 ♥
우리 애기
잘 기다릴 수 있어요?

자기야…

애교뿜뿜   속닥속닥
애틋애틋

좋을 때다,
좋을 때야.

나 때는 데이터로
전화를 한다는 건
꿈도 못 꿨지.

올라가 집에
영상통화나 해야겠다.
아 근데 시차가…

큰맘 먹고 몇만 원 짜리
국제전화를 하곤 했지.

국제 문자 하나에
몇백 원이나 했다고.

마트에서 사 온
로컬 맥주

기혼에 자녀가 있는 경우라면 문제가 좀 다르다.

자녀가 어리다면, 문제는 그냥 다른 정도가 아니라 심각해진다.

투어를 나간 사람도 남은 사람에게 미안하고 안쓰러운 마음을 가지게 되고

남아 있는 사람은 최고 수준의 독박 육아를 경험해야 하기 때문이다.

부모가 된 전문 투어러는 안타깝게도 가족의 희생을 필요로 한다.

이유진님과의 생생 인터뷰

> 일단 투어가 잡힌다는 얘기를 들으면 독박 육아를 각오하게 돼요. 처음에는 진짜 힘들고 남편이 원망스럽기도 했어요. 1년에 ⅓을 해외에 나가 있었으니까요. 가는 날 오는 날, 와서 시차 때문에 힘들어하는 날 합치면 더 길죠. 나가 있는 시간도 길지만, 투어가 많으면 중간에 한국에 있을 때도 다음 투어 준비로 바빠서 피곤해하고….
> 독박력이 최고 등급에 올라, 혼자 애 둘 데리고 해외여행 간 적도 있어요. 남편이 투어중에 며칠 시간을 낼 수 있는 유럽의 투어도시에 간 적도 있고요. 혼자 애 둘을 봐야 하는 시간이 많으니까, 가족이나 친구, 지인들에게 자주 연락하게 돼요. 특히 또래 애들 키우는 집. 특히, 주말에 남편이 출장 간 엄마들은 저에게 바로 연락해요. 우리집은 거의 남편이 없다시피 하는 걸 알고 있으니까요. 가서 HMR 많이 먹는 걸 아니까 안쓰럽기도 하고…. 다녀오면 HMR의 맵고 짠 자극적인 입맛에 길들여져서, 집밥이 싱겁다고 하더라고요.
> 남들은 '남편이 유명한 가수들 투어를 하니 부럽다'고 하지만… 사실 저는 잘 모르겠어요.

전문 투어러를 남편으로 두면
어떻게 되나요?

음절음절이
뼈 때리네.

한 달 넘는 장기 출장일 때는, 애들은 아빠를 '영상통화로 만나는 존재'로 알기도 했어요. 덕분에 애들이 아빠를 못 알아보는 일은 생기지 않았지만, 애들은 '아빠'라는 단어와 '출장'이라는 단어를 연결해서 생각하더라고요. 유치원 선생님이 아이에게 '아빠는 무슨 일 하셔?'라고 물어보면 '출장 일이요'라고 답할 정도였어요. 많이 아쉽죠, 남편이 애들 크는 걸 못 봐서. BTS 데뷔 쇼케이스 하자마자 큰애가 생겼고, 출산하자마자 BTS 투어가 시작되었는데, 지금 벌써 만으로 5세거든요, 내년이면 학교 가고. 애들 한창 예쁠 때였는데… 아쉽게도 시간은 되돌아오지 않으니까요.

애들에게 유일하게 좋은 점은… 아빠가 디즈니스토어에서 고급 리미티드 에디션 공주 드레스를 많이 사 온다는 점 정도? 엘사라든지 인어공주라든지… 하지만 애들 취향이나 옷 사이즈를 몰라서 매번 매장에 갈 때마다 사진을 왕창 찍어 보내며 이거 살까 저거 살까 물어보니, 이건 선물을 알아서 사 온다보다는 구매대행 같은 느낌이랄까요? 그래도 뭐든 사 오라면 열심히 찾아서 사 오긴 해요. 뭐가 많이 찔렸나봐요.

아이들의 반응은 어떤가요?

쌓인 게 많으셨군요.

고생 많았어, 고마워요.

엄마, 지금 아빠 얘기 하는 거야? 아빠 출장 몇 밤 자면 가? 미국 가? 중국 가? 또 무슨 나라 있어?

엘사 드레스 또 이쩌요? 엄마 나 응가 마려워.

수년간 전문 투어러의 삶을 사느라 본연의 삶에 집중하지 못하는 동안
독박 육아의 긴 시간을 감내해준 아내 이유진에게
지면을 빌려 깊은 감사와 존경, 그리고 사랑을 표한다.

242
243

CHAPTER 3

그리고, 우리는
스타디움에 서 있다

가파른 오르막길이었다.
국내에서 2천 석 악스홀에서 올림픽홀, 핸드볼경기장,
그리고 체조경기장을 지나
2만 석 고척돔에서 9회나 공연을 열 만큼 성장하는 동안
해외에서도 1천 석 작은 극장에서 홀, 아레나를 지나
마침내 3만5천 석의 오사카 돔에 입성했다.

많은 아티스트와 스태프들이 그들의 꿈으로
'월드 투어', '아레나 투어', '돔 투어'를 이야기한다.
PLAN A는 그 가파른 오르막을 숨가쁘게 오르며 성장하는 동안
그 꿈들을 하나씩 차근차근 이루어왔다.

불행히도 성장은 필연적으로 고통을 동반한다.
키가 크는 아이들은 무릎이 아려야 하고
실력을 키우는 운동선수는 매일 근육을 찢어야 하고
성적을 올리려는 학생은 자신과의 처절한 싸움에 임해야 한다.

2018년과 2019년,
우리는 케이팝에서 아무도 걷지 않았던 길을 걸었다.
난관과 숙제가 무성한 숲길을 헐떡이며 오르다보니
옆을 돌아볼 여유가 없어서
누군가는 마음이 다쳤고
동시에 누군가의 마음을 다치게 했다.
마음의 상처에 딱지가 앉기도 전에 또 상처를 입었던 적도 있다.
그래서 더 고통스러웠고,
그래서 더 성장했다.

2018년 늦여름, 서울 잠실주경기장에서 시작한
〈BTS WORLD TOUR 'LOVE YOURSELF'〉(이하 〈LY 투어〉)가
2019년 봄, 로스앤젤레스 로즈볼 스타디움에서 시작한
〈BTS WORLD TOUR 'LOVE YOURSELF : SPEAK YOURSELF'〉
(이하 〈SY 투어〉)로 변신하고,
여섯 달 후 마지막 서울에서의 〈SY 파이널〉 공연에 이르기까지.
그저 '대장정'이라고만 표현하기에는 부족한,
그 대장정의 이야기이다.

2017년 12월 〈THE WINGS TOUR : THE FINAL〉 공연을 보러 온
미국 **비주얼 크리에이터 팀**인 Fragment 9(이하 F9)의 잭슨을 만나면서
〈BTS WORLD TOUR 'LOVE YOURSELF'〉는 비로소 그 첫발을 떼기 시작했다.
(앞서 말했듯) 팬미팅 〈HAPPY EVER AFTER〉가 한국과 일본에서 이루어지는 동안에도
F9과 〈LY 투어〉의 밑그림을 그리는 작업은 꾸준히 지속되었다.
당장 2018년 1월 말부터 F9과의 화상 미팅이 시작되었다.
BTS를 잘 아는 PLAN A가 BTS 콘서트에 꼭 필요한 포인트와
이 투어에서 보여주고자 하는 연출 포인트를 이야기하면
F9은 그 포인트들을 토대로 한 무대 디자인을 스케치해오고, 함께 의견을 나눈 후,
택해서 수정하거나 폐기하고 새 디자인을 스케치하는 일의 반복이었다.

한국에는…
콘서트 쪽에는
이런 팀은 없죠.

곧 나올 수도
있겠습니다만.

착한 오리의 공연 용어 사전

비주얼 크리에이터

〈LY 투어〉는 전체 비주얼을 '미국 팝 콘서트' 느낌으로 만들고자 하는
매니지먼트의 강한 의지가 있었고, 그에 따라 미국 프로모터를 통해 미
국에서 비주얼 크리에이터를 섭외했다. 몇몇 팀들이 후보에 올랐고, F9
이 최종 선정되었다.
F9은 Jeremy Lechterman과 Jackson Gallagher, 두 헤드 디자이너가
각각 조명과 영상을 맡고, 그들이 섭외하는 조명, 영상, 무대 등 비주얼
파트의 디자이너, 프로그래머들과 협업하는 비주얼 크리에이터 그룹이
다. 앨트 제이, 조나스 브라더스, 키스 어번 등의 콘서트를 담당했다.

PLAN A 멤버들을 다행히 영어 가능한 친구들로 구성해두어
(모두 중급 이상의 영어를 하고, 네이티브도 있다)
언어 자체의 장벽은 생각보다 크지 않았지만,
화상 미팅 특유의 후진 오디오를 극복하는 것은 힘들었다.
주로 콜로라도, 즉 미국 산악 시간대에 있는 F9과 콜 시간을 잡느라
서로 양보해도 결국 모두가 행복할 수는 없는 시간에 콜이 잡혔다.
주로 한국 아침 9시(콜로라도 저녁 6시) 또는
한국 밤 12시(콜로라도 아침 9시)였는데
동서양을 막론하고 이 업계 사람들에게 아침 9시는
창의적인 일을 하기엔 쉽지 않은 시간이란 걸 확인할 수 있었다.

아침 9시, 일어나자마자 앉은 화상 미팅

100일간의 긴 사전 디자인 기간 동안
PLAN A와 F9은 셀 수 없이 많은 온라인 미팅을 하고,
이메일을 보내고, 메신저에서 의견을 나누었다.
여러 디자인과 주요 아이템을 그리고 논의하며
고르고 또 고른 디자인을 매니지먼트에 보냈다.

매니지먼트가 최종으로 선택한 메인 디자인은
(첫번째 아이디어이기도 했고, PLAN A와 F9이 가장 추천했던)
BTS와 ARMY의 로고를 형상화한 4세트(전체 여덟 덩어리)에
앞면엔 영상, 뒷면엔 조명, 옆면엔 전식을 빼곡히 붙인 후,
좌우로 열리고 닫히며 동시에 각각 360도 회전하는
블레이드 디자인이었다.

초기에 콘셉트나 무대 디자인, 주요 연출 내용을 상상하는
'아무말 대잔치'의 시기에는
구성원들의 상상력에 한계를 두지 않는 것이 원칙이다.
지레 겁먹은 나머지 스스로의 상상력에 굴레를 씌우지 않고,
최대한 '일을 벌이는' 방향으로 서로의 '아무말'을 신나게 치고받는다.
그렇게 함께 만드는 상상력은 점점 거대해진다.

일을 벌일 만큼 다 벌였다 싶으면 그때부터는 현실의 시간이다.
공연장 컨디션, 예산과 시간의 여유, 기술적 실현 가능성,
그리고 무엇보다 연출 측면에서의 필요성 등
다양한 기준으로 상상력을 다듬고 깎아나간다.
내부 회의를 거치고, 담당 팀들에게 재차삼차 문의하면서
어떤 것은 삭제되고, 어떤 것은 모양을 조금 바꾸고,
어떤 것은 다른 것과 합쳐지고, 어떤 것들은 오히려 더해지는 과정이다.
말과 글과 레퍼런스 이미지와 손그림 스케치로 존재하던 거대한 상상력은
그렇게 도면으로, 큐시트로 현실에 모습을 드러내고
실제로 제작되어 현실에 존재하게 된다.

어디 보자… 네 줄의 레일을 달고, 각 레일 당 두 덩어리씩 블레이드를 단다라…. 근데 좌우로 움직이고 돌기까지 해야 돼. 제일 큰 거는 무게가 장난 아닐 거 같은데, 이런 레일 시스템을 만드는 곳이 한국에 있나? 이걸 누구에게 물어보고 누구에게 맡겨야 하지?

레일이랑 트롤리 겸 로테이터는 만들었다고 쳐. 거기에 프레임을 붙여야 LED랑 조명이랑 전식을 달 텐데, 이 프레임이 또 다 커스텀이겠네?

정면엔 LED를 붙인다라… 근데 LED는 네모 아니면 세모란 말이지. 물론 검은 가림판을 붙이면 되겠지만, LED를 커스텀으로 만들어서 메우지 않으면 가림판이 아주 두꺼워져야 하겠지. 그러면 태가 안 나겠지. 그렇다면 LED를 커스텀으로 만들 수 있나? 있기야 있겠지. 비싸고 오래 걸리겠지.

뒷면엔 매직단 조명을 촘촘하게 붙인다라…. 스페어까지 생각하면 한 세트 만드는 데 얼추 200대는 필요하겠네. 근데 투어 스케줄상 네 세트는 각오해야 하니까… 아… 그럼 800대를 사야… 어우… 게다가 옆면에 전식도 있네.

근데 이거를 컨테이너에 넣어야 하고, 잘 운반도 해야 하고, 현장에서 조립도 빨라야 해. 이 블레이드가 빨리 조립되어 뜨지 않으면 밑에 무대를 못 놓으니 스케줄이 줄줄이 밀리겠지. 그러면 리허설도 밀리고, 공연도 밀리… 아아앜 안 돼. 이러면 파국이야!

이거 뭐 쉬운 게 하나도 없네. 내일 당장 대표님들에게 전화 돌려봐야겠군….

뒷면 조명

정면 LED

옆면 전식

블레이드 시스템을 만드는 일은 그야말로 지난했다.
수소문 끝에 독일의 무대 기술 장치 제작사 대표인
마이클과 연락이 닿았고,
마이클이 레일과 트롤리(겸 로테이터)를 만들기로 했다.

그다음부터는 국내팀의 몫이었다.
구조물팀에서 트롤리와 연결되는 축, 그리고 각종 장비를 붙일 거대한 프레임,
장비들에 전원을 공급할 케이블과 분전함을 만들기로 했고,
영상장비팀에서 검은 테두리를 최소화할 수 있도록
몇 종의 새로운 형태를 가진 커스터마이징 LED를 발주했다.
조명팀은 매직닷 800대를 준비했고, 전식팀도 장비 제작에 들어갔다.

모든 것이 새로웠다. 모두가 지금껏 안 해본 도전을 시작해야 했다.
심지어 여러 팀이 서로 조화를 이루어야 하는 작업이었다.
그리고 투어 일정상 해상 운송을 위해 4세트나 만들어야 했기에
이 블레이드 시스템에 투여된 시간, 물량, 인원, 그리고 예산은 어마어마했다.
(한두 세트만 만들고 항공 운송을 할 수도 있지만,
이럴 경우 운송비가 끝도 없이 상승한다.
제작비와 운송비를 종합적으로 고려하면 4세트를 만들어
해상 운송하는 것이 현명한 판단이었다.)

투어의 키 비주얼(key visual)인 블레이드 시스템이 본격 제작에 들어갔고,
우선순위에 밀려 있던 다른 아이템들도 속속 제작 도면이 나오기 시작했다.

종목을 막론하고 단체 스포츠 리그에서 우승하는 팀의 공통점은
선발 멤버에 버금가는 우수한 교체 멤버들을 보유하고 있다는 것이다.
많게는 한 시즌에 100게임도 넘게 치러야 하는 상황에서
우수한 선수들이 고르게 포진되어 팀의 깊이(Team Depth)가 있는 팀이
긴 리그를 치르는 동안 꾸준히 좋은 성적을 낼 수 있기 때문이다.

〈LY 투어〉 준비를 할 때는 그 끝을 몰랐다.
(심지어 〈SY 투어〉로의 변신은 〈LY 투어〉가 시작한 이후 결정되었다.)
게다가 긴 사전 준비와 2차에 걸친 프리프로덕션까지 생각하면
이미 나와 있는 스케줄만으로도
지금껏 경험하지 못한 초장기 투어로 예상되었기에,
이 긴 게임을 치를 투어팀의 깊이를 만들어가야 했다.
보통의 투어팀이라면 정해진 인원 변동 없이 하는 게 관행이지만,
이번만큼은 교체 선수를 만들어놓는 것이 중요했다.

깊이가 확보된 투어팀에는 여러 장점이 있다.

먼저, 앞 도시 공연일과 다음 도시 셋업일이 겹치는 경우
두 조로 나누어 공연과 셋업을 동시에 진행할 수 있다.
둘째, 담당자가 아프거나 다치거나 불가피하게 퇴사하는 긴급 상황에도
이미 숙련된 교체 멤버가 빈자리를 완벽히 메울 수 있다.
셋째, 스케줄이 쉴 틈 없이 돌아가는 상황에서도 번갈아 한국에 돌아가
현장의 압박감 없이 다음 대륙 또는 다음 도시를 차분히 준비할 수 있다.

깊이의 목표는 1.5배로 했다.

투어에 2명이 가는 팀이면 3명을, 4명이 가는 팀이면 6명을 확보해서
프리프로덕션부터 참여해 이 투어를 눈과 손에 익히게 했다.

결과적으로는 이런저런 이유로
모든 팀이 목표한 깊이를 확보한 건 아니었지만,
준비 과정부터 확보하기 시작한 선발 선수급의 교체 인원들은
후술할 서울 첫 공연의 태풍(!) 비상사태 때 큰 도움이 되었고,
예기치 못했던 〈SY 투어〉로의 변신 과정에서 증원된 자리로 들어와
투어팀의 인원 구성에 큰 도움이 되었다.

PLAN A 역시 깊이 확보를 위해 내부 충원을 일찍이 시작했다.
17년 8월 지민PD, 12월 오름PD의 입사에 이어
18년 1월 백회PD까지 충원해
BTS의 〈THE WINGS TOUR〉, 〈HAPPY EVER AFTER〉뿐 아니라
타 아티스트 공연 연출 및 제작 과정에 참여시키며
이들을 빠르게 성장시켜놓았다.

확보된 팀의 깊이를 단단하게 다지기 위해서는 커뮤니케이션이 필수적이다.
미국·독일 스태프와의 커뮤니케이션은 어쩔 수 없이
이메일이나 전화, 화상 미팅, 메신저를 이용했지만,
투어 전반을 책임질 한국팀들은 위의 비대면 커뮤니케이션 외에도
매주 정해진 시간에 합동근무를 했다.
2월에 미리 8월까지의 합동근무 스케줄을 발표하고
그 스케줄에는 모든 팀의 팀장님들이 다른 스케줄을 비워놨다.

팀장님들은 서로 얘기하고, 칠판에 그림을 그리고,
도면을 그 자리에서 수정하고 확인하며
빠른 커뮤니케이션으로 최선의 결론을 도출해냈다.
팀 간에 서로 협의해야 할 점이 많은 복잡한 이슈를 해결하는 데에는
역시 관련 팀이 다 모이는 것이 가장 빨랐다.

이렇게 해결된 이슈들이 쌓이면 한 달 반에 한 번씩
전 팀이 모이는 전체 회의를 열어(40인실 회의실을 빌려야 했다)
그간의 진행 상황을 공유하고, 새롭게 불거진 문제들을 찾아냈다.

그 와중에
F9과는 개별 곡의 연출에 대한 화상 미팅이 계속 진행됐고
잠실주경기장과 일산 킨텍스에 답사를 다녀왔고
미국-유럽 투어의 현지 프로덕션 매니저와 이메일을 주고받았다.

더위가 일찌감치 기승을 부리던 6월의 마지막 주.

한국·미국·독일 팀까지 모여 깊이 있는 하나의 팀을 만들며,

우리는 드디어 일산의 한 스튜디오로 향했다.

블레이드 시스템의 시작점인 레일과 트롤리가
독일에서 항공으로 급히 배송되고,
생소한 이 시스템을 한국·독일 팀이 모여 테스트하기로 했다.
이 첫번째 프리프로덕션을 하던 18년 6월 27일과 28일,
하늘은 금방이라도 비를 내릴 것처럼 잔뜩 흐려 있었다.

27일 아침 한국팀과 독일팀이 일산 스튜디오로 모여들었고,
장비 박스를 처음으로 열고 함께 설치를 시작했다.
한국에서는 이 시스템을 투어 내내 직접 운용할
구조물팀의 투어 담당 인원들이 투입되었고,
독일에서는 제작사 대표인 마이클과
그가 고용한 테크니션이자, 한국팀과 투어를 함께할 리처드가 투입되었다.

마침 그날 밤은 2018 러시아 월드컵 본선 조별리그전,
그것도 대한민국과 독일의 경기가 열리는 날이었다.
(결론적으로 대한민국이 2:0으로 승리하며 직전 대회 우승팀인 독일에게
F조 꼴찌의 치욕을 안겼다.)

우연이 아니야

다행히 다음날에도 그들은 출근했고,
(하지만 아무도 그들에게 전날 경기 얘기를 꺼내지 않았다)
우리는 도면상에만 존재하던, 그리고 이 투어에서 가장 중요한 아이템인
이 레일-트롤리 시스템의 설치 방법과 구동 방식을 이해하고
투어에서의 장기적인 운용에 대한 밑그림을 그릴 수 있었다.

철수해서 나오던 28일 밤, 비가 부슬부슬 내렸다.
2차 프리프로덕션 준비를 위한 네 번의 합동근무를 하는 동안
본격적인 더위가 시작되었고, 우리는 일산 킨텍스로 향했다.

7월 12일부터 시작한 2차 프리프로덕션은 일산 킨텍스에서
셋업부터 테크니컬 리허설, 아티스트 리허설,
수정 리허설과 철수까지 장장 19일에 걸쳐 이루어졌다.

2차 프리프로덕션의 목표는 여러 가지다.

첫째, 전 출연진과 전 스태프가 이 공연에 익숙해지는 것이다.
한국·미국·독일·일본 등 다국적 팀은 물론이고,
공연장에 있을 모든 스태프가 이 공연에 동화되길 바랐다.
아티스트에게도 충분한 리허설 시간을 제공하여
실제 공연장에서 자연스러운 첫 공연을 할 수 있게 하고 싶었다.

둘째, 머릿속에 노트북 화면에 있던 여러 연출들을
실제로 무대에서 구현하며 눈으로 직접 보고
모두의 의견을 모아 수정하거나 더하거나 삭제해서
최선의 연출안으로 다듬어 실제 공연장에 가져가는 것이다.

셋째, 여러 팀의 협업이 필요한 4세트의 블레이드를 조립하고
레일-트롤리에 달아 테스트 완료 후 패킹까지 끝내는 것이다.
8월 초부터 A, B, C세트의 해상 운송이 시작되어야 했기에
(D세트는 킨텍스와 서울 공연에서 사용 후 일본으로 운송 예정이었다)
7월 중하순이 이 작업을 하기에 최적의 타이밍이었다.

킨텍스는 가로 63m, 세로 171m 직사각형의 광활한 공간이지만
(월드컵 축구 경기장 규격이 68m, 105m인 것에 비교해보면,
킨텍스는 축구장보다 1.5배 이상 넓다)
주경기장 무대를 100% 설치할 수는 없고 천장 높이의 한계도 있어서
프리프로덕션은 실제 공연 무대를 '여전히 유의미한' 수준으로
감축해서 만들게 된다.

예를 들면, 무대 자체를 짓지 않고, 땅바닥에 테이프로 마킹해
아티스트가 움직일 구역(A, B스테이지, 리프트 등)을 표기한다.
무대 안에 들어갈 리프트도 연출적인 고려가 필요한 것만 설치한다.
거대한 아이맥은 사이즈를 확 줄여 세운다.
바닥 테두리 전식은 하수에 일부만 설치한다.
B-D를 잇는 무빙 스테이지(C스테이지)를 한켠에 설치해
실제 탑승을 해볼 수 있도록 한다.

하지만 A스테이지 안에 들어가는 주요 아이템들은 최대한으로 설치한다.
블레이드 시스템과 조명, LED 등은 실제와 거의 흡사해야 하는데,
그래야 전반적인 연출의 맥을 짚을 수 있기 때문이다.

킨텍스 18박 19일 감금기 1

킨텍스 18박 19일 감금기 2

18년 여름은 기상 관측 이후 가장 더웠다고 한다.

일주일의 셋업 기간 동안 많은 시행착오 끝에
레일과 트롤리, 블레이드까지 모두 조립과 테스트가 끝나가고 있었다.

이어지는 3일간의 테크니컬 리허설을 앞두고
F9팀 10여 명이 차례로 입국했다.
이전에 실제로 만난 건 잭슨과 고척돔에서 잠깐 인사를 나눴던 게 다였지만,
오랜 화상 미팅 덕에 PLAN A와 F9은
만나자마자 허그로 인사를 나누고 빠르게 업무에 돌입했다.

3일간의 테크니컬 리허설 동안 우리는 한 곡 한 곡을 돌려보며
온라인으로 다 메울 수 없었던 의견의 간극을 좁혀나갔다.
이렇게 만들어낸 그림을 바탕으로
모든 출연진이 직접 동선을 밟아보고
음악을 수정하고 연출을 조율하며 공연을 몸에 익힐
5일간의 아티스트 리허설을 맞이했다.

아티스트 리허설도 차근차근 한 곡씩 해보며
아티스트에게 동선과 연출 의도를 설명하기도 하고
매니지먼트와 아티스트의 요청 사항을 충분히 듣기도 했다.
실제 무대 의상을 입고 안무를 해보면서
의상 수정 사항이 나오기도 했다.

공연을 자기 것으로 만드는 데에 물이 오를 대로 오른 멤버들은
빠르게 공연 내용을 흡수했다.
마지막날, 두 번의 **런스루**° 까지 마치고,
한 달 반 후의 공연을 미리 다 공부한 아티스트는
기분좋게 퇴근길에 오를 수 있었다.

리허설은…
생명입니다.

안 하고 공연하면
수명이 단축되는 기분.

착한 오리의 공연 용어 사전

런스루 리허설(Run through Rehearsal)

공연의 시작부터 끝까지, 끊지 않고 실제 공연처럼 한 번에 쭉 가는 리허설. 보통 한 곡씩, 혹은 한 섹션씩 리허설을 한 후, 이 조각들을 한 번에 모으는 런스루 리허설을 한다. 이때, 조각 리허설 때는 발견하지 못했던 오류들을 발견할 수 있다. 예를 들면, 중간 VCR이 아티스트 환복 시간에 비해 너무 짧다든가, 한 번 쓴 장비를 또 쓰기 위해 재정비하는 데 필요한 시간이 없다든가 하는 문제들이다. 따라서 이 런스루 리허설은 본 공연이 올라가기 전에 반드시 한 차례 이상 실시되어야 한다.

숨 돌릴 틈 없는 리허설 기간에도
미국·유럽·일본의 프로덕션 매니저들이 연달아 방문했고,
그들과 여러 기술적인 이슈들을 상의해야 했다.

이틀간의 수정 테크니컬 리허설을 진행하는 동안,
4세트의 블레이드 시스템을 완성해 운송팀 창고로 보냈다.
외국인 스태프들은 모두 각자의 집으로 돌아갔고,
한국팀은 철수를 마무리했다.

그렇게 긴 시간 동안 담금질을 하던 감금생활이 끝나고 나서야
우리는 비로소 킨텍스를 나올 수 있었다.

承 pt.1_태풍 전야, 서울 잠실주경기장 : 2018년 늦여름

긴 감금생활이 끝나고 냉방병이 창궐하는 킨텍스를 탈출하자,
낮에는 35도를 훌쩍 넘고 밤에는 열대야가 이어지는 현실로 돌아왔다.

잠실로 들어가기 전까지 3주간은
킨텍스에서 마무리하지 못한 이슈들을 해결하는 시간이었다.
예를 들면 Epiphany♪의 연출은 킨텍스에서 실제로 해본 후
기존의 연출을 버리고 새로운 그림을 그리기로 했다.
뿐만 아니라 잠실에서만 발생할 문제들,
이를테면 우천 같은 문제를 해결해야 했다.
그 와중에 미국으로, 유럽으로 카고는 출발했고
해외로 보낼 **테크니컬 라이더**°도 업데이트했다.

한편, 프로덕션 운영면에서는
경기장과 시설 미팅을 하고, 잔디를 보호해달라는 요청을 지겹도록 들었다.
수십 팀에 속한 수백 명의 비표, 주차, 식사 리스트를 모으고,
렌탈 품목을 최종 정리해 운영팀에 전달했다.
폭염 속의 야외 작업을 대비해 우비와 땀이 잘 마르는 셔츠를 대량 구매하고
냉스카프, 팔토시와 벌레 물린 데 바르는 약과 모기 기피제 등을 샀다.
각국에 낼 비자 관련 서류를 만들었고, 미국 비자 인터뷰가 있었다.

각 투어의 프로덕션마다 쓰는 형식은 다 다릅니다.

잘 정리해줘서 고맙다는 인사를 로컬에게서 많이 들었죠.

PLAN A도 국내외의 여러 투어링 라이더를 입수해 공부하고, 저희만의 스타일을 찾았다는.

한국말로 해도 어려운 얘기를 영어로 다 써야 하는 게 골치.

한 번 쓰기 시작하면 디테일 지옥에 빠진다는 악명 높은 테크니컬 패키지.

나눠 써도 끝이 없었죠, SY 같은 큰 공연은

울고 싶었다.

그래서 울었다.

착한 오리의 공연 용어 사전

테크니컬 라이더(Technical Rider)

오리지널 투어팀이 현지 스태프들에게 이 투어를 어떻게 만들 것인지에 대해 설명하는 기술 자료. 예를 들면, 무대 사이즈는 어느 정도 확보되어야 하고, 무대 위는 어떤 재질로 마감되어야 하는지, 어떤 기종의 조명, 음향, 영상 장비가 각각 몇 대씩 필요하고, 각각 어디에 위치해야 하는지 등을 상세히 기술한다.

중소형 케이팝 투어는 한국에서 감독 인력만 가기 때문에 모든 장비를 로컬에서 수급하며, 이때 테크니컬 라이더에 따라 로컬은 프로덕션을 꾸린다. 오리지널 투어팀의 장비가 카고 운송으로 나가는 중대형 공연의 경우는, 로컬에서 준비할 내용뿐 아니라, 오리지널 투어팀이 어떤 장비를 가지고 들어갈 것인지에 대해서도 자세히 기술되어야 한다. 이를테면 장비의 사이즈, 필요 전기, 인증(UL, CE 등 국제 안전 인증) 등이다.

작은 공연의 경우 짧게는 10페이지 내외의 한 문서에 모든 내용을 작성하는 경우도 있지만, 대형 공연의 경우 설명할 내용이 많기 때문에 문서를 분리한다. 일반적인 설명이 들어가는 테크니컬 라이더, 필요 장비 목록(이큅먼트 리스트), 각종 도면(무대, 조명, 리깅, 무대 위 각종 장비 배치, 인터컴 배치도 등), 현지 인력 리스트(통역과 스테이지 핸즈 등) 등으로 분리하고, 이를 묶어 테크니컬 패키지라고 통칭한다. 이 패키지를 만들기 위해 각 파트의 담당 감독들에게 기본 자료를 수급하지만, 정리를 하는 데에도 프로덕션에 대한 전반적인 이해가 필요하다.

테크니컬 라이더는 상세히, 정확하게 기술되어야 로컬과의 커뮤니케이션을 효과적으로 할 수 있다. 엉성하게 보낼 경우, 로컬로부터 질문 폭탄을 맞을 수 있다.

작성의 주체는 오리지널 투어팀의 프로덕션 매니저이고, BTS 투어의 경우(사실 PLAN A가 하는 대부분의 투어에서) PLAN A의 PD들이 작성했다.

잠실주경기장의 셋업은 18년 8월 16일, 일찌감치 시작했다.
8월 25, 26일 양일의 완벽한 공연을 만들기 위해
6일의 셋업, 1일의 테크니컬 리허설,
2일의 아티스트 리허설까지 충분히 시간을 확보했다.

셋업은 다소 느렸지만 예상보다 훨씬 고요하고 순조로웠다.
16일, 무대 설치 구역에 바닥보호재가 깔리고
그 위로 육중한 스틸트러스(Steel Truss)가 설치되기 시작했다.
17일, 스프링클러가 물줄기를 내뿜으며 잔디에 물을 주던 오후
드디어 레일과 트롤리가 설치되기 시작했고
밤에는 블레이드가 형체를 드러냈다.
F9이 입국했고, 주경기장 대기실에 시뮬레이션룸이 차려졌다.
18일, 이제 A스테이지는 제법 형체를 드러냈고,
잔디 보호 때문에 아직 시작하지 못한 B-C-D 스테이지는
경기장과 사전에 약속된 진입 허가 시간을 기다리고 있었다.

낮에는 여전히 30도를 가볍게 넘기는 불볕더위였지만
밤에는 열대야가 사라져 청량한 바람이 불었다.

그때는 몰랐다.
우리가 한참 장비 반입을 시작하던 16일 아침,
저멀리 괌 앞바다에서 태풍 '솔릭'도 생겨났다는 사실을.
일기 예보에는 '태풍'이라는 단어가 오르내렸다.
모두가 '설마'를 되뇌며 고요한 셋업을 계속했다.

고요하다. 고요해서 무섭다.

고요하지 않다. 고요하지 않아서 진짜 무섭다.

19일, 뉴스에는 태풍 얘기가 점점 많아졌고,
자막에는 '시설물을 보수하라'는 권고가 나왔다.
'어쩌면 이 공연을 아예 못할 수도 있을 것 같다'는
어렴풋한 공포감이 감돌고 있었다.

20일, 야속하게도 솔릭은 덩치를 더욱 키우고 있었다.
오후 3시, 태풍 대비를 주제로 한 전체 스태프 미팅을 열었다.
(우리는 이 시간을 '솔릭 타임'이라고 불렀다.)
결론적으로 솔릭이 지금 상태를 유지한다면
곧 전 장비를 철수해야 미연의 인적-물적 사고를 방지할 수 있고
따라서 공연은 불가능하다는 결론이었다.
만약 솔릭이 약해지거나 빠른 속도로 한반도를 빠져나가면
리허설은 못하더라도 공연 전에는 셋업을 완료할 수 있을 것 같았다.

21일 오후 1시 30분, 2차 솔릭 타임이 열렸다.
비바람에 취약한 장비들은 보호 조치에 들어가기로 했다.
예보된 솔릭의 행보는 '23일에 서울을 강타한다'였고
우리는 솔릭의 약화에 한줄기 희망을 걸고
21일 밤늦게까지 블레이드를 움직이며 F9과 프로그래밍을 계속했다.
그리고 한편으로, 프로그래밍과 상관없는 장비들을 임시 철수했다.
하늘 높이 매달려 있던 육중한 스피커가 땅으로 내려왔고,
힘들여 달아놓은 수천 장의 LED가 다시 뜯겨 박스 안으로 들어갔다.
오락가락하는 비가 심상치 않았다.

방금 발표된 예보에 따르면, 23일 밤 9시에 서울을 정통으로 때린다고 합니다. 일단 임시 철수할 수 있는 건 철수 시작하고, 오늘밤 F9과 프로그래밍할 장비들은 내일 임시 철수하겠습니다. 팀별로 철수하실 장비들 리스트업해주세요.
예보와 다르게 태풍이 비껴가거나 약해지는 경우도 많으니까, 아직 희망을 버리지 마시고, 대비하는 데까지 해보고 상황을 더 기다려보시죠.
리허설은 이미 다 포기했고, 공연만 할 수 있으면 됩니다. 목표는 태풍이 서울에서 좀 멀리 떨어진 24일 오후 3시쯤부터 다시 셋업 시작입니다. 다음날이 공연이니, 모든 팀 철야 작업은 당연하고, 인원도 많이 붙어야 하니 미리 인원 섭외해주세요.

22일, 바람은 묘한 살기를 띠었고, 하늘엔 제법 검은 구름이 끼었다.
이미 많은 장비를 뜯어낸 무대는 앙상한 모습이다.
저녁 6시, 3차 솔릭 타임을 열어
태풍이 무사히 지나간 상황을 가정한 작업 재개 스케줄을 짰다.
저녁 7시, 초대형 크레인 4대를 빌려와 스틸트러스에 묶었다.
솔릭은 북상 속도를 점점 늦추고 있어 더 속이 타들어갔다.

23일, 태풍의 중심에 드는 것으로 예보된 날.
낮 12시 현장 리허설을 대체해 아티스트 연습실에서 동선 런스루가 있었다.
오후 1시, 현장에 비가 내리기 시작했다는 연락이 왔다.
오후 5시, 최신 예보에 따라 작업 재개를 다음날 오후 5시로 연기했다.
오후 6시, 시뮬레이션룸에서 F9과 한국팀이 모여
전곡을 돌려보며 모니터 안의 조명과 영상을 확인했고,
각 파트 감독들은 큐를 주고받는 연습을 했다.
그날 밤, 모두 무거운 발걸음을 옮겼다.
밤 11시, 스태프 단체방에 최신 예보를 남기고
창밖의 바람소리와 빗소리에 오지 않는 잠을 억지로 청했다.

24일, 지독한 꿈을 꾸고 아침에 깨 반사적으로 일기 예보를 검색했다.
기적이었다. 솔릭은 밤새 한참 약해져 빠져나가고 있었다.
국내외 모든 일기 예보가 모두 틀렸다!
작업 재개 시간은 전격적으로 당겨졌다.
육중한 크레인들이 무사히 빠져나갔고
스태프들이 몰려들어 동시다발적으로 셋업을 재개했다.

18년 8월 24일, 공연계에 입문한 지 16년이 되던 그 여름날,
처음 보는 기적 같은 광경이 일어나고 있었다.
솔릭이 모든 예보를 뒤집고 조용히 지나간 것도 기적이었지만,
그렇게 많은 스태프들이 엄청난 속도로
그것도 아주 일사불란하게 일하는 광경도 기적이었다.

각 사의 직원들이 총출동해
오락가락하는 빗속을 오다가다 서로 눈인사를 나눴고,
전문가인 그들이 알바 스태프들을 효율적으로 통솔했다.
특히 킨텍스에서 같이 감금생활을 해 셋업 내용을 알고 있는
투어 담당자들이 모두 투입된 덕분에 전체 셋업 속도는 무시무시하게 빨랐다.
그리고 F9도 그들의 일이라고 할 수 없는 FOH의 케이블링을 직접 하며
한국팀과 함께 이 총성 없는 전쟁을 함께 치렀다.

셋업 재개 후 12시간이 지난 그날 밤 10시경,
무대 설치는 80% 이상 완료되었다.

벅찼다.
모든 인원을 아낌없이 투입해준 대표님들께 감사했고,
결국은 이런 셋업을 해냈다는 것이 감격적이었고,
무엇보다 내일 공연을 할 수 있다는 것이 믿기지 않았다.
벅찬 감정의 태풍이 지나가는 밤이었다.

실력에 체력에 영혼까지 갈아넣은 비 내리는 24일 밤의
길고 긴 마무리 셋업이 다음날 새벽까지 이어졌다.

공연 첫날인 25일 아침 7시, 첫 테크니컬 리허설을 시작했다.
이어서 아침 9시, 음향팀에게 시간을 드렸다.
그때가 되어서야 음향팀은 처음으로 맘껏 레벨을 올리며
스피커를 튜닝할 수 있었다.

오후 1시, 공연 시작을 5시간 반 앞두고서야
아티스트가 처음으로 무대에서 리허설을 시작했다.
시간 관계상 런스루는 처음부터 포기하고,
사운드 체크를 겸한 단체곡 몇 곡과 솔로곡을 해보는 걸로 대신했다.
킨텍스에서 전곡을 연습하기는 했지만
주경기장의 광활한 무대에서 아티스트와 댄서가
동선을 세밀하게 수정하느라
리허설은 약속된 관객 입장 시간을 20분 정도 넘어서고 있었다.

관객과 약속한 입장 시간을 계속 연기할 수는 없었고,
한참이나 미완인 현장 리허설이 어쩔 수 없이 종료되었다.
현장 런스루를 한 번도 못해보고 공연을 시작한 건
PLAN A와 BTS 공연 역사에 처음이자 마지막 일이었다.

오후 4시, 공연을 두 시간 반 앞두고 입장을 시작했다.
4만5천여 명의 관객은 질서정연하게
그 광활한 잠실주경기장을 빼곡하게 채웠다.
그 장면만으로도 이미 장관이었다.

연출의 입장에서는 어두울 때 공연을 해야
관객의 공연 몰입도를 제고할 수 있다.
어두워야 조명과 영상이 선명하게 보이고 암전도 확실히 잡을 수 있어
공연의 다이내믹을 살릴 수 있다.
하지만 야외 공연에서는 '일몰'이라는 자연의 법칙을 따라야 한다.

인간 세계의 법칙도 따라야 한다.
공연장 규정에 따라 밤 10시 이후에는 공연을 진행할 수 없었고,
(엄청난 사운드를 쏟아내는 콘서트의 특성상 심야에는 민원이 발생한다)
3시간에 육박할 러닝타임과 대규모 관중의 입장이 늦어질 가능성,
그리고 대중교통 등 관객의 귀가 시간을 고려해
공연 시작은 오후 6시 30분으로 할 수밖에 없었다.

8월 말, 늦여름은 여전히 해가 길었다.
공연 시작 시간이 임박해도 여전히 해는 무대 뒤쪽에 걸려 있었다.
그리고, 언제 태풍이 왔다갔냐는 듯 비도 오지 않았고 바람도 선선했다.

우여곡절 끝에 선 무대는 거대했다.
가로 55m의 스틸트러스가 A스테이지를 굳건히 지탱했다.
맨 뒤에는 48대의 조명이 매달려 있고,
그 앞에는 조명을 통과시키는 LED가
가로 18m 높이 10m로 뒷면을 꽉 채운다.

다음은 주인공 차례다.
4세트 총 8개의 사다리꼴 블레이드가 매달려 있다.
제일 뒤 가로 1.5m 높이 2.5m의 가장 작은 블레이드부터
제일 앞 가로 3m 높이 10m의 가장 큰 블레이드까지,
LED, 조명, 전식을 붙인 이 블레이드는 키 비주얼답게
다양한 움직임과 회전을 보여주며 여러 장면을 만들어낸다.
(우리는 이 블레이드 이름을 뒤에서부터 숫자를 붙이고
하수는 A, 상수는 B라고 불렀다. 따라서 가장 작은 세트가 1A, 1B이고
가장 큰 세트가 4A, 4B 블레이드가 된다.)

움직이지는 않지만, 블레이드의 디자인을 이어받는
가로 7m 높이 14m의 대형 LED가 5A, 5B의 이름을 받았다.
그 옆으로는 주경기장에서 관객과의 먼 거리를 상쇄할
가로 17m 높이 14m의 초대형 아이맥 LED가 서 있다.
(고척돔의 아이맥이 16m에 9m였던 것과 비교하면
더 멀어진 거리를 반영해 1.65배 이상 면적을 키운 것이다.)

타원형의 주경기장에 긴 변에 무대를 놓았기 때문에
좌우로 많이 벌어져 있는 객석 구조를 커버하기 위해
아이맥 바깥으로도 30m가 넘는 긴 윙 스테이지를 뽑았다.

A스테이지에는 뒤에서부터 3인용 A리프트,
4인용이자 전식 박스를 올린 B리프트,
7인 등퇴장용 C리프트가 무대에 박혀 있고,
5AB와 아이맥 앞에는 E리프트 6대가 줄지어 박혀 있다.

B스테이지로 나가는 길은 3갈래이다.
중앙 동선은 27m를 직선으로 뽑았다.
(그리고 그 지하에는 아티스트가 A-B스테이지를
빠르고 편하게 오고 갈 수 있도록 7인용 밀차와 레일이 설치된다.)
〈 〉 모양의 양쪽 동선은 단체곡에서 7명의 아티스트를
효과적으로 분산시키며 다양한 동선을 만들어낸다.

마름모꼴의 B스테이지 중앙에는 7인 등퇴장용 D리프트가 있다.
B스테이지 앞부터 45m의 긴 레일이 깔려 있고,
그 레일을 따라 BTS 로고 모양의 C스테이지가 앞뒤로 무빙하며
아티스트를 D스테이지까지 실어나른다.

A, B, D 스테이지의 모든 테두리에는
전식이 두 줄로 가지런히 자리를 잡고 빛을 발한다.

한편 트랙을 따라 4개의 딜레이 타워가 섰고,
여기에 스피커를 달아 스탠드 관객의 음향 딜레이를 최소화한다.
딜레이 타워에는 공연장을 전체적으로 페인팅하는 조명도 달리고
아티스트를 비추는 팔로우스포트도 올라간다.

무대 정중앙에 가지런히 모여 흰색 BTS 로고 모양으로
도도하게 빛나는 블레이드의 모습이 이 공연의 프리셋이었다.

오프닝 VCR로 공연은 시작한다.
멤버 7명의 단체 실루엣과 한 명 한 명의 얼굴이 나올 때마다
공연장은 4만5천 명의 함성으로 가득찬다.
영상과 맞추어 무대에서는 화약이 연달아 터지며 분위기를 달군다.

첫 곡 IDOL♪의 전주가 시작되면
무대 앞 선 좌우 100m에 펼쳐놓은 26대의 불기둥이 치솟고,
블레이드는 황금빛으로 빛나며 서서히 좌우로 갈라진다.
다시 한번 화약이 터지면서 긴장감을 끌어올리면
비로소 아티스트가 황금빛 문양이 들어간 제복을 입고 리프트로 등장한다.
IDOL♪은 공연 전날에 발매되었음에도 불구하고
응원법을 합창하는 팬들의 목소리가 스피커를 압도했다.
마지막 코러스에서는 흰옷을 입은 70명의 댄서와
군무를 선보이며 〈LY 투어〉의 대장정을 열었다.

가쁜 숨을 고른 첫 인사 뒤로 Save ME♪의 짧은 버전과
I'm Fine♪을 이어 붙인 1.5곡 길이의 곡이 이어진다.
두 곡은 각각 붉은색과 푸른색 계열의 비주얼로 대비를 주었고,
I'm Fine♪ 도입부에서 뷔가 누워 하늘을 향해 노래하는 신에서는
뷔의 머리 위에 설치한 탑캠으로 그 디테일을 잡아냈다.

이어진 토크로 '이 큰 공연장을 꽉 채워준 아미'에 대한
고마움을 이야기하는 동안 Magic Shop♪의 전주가 시작된다.
멤버들은 돌출 무대와 윙 무대를 돌아다니며
아미를 위해 쓴 이 곡을 아미 앞에서, 아미와 함께 부른다.
BTS 로고 모양으로 서 있던 블레이드는
멤버들이 리프트로 퇴장하는 동안
멤버들의 등뒤에서 180도 돌아 아미 로고 모양으로 바뀐다.

PLAN A가 짜는 큐시트 중에서는 이례적으로
오프닝 파트 3곡의 '사이사이에' 토크가 있었다.
(보통 오프닝에서는 최소 2곡, 많으면 3곡을 몰아치며 분위기를 잡는다.)
공연 전체에 네 번 밖에 없는 토크가 공연 초반에 두 번이나 배치된 것은
다분히 멤버들의 체력을 고려한 것이다.
최소 섭씨 20도 이상, 최악에는 30도까지 육박할 8월 야외 환경에 맞게
격렬한 단체 군무곡 사이에는 토크를 넣어
멤버들이 호흡을 가다듬고 다음 곡을 시작할 수 있게 했다.
거시적으로는, 연일 공연이 많은 투어를 고려한 조치이기도 했다.

'起'를 테마로 한 VCR 후에는 수트로 갈아입은 제이홉의 솔로 Just Dance♬다.

아미 로고가 좌우로 벌어지면

제이홉은 하얗고 넓은 아크릴 박스 위에 서 있다.

1절 후반부, B리프트가 높이 들어올린 아크릴 박스 위에서

댄스 브레이크를 하는 동안 레이저와 조명이 제이홉을 비춘다.

이윽고 제이홉은 B스테이지까지 거침없이 걸어나간다.

공연 처음으로 B스테이지에서 무대를 선보인 제이홉은

관객과 함께 비트를 타며 박수를 유도하고

금빛 에어샷을 한가득 쏘아올린 후

마지막 코러스를 화려하게 장식한다.

제이홉이 타고 내려간 리프트 앞을 댄서들이 가리면
'유포리아'라는 정국의 음성에 맞춰 정국은 그 리프트로 올라온다.
댄서들이 좌우로 퍼지면 흰 수트를 입은 정국이 드러나고
그의 솔로곡 Euphoria♬가 시작된다.
'찰칵' 하는 효과음은 레이저로 포인트를 살렸고,
마치 연사로 찍은 듯, 잔상을 표현하는 정국과 댄서들의 퍼포먼스는
정국을 따라다니는 듯한 영상으로 블레이드에 표현했는데,
영상 속의 정국도 실제 정국의 촬영 분량이었다.
곡에 맞춘 영상은 블레이드와 5AB뿐만 아니라
때때로 아이맥까지 영역을 확장하며
여러 조각의 거대한 LED를 하나의 캔버스로 활용한다.

공연 5일 전 급하게 촬영

유포리아 때 VJ에 안무를
잔상 처리해서 띄울 건데,
그 장면을 찍을 거예요.

정국 뒤에
영상 정국이
잔상으로 나오는 거죠.

금방
끝나요.

지금 태풍이
오고 있다는 사실에
모두 떨고 있답니다.

그린스크린

네,
듣고 왔어요.

저는 준비됐습니다.

빨리 공연하고
싶어요.

자, 어려운 거 아니니까
두 번만 딱 찍고 끝낼게요!

두 곡의 솔로곡 뒤에는 다시 단체곡이다.
I NEED U♫와 RUN♫을 이어 붙이고
전원이 자유동선으로 무대 구석구석을 돌아다녔다.
RUN♫이 시작되자 모든 관객이 일어나 떼창했다.
RUN♫의 브리지 파트가 끝날 때는
야외 스타디움을 위해 준비한 비장의 무기,
30대의 워터캐논이 50m 높이의 물줄기를 쏘아올렸다.

갖가지 화약, 에어샷, 크고 작은 불기둥, LSG 등
여러 가지 특수효과를 이 공연에 넣었지만
그중 제일 눈에 띄는 것이 바로 워터캐논이었다.
'여름'의 '야외', 그리고 '대형' 공연에서만 쓸 수 있는 워터캐논은,
관객에게 야외 여름밤의 시원하고 청량한 느낌을 줄 수 있었다.
B스테이지 주변에도 설치해 플로어 전체 관객을 커버함과 동시에
(실제로 플로어 관객은 분무기로 살짝 물을 맞는 정도의 느낌이 든다)
멀리서 보면 잘 배치된 물줄기가 멋지게 솟아오르는 장관을 연출했다.

다음 테마인 '承'을 표현한 VCR이 상영된 후,
지민 솔로 Serendipity♬가 이어진다.
공연장에는 이제 빛보다 어둠이 더 많아져
4만5천 개의 아미밤이 제대로 빛을 발할 수 있다.
신비로운 도입부가 시작되면 중앙 제어되는 아미밤의 푸른빛이
공연장 전체에 부드럽게 퍼진다.
우아한 안무가 돋보이는 이 곡을 위해
블레이드는 부드럽게 좌우로 빠져 지민에게 무대를 내어주고,
좌우에서 200대의 조명이 지민을 아름답게 비춘다.
레이저에 반사된 비눗방울이 반짝이며 하늘로 날아오른다.

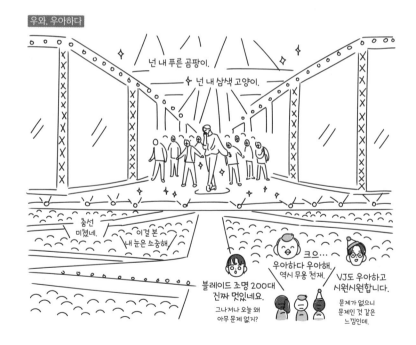

우와, 우아하다

넌 내 푸른 곰팡이.
넌 내 삼색 고양이.

춤선 미쳤네.
이걸 본 내 눈은 소중해.
크으…
우아하다 우아해. 역시 무용 천재.
VJ도 우아하고 시원시원합니다.
블레이드 조명 200대 진짜 멋있네요. 그나저나 오늘 왜 아무 문제 없지?
문제가 없으니 문제인 것 같은 느낌인데.

이어진 RM의 LOVE♬는
다분히 RM의 카리스마에 기대어가는 곡이다.
연출안 초기 단계에서 '페스티벌 무대를 돌아다니는 것처럼
자유롭게 하고 싶으니 굳이 특별한 장치는 없어도 된다'는
RM의 의견이 반영된 것이기도 했지만,
RM의 시그니처 동선인
A스테이지에서 B스테이지를 거침없이 걸어나오며 관객을 흡인하는 그 동선을
스타디움 공연을 몇십 번이나 한듯 여유롭게 펼치는 모습에서
왜 그가 그런 의견을 냈는지 알 수 있었다.

리더의 카리스마

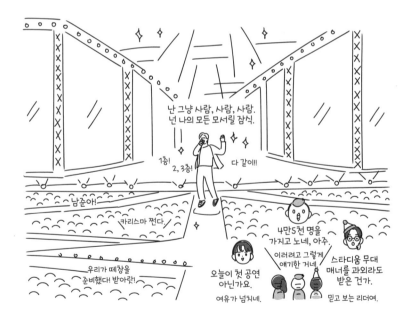

RM의 LOVE♪ 말미에 B스테이지로 합류한 여섯 멤버는
잔망스러운 표정과 격렬한 안무가 공존하는 DNA♪를 준비한다.
블레이드는 조명 면을 보여주며 A스테이지를 가득 메우고
인트로 휘파람 소리를 조명으로 재기 넘치게 표현한다.
잔뜩 어두워진 공연장에서 아미밤은 더욱 화려하게 빛난다.
이어진 토크에서 정국의 생일을 미리 축하하는 의미로
스탠드 3층에 아미밤으로 'HAPPY JK DAY'를 쓰기도 했다.

이어진 메들리는 해야 할 노래가 많은 아티스트와
듣고 싶은 노래가 많은 관객들(특히 양일 모두 오는 관객들)을 위해
각각 5곡씩 묶은 A, B 버전의 메들리를 하루에 하나씩 선보였다.
약 12분 분량인 이 메들리를 부르는 동안,
멤버들은 C스테이지를 타고 D스테이지로 넘어가
먼 거리에 있던 스탠드 관객들과 신나게 뛰어놀고 온다.
A스테이지로 돌아와 최초 공개하는 Airplane pt.2♪까지 끝나고 나면
'傳' VCR을 보며 아티스트와 관객, 스태프 모두 숨을 돌리는 시간이다.

뷔의 솔로곡 Singularity♪엔 다양한 동선이 있다.
먼저 무대 맨 뒤의 A리프트로 뷔와 1자형 옷걸이가 등장하고,
뷔가 세 걸음 앞으로 나오면 댄서들이 합류하고,
다섯 걸음 앞으로 나오면 가면을 든 댄서들이 합류한다.
그때 바로 앞의 C리프트가 4명의 또다른 댄서를 태우고 올라온다.
뷔가 이 4명 사이를 걸어나와 꽃 한 송이를 받아들면
다시 가면을 든 댄서들이 나와 가면 하나를 건네주고
가면을 내던진 뷔는 댄서와 안무를 선보인다.
표정 연기로 스타디움을 휘어잡는 뷔를 모두가 고요히 넋을 잃고 바라본다.

Singularity♪의 분위기는 더 어두운 FAKE LOVE♪로 이어간다.
이 곡의 백미는 정국이 쏘는 '카쏘화(카메라로 쏘는 화약의 약어.
중계 카메라로 잡은 어떤 특정 장면을 통해
마치 관객이 화려한 화약을 본 것처럼 소리지르게 만드는 방법.
물론, 정식 용어는 아니며 PLAN A 내부적으로 쓰는 용어)'이다.
정국이 상의를 슬쩍 들어올리는 안무에서 보이는 그의 복근에
공연장은 그 어떤 특수효과를 썼을 때보다도
더 큰 환호로 가득하다. (심지어 이건 전 세계 공통이다.)

VCR 이후엔 이 공연의 최대 반전 포인트, 슈가의 솔로곡 Seesaw♪다.
블레이드가 중앙에 모여 복도처럼 벽을 만들어주면,
그 복도의 끝에서 슈가는 소파에 누워 등장한다.
슈가는 랩을 하며 계단을 터벅터벅 내려오고 댄서들과 안무를 시작한다.
모두가 슈가 솔로 무대는 당연히 진중한 랩으로 가득한,
안무는 상상할 수 없는 무거운 분위기일 거라고 생각했다가
슈가의 잔망스러운 안무에 관객들은 모두 허를 찔렸다.

내 눈을 의심했다
몇 달 전, 연습실

애매한 책임전가의 연속에

어라… 댄스곡이네?

누워서 시작해서 누워서 끝내는 건 본인 캐릭터를 반영한 건가.

오래 살고 볼 일이야.

으잉

벤치에서 미끄러지는 거 보소. 잔망인가.

마지막 솔로 주자 진의 Epiphany♪는
연출을 짜는 과정에서 가장 부침이 심했던 곡이다.
우리는 '피아노 앞의 진이 왜, 어떻게 A리프트로 이동해야 하는지'에 대한 답을
정말 오랫동안, 심지어 태풍 상황에서도 끝까지 고민해야 했다.

뮤지컬 〈오페라의 유령〉에 나오는 지하동굴에 있을 것처럼 장식된
무대 하수의 검정색 피아노에 앉아 등장한 진은
1절을 피아노에서 부르고 2절을 시작하며 중앙으로 걸어온다.
그때 진의 뒤에는 거대한 블레이드 두 조각(4AB)이 모여 있고,
거기엔 진과 또다른 진이 서로를 바라보고 있다.
2절 후 쿵 하는 소리에 진은 의미심장한 표정을 짓고,
영상 속에서 내리던 비는 시간을 거꾸로 돌리는 듯
다시 하늘로 올라간다.

`이 노래는 제목부터 어려웠어`

천천히 블레이드가 열려 진에게 길을 내어준다.

무대는 흰 구름이 흐르고, 마치 신의 세계에 온 듯 신성해 보인다.

진은 계단을 천천히 올라 블레이드의 정중앙에 서고,

관객을 향해 돌며 마지막 코러스를 열창한다.

흰 종이 꽃가루가 내리고, 마지막에 영상의 흰 구름은

⟨THE WINGS TOUR⟩에서 선보였던 그의 솔로곡 Awake♪를 연상시키는)

흰 날개 모양으로 변하며 이 거대한 발라드는 마무리된다.

하이 톤의 환호로 가득하던 공연장이었지만

이 곡의 끝에는 마치 클래식 공연에서처럼 관객의 박수소리만 나왔다.

뒤의 리프트로 지민, 뷔, 정국이 등장하고,

넷은 계단을 천천히 내려와 B리프트 위에 자리를 잡는다.

많은 스태프들의 최애곡이었던 전하지 못한 진심♪이다.

4명의 개인 카메라를 중계하는 4분할이 나온다.

B리프트는 멤버들을 높이 들어올리고

흰색, 분홍색의 꽃잎 모양 종이를 한껏 날려 이 애절한 발라드를 장식했다.

이제 본 공연의 막바지를 향하고 있다.

래퍼 셋이 만드는 Tear♪는 B스테이지에서 시작한다.

레이저가 공연장을 천천히 훑는 전주에 이어 멤버들이 등장한다.

비주얼 파트는 녹색과 블랙, 화이트만 표현하며

높은 불기둥이 연출의 유일한 악센트다.

곡 자체의 에너지도 컸을 뿐만 아니라,

그야말로 무대를 '찢는' 세 래퍼였기에 그 이상은 필요치 않았다.

강타자에게는 작전을 내지 않고 그저 맡기는 야구 감독의 마음이었다.

물론, 이 세 강타자는 분위기를 완전히 바꾸어냈다.

Tear♪는 본 공연 마지막 곡 MIC DROP♪으로 가기 위한 계단이었고,

MIC DROP♪에서 공연장의 텐션은 마지막으로 더 높은 계단을 올랐다.

MIC DROP♪은 레드와 블랙, 화이트다.

블레이드는 UFO 형태로 모여 완전히 조명면이 보이게 서서

매직닷을 완벽하게 뽑내며 뒤를 든든히 받쳤고,

아이맥에 들어간 강렬한 중계 효과와

곳곳에 들어간 불기둥과 화약이 악센트를 주었다.

6분의 앙코르 대기 시간과 90초의 VCR,
총 7분 30초의 휴식 후에 멤버들은 무대에 올랐다.
첫 곡 So What🎵에서 워터캐논과 많은 화약을 쏘며 앙코르를 자축했다.
이어진 Anpanman🎵에서는 멤버들이 귀여운 안무를 하는 동안
다연발 화약과 에어샷을 터트리며 이 화려한 축제의 끝을 기념했다.
맑은 하늘에는 아주 동그랗고, 아주 밝은 보름달이 환하게 빛나고 있었다.

반짝이는 아미밤을 배경으로 사진을 찍고,
각자 마지막 소감을 이야기한다.
(둘째 날, RM은 '애들아 한 번만 안아보자'며 멤버들을 향한 사랑을 내비치기도 했다.
그들은 다 같이 껴안고는 바로 손발을 오그라트렸다.)

마지막 곡은 LOVE MYSELF♬다.
멤버들은 C스테이지를 타고 D스테이지로 나오고
D스테이지의 끝에서 3-4명으로 나눠 이동차에 탑승한다.
4면에 LED를 두른 이동차는 한 대는 BTS 로고 모양으로
다른 한 대는 아미 로고 모양으로 제작했다.
(각각 '방탄차', '아미차'로 불렸다.)
이동차는 멤버들을 태우고 트랙을 쭉 돌아 A스테이지에 내려준다.
A스테이지에는 공연 시작 전처럼 블레이드가
가지런히 모여 BTS 로고 모양으로 빛나며 그들을 기다리고 있다.
출연진과 마지막 인사를 건네고 BTS는 퇴장하지만,
엔딩크레디트의 BGM이었던 MAGIC SHOP♬을 관객들은 다 같이 따라 부른다.
그렇게 첫날 공연이 무사히 끝났다.

공연이 끝나고 멤버 미팅을 하고, 수정 사항을 정리해서 여기저기에 전달하고,
F9과 미팅을 하고, 잠을 자는 둥 마는 둥 다시 잠실로 출근했다.
둘째 날 공연 전에도 어김없이 비가 내렸고, 부랴부랴 방수 비닐을 덮었다.
하지만 공연 전에 거짓말같이 맑게 갰다.
공연이 끝나고 철수가 시작되니 다시 비가 오기 시작했고,
그 비는 철수가 마무리되는 28일까지 정말 지겹게도 내렸다.

철수가 시작되는 것을 보고, F9과 진한 뒤풀이를 했다.
삼성동의 이자카야에 모인 PLAN A와 F9은
소맥을 말아 돌리고, 공연 노래를 따라 불렀다.
긴 사전 준비와 아주 긴 프리프로덕션,
태풍 덕에 급박했던 잠실 현장을 무사히 넘기고 싹튼 전우애였다.
몇 시간 뒤인 월요일 아침 비행기로 출국하는 F9이었지만,
그날만큼은 무리해서 술잔을 기울였다.

월요일은 하루종일 잠만 잤다.
화요일엔 매니지먼트와 투어 연출에 대해 미팅을 하고,
수요일엔 짐을 꾸리고 저녁엔 아버지 제사를 지냈다.

현실은 우리에게 휴식을 허락하지 않았다.
우리는 'The show must go on'이라는 격언을 되새기며,
일찍이 보내놓은 카고가 무사히 도착하길 바라며,
목요일엔 인천공항으로 향했고 LA행 KE017편에 몸을 실었다.

오리지널 프로덕션인 한국의 감독들, 한국에서 보낸 카고 물량과
미국 프로덕션측 인원, 장비의 합을 맞추는
미국에서의 프리프로덕션이 2018년 8월 30일에 시작된다.

30일 아침 10시, 긴 비행으로 녹초가 되어 LA공항에 도착한 선발대는
긴 입국 심사 후 프리프로덕션 베뉴가 있는 LA 동쪽 온타리오로 향하고,
호텔에 짐을 풀자마자 CBBA 아레나로 이동한다.
큰 시차에도 한·미 각 파트 감독들 간에 미팅이 열리고
오후 4시 30분, 무사히 도착한 한국 카고를 부지런히 내리기 시작한다.
F9이 도착하고, 연출 미팅을 가진다.

31일 아침, 본격적인 한국팀의 작업이 시작이다.
1일 저녁, 셋업이 끝나자 한국팀이 입맛을 많이 찾았는지,
케이터링 갈비찜에 갈비는 없고 무와 당근만 남아
한국 스태프 카톡방에 작은 소란을 일으켜본다.
2일, 마지막 프로그래밍을 마친 후, 모든 장비는 첫 공연을 할 LA로 이동한다.

3일, 온타리오에서 LA로 이동하고, 한국에서 후발대도 모두 넘어왔다.
첫 도시인 LA에는 지원 인력이 4명 추가되어 총 41명이 모였다.
시차 때문인지, 다음날 새벽 콜 시간 때문인지, 호텔도 단톡방도 조용했다.

카고(Cargo)

오리지널 투어팀이 '투어 내내 가지고 다니면서 쓰는 장비'를 통칭한다. 전 세계 어디서나 비교적 쉽게 구할 수 있는 장비들은 그 나라마다 로컬 프로덕션을 통해 수급하면 되지만, 그렇지 않은 장비가 꼭 필요할 때는 처음부터 카고를 계획한다. 대형 투어의 경우, 오리지널 연출을 구현하기 위해 카고를 짜는 경우가 종종 있다.

카고 물량을 선정할 때는 아래 기준들을 종합적으로(라는 말은 굉장히 애매한 표현이지만, 이 과정은 정말 '종합적으로'라는 표현밖에 쓸 수 없다) 고려해야 한다.

1. 포기할 수 없는 연출을 위한 필수 장비인가.
2. 아티스트 안전에 직결되거나, 아티스트의 퍼포먼스에 최적화된 장비(예를 들면, 단순 등퇴장용이 아닌 연출용 리프트)인가.
3. 이 공연만을 위해 만든 커스텀 장비(예를 들면 블레이드처럼 조명, 영상, 전식 등 여러 팀의 장비가 복잡하게 얽힌 장비)인가.
4. 로컬에서 똑같이 만들 수 있다 하더라도, 로컬마다 새로 만드는 데 드는 시간, 비용과 제작 실패의 리스크를 부담하기보다, 운송비를 부담하고 가져가는 것이 로컬과 오리지널팀에 모두 도움이 되는 장비인가.
5. 로컬의 안전 기준을 통과할 수 있는 장비(특히 미국, 유럽, 호주)인가.

해상 카고는 가로 2.3m, 높이 2.4m, 깊이 12m의 철제 컨테이너에 적입하는데, 컨테이너당 운송비가 발생하고, 같은 한 동이라도 장비를 얼마큼 잘 채우느냐(일명 '테트리스')에 따라 담는 물량이 달라진다. 따라서, 애당초 각 팀에서 보내는 장비들이 규격화된 박스에 효율적으로 담겨 있어야 한다. 해상은 운송비가 상대적으로 저렴하지만, 시간이 오래 걸린다.
항공 카고는 무게 규정과 부피 규정 중 더 높은 금액 쪽으로 과금된다(보통은 부피 규정에 따라 과금된다) 해상에 비해 훨씬 비싸지만, 훨씬 빠르다. 적은 물량은 여객기의 화물칸을, 크기가 큰 물량은 화물기의 일부를 이용하지만, 항공 물량이 압도적으로 많을 경우, 아예 화물 전세기를 빌리기도 한다.
운송팀은, 장비 적입 후 내륙 운송 - 수출 통관 - 국제 운송 - 수입 통관 - 내륙 운송을 통한 공연장 배송까지, 그리고 투어 종료 후 역순으로 각 팀에 반납에 이르기까지, 운송의 전 과정을 총괄한다. 무엇보다 정시 배송은 운송팀의 생명이다.

그래서 운송팀 리키 팀장님은 사랑입니다.

비용도 절감하면서 잘하려고 하면 진짜 끝도 없이 어렵죠.

4일 새벽 5시, 매직 존슨과 코비 브라이언트의 땀 내음이 밴 그곳,
LA 스테이플스 센터에 들어섰다.
바닥 마킹(바닥에 미리 분필로 표기를 해놓은 후,
그곳에 모터를 달고 트러스 등을 달아 올린다.
리깅 공연장 셋업의 가장 첫 작업)을 시작한다.
아침 9시, 온타리오에서 넘어온 한국 카고가 도착하고,
크고 작은 문제들을 해결하며 셋업이 진행된다.
첫 도시인 만큼 마음이 더 급한 한국팀의 마음을 아는지 모르는지,
로컬 유니온의 느릿한 움직임은
우리 속을 까맣게 타들어가게 했다.

그날 자정이 다 되어서야 셋업이 끝났고,
밤새도록 조명과 영상의 프로그래밍이 이어졌다.
밤을 새우다시피 하고 공연날인 9월 5일 아침 테크니컬 리허설을 열고,
낮 12시, 아티스트 리허설이 시작됐다.
이번에는 주경기장의 광활한 무대보다 많이 작아진 무대에
(좌우 윙과 C, D스테이지가 삭제되었고 A, B스테이지도 작아졌다)
출연진이 적응할 시간이었다.
새로운 동선을 빠르게 한 번 리허설한다.

2시간 30분의 긴 관객 입장(특히 미국은 휴대품 검사가 까다로워
입장에 긴 시간이 필요하다)이 끝나고,
드디어 첫 공연이 시작되었고, 다행히도 크게 티나는 사고 없이 끝났다.
팔로우스포트와 카메라맨 등 현지 인력과 처음 실전을 치른 파트에서는
분명 아쉬운 점이 있었지만,
남은 투어 기간 동안 점점 발전할 것이라는 가능성은 확인했다.

LA 1, 2회차 공연이 끝나고 꿀 같은 하루의 휴식일이다.
스태프들을 위해 코인빨래방을 오가는 셔틀이 있었다.

3회차 공연 시작 전 다음 도시인 오클랜드의 도면을 펴놓고
한·미 스태프들이 모여 미팅을 하고
한국팀만 별도로 모아 12월 이후 아시아 투어 일정과
예상되는 큰 연출 변동, 그에 따른 물량을 발표했다.

4회차 공연 전에는 철수 순서를 미리 정리하는 미팅을 한다.
공연이 무사히 끝나고 철수는 다음날인 월요일 새벽 4시까지 이어졌다.
월요일 아침 9시, 모두가 공항행 버스에 올랐다.
우리는 오클랜드로 떠났고,
F9은 아레나 버전 만들기 임무를 마치고
시티필드를 기약하며 각자의 집으로 돌아갔다.

오클랜드 공항에서 호텔행 버스가 출발했지만,
리처드를 공항에 두고 오는 바람에 되돌아가야 했다.
많은 인원을 통솔해 버스에, 비행기에, 다시 버스에 태우고
호텔 키와 퍼디엠을 나눠주느라 정신없는 월요일이 지나고
화요일 새벽부터 다시 오클랜드 셋업이 시작된다.

단 1회 공연이었던 오클랜드.
정신없이 공연을 끝내고, 셋업한 지 24시간도 안 된 장비를 철수하고,
다음날인 목요일 아침, 여지없이 공항행 버스에 오른다.

금요일은 텍사스주 포트워스에서 셋업이다.
보통은 셋업일 아침 9시에 한국 장비를 내리고 셋업을 시작하지만,
이날은 멀고 먼 오클랜드에서 오는 트럭이
오후 3시에 도착하는 바람에 훨씬 더 빠른 작업이 필요했다.

운명을 같이하는 37명의 C파티에게 갖가지 공지와 논의할 사안이
실시간으로 전해지는 C파티 단톡방은 매분마다 울려댄다.
아주 가끔 실수로 올라오는 톡은 일 애기로 가득한 이 단톡방에
웃음을 안겨주는 소중한 존재다.

그날 이후, 그는 '야보'로 불린다.

서원하다,
서원해.

감독님
꼭 결혼
성공하세요.

환열 감독
자상하네, 자상해.

여보도 아니고
야보라니.

당신 사장님이
빨리 들어오래.

하이에나 같은
사람들.

나쁜 형들….

톡 한 번
잘못 보냈다가….

포트워스 공연을 마치고 월요일은 캐나다 해밀턴으로 이동한다.
호텔이 공연장 바로 옆 건물이라, 호텔방에서도 현장 무전이 들려
언제든지 셋업 상황을 들을 수 있어 좋다.
목, 금 공연 후 하루 휴식일, 급격히 추워진 날씨에
스태프들은 패딩을 사 입어야 했다.
해밀턴 공연중에 블레이드를 캐나다 국기 단풍잎 모양으로
만드는 이벤트를 해 캐나다 팬들을 감동시켰다.
일요일 공연까지 마치고, 월요일엔 뉴어크로 이동이다.

뉴어크에서 이틀 휴식을 가지는 동안 한국에서 B조가 넘어와 합류했다.
A, B조가 함께 목요일 셋업과 금, 토 공연을 하며
A조가 그동안 겪은 노하우와 변동된 연출 등을
B조에게 고스란히 전해주는 시간이었다.

이미 잘 훈련된 B조에 A조의 노하우까지 더해져
뉴어크 공연은 여유 넘치게 진행할 수 있었다.
A, B조가 함께 기념사진 찍을 시간도 있었고,
출장 나온 이발사님께 한참 동안 돌보지 못했던 헤어스타일을 다듬기도 했다.

뉴어크 공연 직후인 9월 30일 일요일,
A조와 B조가 연달아 치고 빠지는 지옥 구간의 시작이었다.
PLAN A도 인원을 나눠,
나와 윌리, 지민, 효민, 서림PD는 A조 스태프들과 시카고로 향하고
희나, 오름, 백희PD는 B조 스태프들과 뉴어크에 남아 시티필드를 준비한다.
조던이 뛰던 시카고 유나이티드 센터 공연을 마친 목요일,
윌리와 지민PD는 런던 프리프로덕션으로 먼저 출발하고,
나와 효민, 서림PD는 A조와 뉴욕 시티필드로 합류했다.
시티필드 셋업중이던 B조는 A조에게 셋업 상황을 공유한 후
바로 런던으로 향했다.

북미 투어의 마지막, 뉴욕 시티필드 공연은
'한국 가수 최초의 미국 스타디움 공연'이라는 타이틀을 가진,
케이팝 콘서트 역사에 한 획을 그은 공연이다.
LA부터 시카고까지, 모든 아레나 투어에서 이룬 매진 행진은
시티필드에서도 이어졌다.
열흘 전 뉴욕 UN에서 RM이 보여준 감동적인 연설로
투어 분위기는 최고조에 올라 있었다.

시티필드의 무대는 8월 잠실주경기장의 스타디움 버전과
그간 돌았던 아레나 버전의 중간 형태로 디자인했다.
(때문에 조명과 영상을 다듬기 위해 F9을 소환했다.)
시티필드는 타원형의 주경기장과 달리 부채꼴의 야구장이기 때문에,
C-D스테이지는 없었지만, 긴 윙을 가진 A스테이지와
시원하게 넓어진 B스테이지를 설치했다.
한편, 베뉴의 엄격한 레귤레이션 때문에 포기해야 했던 연출이 있었던 것은
한편으로는 아쉽고, 한편으로는 다음 투어를 위한 좋은 예행연습이었다.

멤버들은 오랜만의 스타디움 버전 동선을 연습하는
짧은 리허설에도 빠르게 적응해 무사히 공연을 마쳤고
마지막 인사 때 지민은 뜨거운 눈물을 흘렸다.

딱 지쳐 주저앉지 않을 만큼의 휴식일이 중간중간 있었던
북미에서의 38박 39일을 마치고,
이제 휴식일 없이 몰아칠 13박 14일의 유럽 투어다.
18년 10월 7일 밤 10시, 런던행 UA940편은 뉴어크 공항을 이륙했다.

영화 〈러브 액추얼리〉의 감동이 고스란히 배어 있는 히드로 공항에 내려
버스를 타고 런던 동부의 O2 아레나로 향한다.
차창 너머 타워브리지가 자태를 드러내도 버스엔 깨어 있는 사람이 없다.

B조가 한창 셋업을 진행하고 있었고,
호텔에 짐을 풀고 바로 공연장에 도착한 A조가 합류한다.
B조가 유럽 프로덕션의 까탈스러운 프로덕션 매니저와
디테일한 프리프로덕션을 한 덕에 현장은 그럭저럭 흘러가고,
영국 국적인 리처드의 존재는 유럽에서 특히 큰 도움이 된다.

북미에서 투어를 도는 동안 많은 것이 안정되었으니
유럽 투어는 런던 첫 쇼만 잘 끝내자는 심정이었다.
하지만 역시, 하늘은 우리에게 쉬운 투어를 허락한 적이 없다.

런던 첫 공연 2시간 전

급하게 뛰어간 멤버 대기실에는 정국이 누워 있었다.
발꿈치 부상에도, 정국은 '앉아서 노래만이라도 하겠다'며 의지를 불태웠다.

급하게 로컬 프로덕션을 통해 롤링 데크(Rolling Deck)와 바 의자를 구했다.
정국의 입퇴장은 롤링 데크 위 바 의자에 앉은 정국을
데크째로 무대감독팀이 굴려서 상수 쪽으로 밀어넣고 빼는 것으로 한다.
A, B스테이지를 넘나드는 자유 동선 곡에서는
정국이 소외되어 보이지 않도록 다른 멤버들이
돌아가며 정국 옆에 서 있기로 했다.

백스테이지로 빠진 정국은 '매번 안무하느라 더워서
에어컨 많이 틀어달라고 했는데, 오늘 저는 춤을 안 추니까 춥네요'라고 해
백스테이지 스태프들의 애잔함(?)을 불러일으켰다.

투어를 거듭할수록 정국의 상태는 빠르게 호전되었고,
열흘여 후 마지막 파리에서는 무대에서 걸어다닐 정도였다.

파리에서 기적을 행하는 자

살짝살짝 움직여.
유포리아는 안무 없이
그냥 노래만 불러도 좋은 노래네.

그새 많이 나았나봐.

어려서
회복이
빠른 건가.

첫 도시 런던을 끝내고 B조는 한국으로 귀국하고,
A조는 남은 유럽 투어를 이어나간다.

각국이 가깝게 붙어 있는 유럽 투어에서 도시 간 이동은
나이트 라이너(야간 침대 버스)를 이용한다.
런던 2회차 공연 날 아침, 개인짐을 꾸려 체크아웃을 한다.
공연과 철수가 끝나는 새벽 3, 4시경, 모든 스태프가 침대버스에 탄다.

2층 침대 8개가 있는 16인용의 이 버스는
1층엔 간이 화장실, 작은 주방과 식탁이 있고
2층에는 8명이 들어가는 휴게실이 있는 버스다.
짧으면 8시간, 길면 12시간이 걸리는 이동 시간 동안
식탁에 모여 맥주를 마시거나 휴게실에서 게임을 즐기기도 한다.
첫 밤은 딱딱하고 좁은 침대가 불편해 잠을 설쳤지만
두번째 이동부터는 모두 떡실신과 꿀잠을 성취했다.

첫 이동이었던 런던-암스테르담 구간은 심지어 바다를 건너야 해서,
버스가 큰 배에 오르면 모두 내려 배의 휴게실에 머물거나
갑판에 올라 운치 있게 바닷바람을 맞으며 망중한을 즐겼다.

두번째 도시 암스테르담에 도착하면 오후 2시다.
그날 오후와 저녁의 자유 시간을 보내고,
바로 다음날은 셋업, 그다음날은 공연과 철수,
그리고 다시 야간버스다.

10월 13일 암스테르담 지고 돔,
10월 16, 17일 베를린 벤츠 아레나에서의 공연을 마치고
10월 18일 새벽, 북미-유럽 투어의 마지막 도시 파리로 이동한다.

도시 간 이동이 가장 오래 걸리는 구간(12시간)이었던 데다가,
이동일인 18일이 곧 셋업일인 파리는 최악의 조건이었다.
18일 오후 3시, 파리 호텔에 짐만 던져놓고 바로 공연장으로 향했다.
이날은 퇴근 없이 모두 밤을 새우다시피 하며 셋업을 진행했고,
다음날 리허설 스케줄을 겨우 맞출 수 있었다.

첫 공연이 끝난 밤은 리처드와 함께하는 마지막 밤이다.
몸은 피곤했지만, 한국 정서상 이 형의 환송회를 안 할 수는 없다.
평소 (리)처드 형과 친했던 스태프들이
호텔 앞 야외 테이블로 맥주를 사 들고 삼삼오오 모인다.

처드 형은 투어팀에서 빼놓을 수 없는 존재였다.
한국 스태프들과 어울려 한국 식당에 가길 주저하지 않았다.
'담배 피우자' '빨리빨리' 그리고 약간의 한국말 비속어를
적재적소에 써먹으며 한국팀에 웃음을 주었고,
어떨 때는 한국팀을 대신해 로컬을 설득해주었다.
정이 한껏 든 처드 형과 뜨거운 포옹을 나누며 재회를 기약했다.

보고 싶을 거야, 브라더. 건강해. 내가 형 꼭 다시 부를게.

케빈, 우린 친구야. 우린 다시 만날 거야.

18년 10월 21일 밤 11시, OZ502편으로 귀국길에 오른다.
북미 8개 도시와 유럽 4개 도시에서의 22회 공연,
그리고 각각의 프리프로덕션까지.
53박 54일의 장기 투어를 마치고 돌아오니

8월의 잠실 공연은 정말 한참 전의 일같이 느껴진다.

몇 달 사이 무거워진 두 아이들과 유람선을 타고,
시크릿 쥬쥬 OST를 틀어놓고 녀석들의 손발톱을 깎고, 귀를 파주었다.

이 틈에 결혼하는 야보

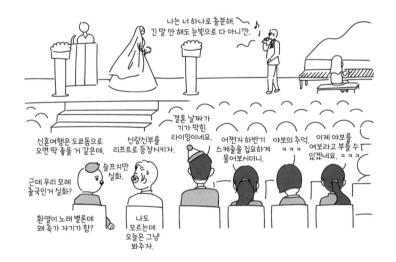

한국에서 보낸 2주는 쏜살같이 흘러갔다.
아직 북미-유럽에서의 피로가,
아니 8월 잠실의 피로가 가시지 않았는데
11월 5일 아침, 하네다행 OZ1085편을 기다리며
김포공항에 멍하니 앉아 있었다.
전반전을 줄기차게 뛰어다닌 미드필더가
너무 짧은 휴식 시간 후 바로 후반전에 투입되는 기분이었다.

논산 훈련소 시절 이후 가장 집에 가고 싶었던 순간

2018년 11월부터 2019년 4월까지,
일본 4대 돔과 아시아 4개국 투어는 몇 가지 이유로 꽤 까다로웠다.

첫째, 한 투어였지만 여러 버전의 큐시트를 만들어야 했다.
크게는 일본 돔 투어 버전, 아레나인 홍콩 버전과
스타디움(타이베이, 싱가포르, 방콕) 버전으로 나뉘는데,
세 버전은 돌출 무대를 포함한 무대 형태,
이동차 여부, 특수효과 허용 범위 등이 서로 다르기 때문이다.
스케줄상으로도 세 버전이 서로 뒤섞여 있어
매 도시마다 여러 유의미한 변화를 큐시트에 반영했다.

둘째, 이 기간은 5월의 〈SY 투어〉의 준비 기간과 정확히 겹쳤다.
초대형 투어인 〈SY 투어〉 연출에 대한 압박이 내외부로 심했기 때문에
발등에 떨어진 불과, 몇 달 후의 초대형 산불을 동시에 끄는 심정이었다.
실제로, 마지막 방콕 공연에서 귀국한 지 열흘 만에
우리는 다시 〈SY 투어〉 프리프로덕션을 하러 출국해야 했다.

셋째, 일본에서의 대관 스케줄이 꼬여 있었다.

첫 시작인 도쿄 돔 공연은 BTS - LOVE LIVE -

테일러 스위프트(이하 TS)로 연달아 대관이 잡히는 바람에

뒤의 두 공연을 위한 기술적 배려를 하느라 준비 대관 시간이 부족했다.

나고야 돔에서는 바로 뒤에 BOYS AND MEN 공연이 붙어 있어

우리 공연 후 BOYS AND MEN 버전으로 무대를 수정하고

많은 장비를 대여해주어야 했는데,

우리의 싱가포르 일정과 겹쳐 있어서

이때 B조가 일부 투입되기도 했다.

18년 11월 6일, 도쿄 동쪽 지바시의 마쿠하리 멧세 Hall 7에서

일본 프리프로덕션을 시작한다.

오랫동안 합을 맞춰온 일본 프로덕션 PROMAX와 반갑게 인사를 나눈다.

도쿄 돔 공연을 반드시 성사시키고자 했던

TS 쪽의 강력한 의지는 TS의 바로 앞 공연 LOVE LIVE를 너머

우리에게까지 연락이 왔는데, 이 협의를 하러 7개월 전인 18년 4월에

TS 투어의 첫 도시인 미국 피닉스(심지어 직항도 없다)까지 가서

TS의 프로덕션을 만나기도 했고, 이후로도 많은 협의가 진행되었다.

결론은 TS 쪽에서 제공하는 스틸트러스가 들어와 뼈대를 세우고,

거기에 일본과 한국의 장비들이 들어가는 식이다.

공연 규모에 비해 대관 시간이 상대적으로 짧은 일본에서,

그것도 첫 도시인 도쿄 돔 셋업은 굉장히 타이트해 모두 초긴장 상태였다.

TS와 협의를 한 당사자로서, 그날 밤은 잠이 오지 않았다.

호텔에서 뒤척이다가 결국은 현장에 나갔다.

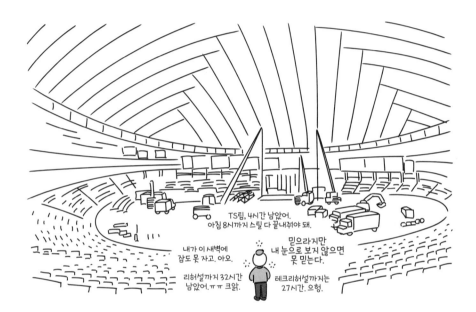

12일 오후 1시, 한국팀 카고 반입을 시작한다.
준비를 잔뜩 한 PROMAX와, 인원을 보충한 한국 투어팀이 속도를 냈다.
그날 밤 자정, 24시간 전엔 텅 비었던 도쿄 돔에 거대한 무대가 모습을 드러냈다.

13일 새벽 4시 조명 포커싱, 아침 7시에는 테크리허설,
9시에는 사운드 튜닝, 12시에는 아티스트 리허설이 순식간에 이어졌다.
오후 4시 관객이 입장하고, 저녁 6시 첫 공연이 시작된다.
무사히 끝난 도쿄 돔 1회차의 밤,
스태프들이 묵는 호텔에는 역시 떡실신이 대유행했다.

일본 돔 4도시의 8회 공연은 모두 일찌감치 매진되었고,
이에 사이드의 시야 제한석(사실상 '시야 단념석'이다)을 열고
그쪽 관객들을 위해 추가로 아이맥과 스피커를 설치했다.
플로어도 조금이라도 더 객석을 확보하기 위해
FOH°를 줄이고 줄이고 또 줄였다.

돔 투어의 전체적인 무대는 8월 잠실 스타디움과 비슷했다.
넓은 B스테이지, 무빙 C스테이지가 있고,
(부채꼴 모양의 야구장을 반영해) 양날개가 없는 심플한 D스테이지를 놓고,
여기에 LED를 단 7인용 리프트를 추가했다.

그중에서도 연출 자리는 정말 외로운 곳이죠.

공연중에 이런저런 카톡도 많이 받고.

아무래도 쇼 콜러는 공연중에 자세한 메모가 힘드니까, 쇼 콜러 아닌 사람이 수정 사항을 자세하게 적어놓기도 합니다.

그래서 가능하면 최소 2명이 앉으려고 노력합니다. 큐를 날리는 쇼 콜러 역할과, 쇼 콜러가 공연에 집중할 수 있게 프로덕션 내외부의 일을 실시간으로 처리하는 역할이죠.

심지어 <SY 투어>처럼 큰 공연 때는 오리PD님과, 저, 월리PD가 모두 앉았죠.

착한 오리의 공연 용어 사전

FOH(Front Of House)

공연을 진행하는 '여러 파트 감독들과 컨트롤러 등이 모인 곳'이라는 의미로 통용된다. 보통은 연출, 음향과 프로툴, 조명, VJ, LED 컨트롤, 전식, 카메라 스위칭, 레이저 등의 파트별 감독들과 필요 장비가 자리를 차지한다.

중규모 이상 공연장부터는 그때그때 FOH의 위치가 조금씩 다르다. 공연 진행에 필요한 각 팀의 컨트롤 장비와 인원을 조사하고 이를 합산(과 테트리스)해 FOH 전체 사이즈를 산출하고 도면에 표기한다. 이 도면을 기반으로 운영팀에서 사석을 제하고 좌석을 설계한다.

2만 석 이상의 초대형 공연장에서는 FOH의 크기와 위치가 많은 사석을 좌지우지하기 때문에 FOH를 조합하고 위치를 잡는 데에도 노하우가 필요하다. 이런 공연의 경우, FOH의 필요 스태프와 장비가 많아지면서 FOH1과 FOH2로 분리 설치하기도 한다. 1과 2는 좌우 대칭인 경우로 놓는 경우도 있고, 음향팀처럼 스피커와의 거리에 민감한 팀을 FOH1에 넣어 앞쪽으로, 나머지를 FOH2로 넣어 뒤로 놓기도 한다. 야외 공연이라면 우천과 강풍 등 악천후에도 반드시 꼼꼼하게 신경써야 한다.

도쿄 공연을 무사히 마치고
우리는 오사카에 넘어가 3일의 휴식을 가질 수 있었다.
(도톤보리의 맛집, 편의점의 맥주 매대에서 스태프들을 만날 수 있었다.)
모처럼 여유 있는 오사카 3회 공연으로 3주간의 일본 출장을 마치고,
일본팀과 새해에 만날 것을 기약하며 귀국길에 올랐다.

2주 후, 아시아 첫 도시 타이베이 서쪽의 야외 야구장으로 향한다.
타이베이는 셋업 내내 비가 오락가락했는데,
부실한 바닥보호재와 배수가 안 되는 경기장 지반 때문에
땅바닥은 온통 진흙탕이 되어버렸고 스태프들 신발은 폐기 처분되었다.
방수포로 장비를 덮었다 걷었다를 반복해야 했고,
철수 후에는 카고에 제습제를 박스째로 사다가 넣어야 했다.

타이베이에서 카고 내리던 날

A카고가 벌써 태평양을 왕복하고,
제일 고생이 많은 세트지.

대만 용접의 신이
오셔야 할 텐데.

비 안 오는 나라에
가고 싶다.

PD님들, 저희 카고 내리는데…
여기 시카고 불스 마크가
찍힌 의자가 있는데 어떻게 할까요?
비 오는데 계속 내리는 거죠?

A카고가 시카고에서 온 건데….
시카고에서 누가 막 넣었나봐요.
비는 이제는 그냥 친구라고 생각하시고….

으아…. 저희 블레이드 안에
용접이 몇 개 떨어져서
조명이 기울어졌습니다.

으…. 로컬에
용접공 섭외할 수 있는지
알아볼게요.

2019년 1월 7일 나고야행 비행기에 오른다.
이미 도쿄와 오사카에서 합을 다 맞춰놓아
나고야 돔 공연 자체에는 큰 이슈가 없지만,
대관 계약상 우리가 프로덕션 지원해야 하는
BOYS AND MEN 공연이 바로 뒤에 붙어 있었다.

1월 8일과 9일, BTS 버전으로 무대 셋업을 모두 완료 후
10일은 그들에게 온전히 양보해 충분히 리허설을 할 수 있게 했다.
11일은 다시 우리가 넘겨받아 우리의 공연을 완벽히 체크했고
12, 13일 BTS의 양일 공연을 무사히 마친 후,
일부 스태프는 B조가 셋업을 시작한 싱가포르로 바로 이동했고
남은 A조가 14일 BOYS AND MEN 공연이 잘 끝나도록 서포트했다.
(일본에서 한국인이 오퍼레이팅하는 한국산 리프트를 처음 탄
일본인 아티스트였을 것이다.)
이 스케줄 역시 투어에 익숙한 B조가 있었기에 가능한 일이었다.

한겨울의 나고야에서
한여름의 싱가포르로 날아간다.
싱가포르 선발대가 시티필드에서 온 B카고를 열어 셋업하는 동안
천장이 있는 베뉴(싱가포르 국립 경기장) 덕분에
다행히 비는 맞지 않을 수 있었다.
다만, 덥고 습했다. 꾸준히 눅눅하고, 꾸준히 꿉꿉하고, 꾸준히 더웠다.

싱가포르는 5월 〈SY 투어〉를 함께할 미국의 프로덕션 매니저 조엘이 방문해
무대를 같이 둘러보고 협의를 하기로 한 곳이었다.
게다가 남은 〈LY 투어〉인 홍콩, 방콕 팀도 방문했다.
셋업 중간중간 짬을 내 그들과 인사하고 미팅을 한 뒤
무대를 둘러보며 우리 공연과 셋업 방법에 대해 설명했다.

나고야와 싱가포르 공연이 끝나며 〈SY 투어〉 준비는 속도가 붙었다.
2월에는 후쿠오카에서 성대하게 일본 돔 투어를 마무리했고,
3월에는 홍콩의 AWE 아레나에서 5일간 4회 공연을 열었다.
돔과 스타디움을 돌다가 아레나로 들어가니,
전에는 그렇게 커 보이던 아레나가 너무나 좁게 느껴졌다.
4월 방콕은 길었던 〈LY 투어〉의 마지막 도시였다.

싱가포르가 습식이라면 방콕은 건식 사우나였다.
소품으로 쓰는 일자형 플라스틱 촛대가 녹아내릴 정도였다.
무대에는 강풍기, 에어렉스, 에어컨, 아이스박스 등
아티스트의 열을 조금이라도 식히기 위한 모든 방법이 총동원되었다.

방콕은 〈LY 투어〉의 마지막 도시였기 때문에
〈SY 투어〉에서 쓸 연출을 미리 테스트했다.
대표적으로 스테디캠 감독님을 모셔 와
RM의 LOVE♬와 몇몇 곡에 투입했는데,
멤버들은 이 스테디캠과 찰떡같은 호흡을 연습하기 시작했다.

그렇게 8개월간 20개 도시에서 42회가 열린 〈LY 투어〉가 끝났다.
한국, 미국, 유럽, 일본의 프리프로덕션과, 매일같이 한 리허설까지 합치면
체감상 1년간 100회 공연은 한 느낌이었다.
〈LY 투어〉는 잠실주경기장에서 북미와 유럽의 아레나 투어를 지나
일본 돔을 돌다가 다시 아시아의 아레나, 끝내 야외 스타디움까지 진출한
실로 변화무쌍한 투어였다.

이 투어로 PLAN A와 BTS 투어 프로덕션은
실로 비약적인 발전을 이루었다고 자부한다.
실내와 야외를 넘나들며 다양한 환경에서 공연을 만들면서
연출과 제작 측면에서 큰 노하우를 얻었고,
그 경험을 바탕으로 우리는 세계 최고의 무대를 향한
오르막길을 계속 걷고 있었다.

結 pt.1_세상에서 가장 높은 곳, 북남미-유럽-일본 스타디움 투어
: 2019년 늦봄부터 여름까지

⟨LY 투어⟩가 막 시작하던 2018년 8월
⟨SY 투어⟩의 스케줄이 서서히 큰 윤곽을 드러냈고,
⟨LY 투어⟩가 북미-유럽 죽음의 레이스를 끝내자
⟨SY 투어⟩의 연출 내용에 대한 논의가 시작됐다.

초대형 스타디움 투어의 티켓을 열어야 하니,
평소보다 훨씬 더 빠른 전체 무대 디자인 정리가 필요했다.
지금껏 가장 큰 공연장이던 잠실, 싱가포르와 방콕에서는
납작한 타원 모양 경기장의 긴 변에 무대를 놓았었는데,
이번엔 더 많은 티켓을 열기 위해 짧은 변에 무대를 놓기로 결정했다.
(이 경우, 시야각 때문에 생기는 사석이 획기적으로 줄어든다.)

그리고 C, D스테이지를 삭제하고 A, B스테이지에
연출, 동선, 예산을 집중하기로 했다.
B스테이지에 많은 댄서와 연출 장비가 들어갈 수 있도록
공간 효율을 높이기 위해 다이아몬드형에서 직사각형으로 바꿨다.

시간과의 싸움이었다.

남은 시간에 비해 우리가 준비해야 할 일은 너무나 많았다.

이제는 광활한 스타디움을 꼼꼼히 채워넣고

한 곡 한 곡의 연출을 그릴 타이밍이었는데,

이 작업에 소요되는 시간이 엄청나게 오래 걸렸고,

하나를 진행하는 데에도 협의할 파트너들이 너무나 많았다.

예를 들어, B스테이지에서 일어나는

거대한 BTS 로고 세트를 만드는 과정을 보면,

한국의 디자인팀과 협의하여 콘셉트를 잡고,

매니지먼트에 제안한 후 OK가 나면

독일 제작사인 Henn과 화상 미팅으로 이 세트의 개념과

보여주고 싶은 효과를 설명한다.

로컬 프로덕션 매니저, F9, 한국 프로덕션 팀과 진행 상황을 공유하고,

운송팀과 독일산 제작물을 어떻게 미국까지 옮길 것인지

스케줄을 잡고 전체 예산을 업데이트해 주최측에 고지한다.

그리고 이 복잡다단한 과정 여기저기서 문제점이 발견된다.

제작 기술, 운송 과정, 좌석 운영, 비용, 연출 효과 등

다양한 파트에서 다양한 이슈들이 제기되고

그 이슈들은 다시 다양한 파트에 영향을 미친다.

이 과정의 한가운데에 있는 PLAN A는 커뮤니케이션의 대폭발을 경험한다.

〈SY 투어〉가 지금껏 케이팝에서
아무도 상상해보지 못한 전인미답의 투어였던 만큼,
우리에게도 이전과 완전히 다른 사고방식이 필요했다.
그래서 우리에게 가장 힘들었던 점은
우리 스스로가 그간 부지불식간에 만들어놓은
상상력의 유리 천장을 깨고 나가는 일이었다.

기술적으로 불가능할 것 같아서,
만들고 테스트할 시간이 부족해 보여서,
예산이 안 될 것 같아서,
매니지먼트에게 거절당할 것 같아서,
누구도 한 번도 안 해본 일이라서,
다른 공연에서 실패했다고 하는 일이라서.

낯설거나 어려워 보이는 일을 자기방어적으로 기피하는 데는
보통 이런 핑계의 클리셰가 무조건 반사로 작동하는데,
이 무조건 반사에 당하지 않기 위해서는
우리의 내면 깊숙한 곳에 있는 무언가를 꺼내와야 한다.
그것은 '스스로에게 부끄럽지 않은 쇼를 만들려는 의지',
'관객, 아티스트, 스태프 모두를 만족시키고자 하는 사명감' 같은,
진부하지만 잊기 쉬운, 공연인으로서 가져야 하는 궁극의 가치들이다.
그 과정은 정말 고통스러웠다.

자, 여러분. 이제 우리 생각을 바꾸자. 하던 대로만 하면 안 돼. 지금 하는 일 모두 중단하고, 우리가 결국 못할 거라고 생각하고 포기했던, 아예 상상조차 하지 않았던 연출안들을 찾아내는 시간을 가지겠습니다. 지금까지 전 세계 스타디움 투어 했던 영상들 싹 다 모아서 리뷰하고, 발전적인 새 연출안 마구마구 짜낼게요. 예산이 많이 들 것 같아도 좋고, 시간이 없을 것 같아도 좋고, 하다 하다 결국 포기하게 돼도 좋으니, 좋은 그림, 멋있는 그림, 무릎을 탁 치다가 무릎이 아파질 만큼의 그림들, 다 찾아봅시다.

그간 갈고 닦은 낭비벽을 맘껏 발휘해보시게.

이제부터 괜찮게 만들어야지.

오….

무릎이 닳아 없어질 만큼 탁 치게.

제가 또 낭비벽과 허영심을 발동해보겠습니다.

형 괜찮으시겠어요?

제가 미국 아티스트 맡겠습니다.

저는 일본으로 가서, 아라시부터 쭉 팔게요.

그간 부러워만 했던 장비들을 싸그리…

오오.

본격 야근 시작인가.

4월, 〈LY 투어〉로 방콕에 다녀오고,

한국에서 만드는 무대 세트 제작이 완료되면

제작소에 가 직접 타보고 작동해보며 수정하고,

완료되는 족족 비행기에 실어 미국으로 보내고,

미국 대사관에 가서 비자 인터뷰를 하고,

브라질 입국에 필요하다는 황열병 예방 접종을 맞고,

일본 ABR을 체크하러 당일치기 출장을 다녀오고,

첫 콘서트의 추억이 어린 광장동 악스홀에서 멤버들과 동선 리허설을 하자,

어느새 미국 프리프로덕션을 위한 출국이었다.

19년 4월 18일 오후, LA행 OZ202편이 이륙한다.

LA 국제공항에 내려

프리프로덕션 베뉴인 혼다 센터가 있는 애너하임으로 향한다.

호텔에 짐을 풀고, 희나, 월리PD와 동네 맥줏집으로 향한다.

'앞으로 두 달 중에 오늘이 가장 편한 날'이라는 건배사와 함께

전의를 다지며, 시차를 이길 꿀잠을 부를 맥주를 들이켠다.

19일 오후, 혼다 센터에 들어선다.

2년 전 〈THE WINGS TOUR〉 때 공연장이었던 곳이라

익숙한 반입구와 대기실이 반갑다.

F9이 속속 도착한다.
여러모로 〈LY 투어〉의 연작 개념인 〈SY 투어〉의
조명과 영상 디자인도 F9이다.
짧은 준비 기간 탓에 그들과 많은 일을 프프 현장에서 해내야 한다.

F9이 만들어 오는 새로운 영상과 조명을 확인하고,
디테일한 큐를 맞춘다.
한국 장비를 모두 꺼내 설치하고 여러 차례 테스트해본다.
특히, 처음 해외로 장비를 보낸 팀들의 장비에서 발견하는 에러들,
이를테면 국제 전기 규격에 맞지 않는 부품들은 새로 사서 교체하고,
급하게 보내느라 적재와 이동이 힘들게 패킹했던 자재들은
미국 무대감독팀의 도움을 받아 새 카트로 옮겨 싣는다.
높이가 맞지 않는 새 제작물들도
바퀴를 떼거나 프레임을 잘라 높이를 정확히 맞춘다.

처음 시도하는 AR 테스트는 공연장 한켠에
배구 코트만 한 공간에서 해보고,
매트릭스 리프트도 설치해 담당자와 큐를 메모리한다.
로보스포트(전통적인 팔로우스포트처럼 사람이 실제로 잡지 않고,
모니터를 보며 오락실 게임하듯 리모컨으로 조종한다)도 테스트한다.

4월 25일 오후, 엿새간의 프프를 마치고 철수를 완료하고
26일 아침, 첫 공연장 로즈볼이 있는
LA 북동쪽 패서디나로 향한다.

프프를 완벽히 하지 못한 탓에 조바심이 났지만,
로즈볼에서의 테크니컬 리허설 시간을 넉넉히 책정해두었으니
어떻게든 첫 공연을 할 수는 있을 거라는 희망을 가져본다.

로즈볼에서의 셋업은 역시 더디다.
규격화된 장비 셋업에는 긴 시간이 걸리지 않지만,
프프를 제대로 하지 못한 파트에서 시간이 많이 지체된다.

29일 밤, 무대 위 세트들에 조명 메모리를 하고,
30일 오후엔 장치물과 세트를 운용해보는 1차 테크니컬 리허설,
밤에는 큐시트 순서대로 해보는 2차 테크니컬 리허설을 치른다.
5월 1일과 2일의 낮시간에는 사운드 튜닝을 하고,
밤시간에는 댄서들이 무대에 올라 자리를 마킹한다.
그리고 3일 아침 9시부터 아티스트 현장 리허설이다.

이즈음, 현장에는 불행하게도 웃음기가 없다.
웃음기만 없는 것이 아니라,
사람 사이의 나쁜 것이란 나쁜 것은 모두 존재한다.

일하는 사람 간의 관계가 나빠지는 것은
나쁜 환경 속에서 일해야 하기 때문인 경우가 많다.
큰 공연을 만드는 데에 있어 '나쁜 환경'이란,
다양한 그룹의 엄청나게 많은 사람들이
충분히 커뮤니케이션을 할 만큼 '충분한 시간'을 확보하지 못한 환경이다.
부족한 시간으로 부족해진 커뮤니케이션은 사람들을 지옥으로 빨아들인다.
사람들은 이 지옥에서 무거운 스트레스를 견디다 스스로를 상처내거나
옆의 친구를 무자비하게 해하거나, 둘 다 할 수밖에 없는 상황에 처해진다.

무례한 언행에 상처받는 내가 가여웠고,
타인을 고려할 여유가 없는 내가 미웠고,
지옥에서 상처를 주고받는 사람들을 보기가 힘들고 미안했다.
스태프들이 좋은 환경에서 일할 수 있게 해야 하는 일에
일말의 책임이 있는 자리의 사람으로서 너무나 괴로웠다.
이 기간 동안 입은 트라우마는 이후로 한참 동안 나를 괴롭혔다.

그리고, 그렇게, 그렇지만, 그럼에도 불구하고,
시간은 무자비하게 흐르고
〈SY 투어〉는 첫 공연을 맞이한다.

2019년 5월 4일, 〈SY 투어〉의 첫 공연날.
낮 12시, 떨리는 마지막 런스루를 하고,
오후 4시, 관객 사운드 체크를 시작한다.
5시에는 전체 관객 입장이 시작되고,
해가 지평선에 삼분의 일쯤 가려진 7시 30분,
오프닝 비디오 큐가 인터컴을 타고 흐른다.

심장이 터져나갈 것 같이 빠르게 띈다.
공연계에 들어온 지 17년 만에, PLAN A를 시작한 지 9년 만에,
BTS를 만난 지 6년 만에, 나와 PLAN A 후배들 손으로 만드는 투어가,
그것도 지구에서 초특급 아티스트만 열 수 있다는
스타디움 투어가 시작되는 순간이다.

오프닝 신은 이 투어에서 가장 공들인 신이다.

관객이 입장하는 동안, 무대는 마치 개장 전 전시장처럼

거대한 조형물 네 덩어리가 흰 천에 가려진 채 관객을 맞이한다.

오프닝 VCR에서 흰 시스루 천에 가려졌던 멤버들이 보이면

무대 위 흰 천도 같이 벗겨져 거대한 그리스 신전 기둥이 드러난다.

VCR이 이어지는 동안 화려한 코멧 화약이 축제 분위기를 돋운다.

Dionysus♪의 웅장한 인트로가 나오는 동안

신전 기둥 사이로 순식간에 거대한 2마리 은색 표범(!)이 생긴다.

바닥에 웅크렸던 표범이 몸을 일으키며 포효하면

표범에 가려져 있던 댄서들이 보인다.

이 인트로 막판에 쏟아부은 화약과 불기둥으로

무대에는 포연이 순간 가득해져 신비로운 느낌마저 주다가,

Dionysus♪ 본 곡이 시작할 즈음엔

어느새 야외의 잔잔한 바람이 이 포연을 걷어가

아티스트의 첫 등장을 드라마틱하게 관객에게 보여준다.

멤버들은 이동식 단상 위에서 뛰고 구르며 격렬한 안무를 선보이고,

14명의 한국 투어팀 댄서와 40명의 LA 현지인 댄서들이

총 10개의 신전 기둥에 오르내리며 넓은 무대를 꽉 채운다.

높이 8m, 몸체 길이 12m에 이르는 거대한 표범 2마리와
최대 높이 3m에 이르는 대형 신전 기둥 세트,
54명의 댄서, 포인트마다 터지는 화약과 불기둥,
넓은 LED를 꽉 채운 신전 형상의 그래픽으로
압도적인 오프닝이 된 Dionysus♪가 끝나면
멤버들은 Not Today♪를 부르며 B스테이지로 걸어나온다.

B스테이지에는 어느새 54명의 댄서가 다시 올라오고
첫 코러스를 시작하기 전 잠시 음악이 멈춘다.
정국이 여유롭게 센터로 다섯 걸음 움직이고
카메라를 향해 '총, 조준, 발사'를 외치면,
기다렸다는 듯 공연장은 또 한번 온갖 화약으로 뒤덮인다.
B스테이지에서 펼쳐지는 61명의 칼군무는 그야말로 장관이다.
(매 도시 바뀌는 현지 댄서 40명 때문에
매번 시간을 쪼개 리허설에 할애했는데, 그 보람이 있었다.)

멤버들이 B스테이지에서 Not Today♪를 하는 동안
A스테이지는 분주하기 짝이 없다.
그 큰 표범 2마리의 공기를 빼고 돌돌 말아 접어서
무대 밑 지하 단칸방에 넣고 뚜껑까지 닫아야 하고,
A스테이지와 윙에 산재해 있는 10개의 신전 세트를
무대 밑으로, 무대 옆으로 치워야 한다.

첫 토크에서 '이곳에 선 것이 꿈같다'던 멤버들은
'Are you ready to fly with us?'라는 멘트로 자연스레
다음 곡 WINGS♪를 이어간다.
B에서 A로 돌아오는 제이홉을 스테디캠이 부드럽게 받아주고
은색 릴샷이 어둑한 하늘을 수놓는다.
멤버들은 C리프트로 퇴장하고, 중간 VCR이 나온다.

솔로 무대의 순서는 〈LY 투어〉와 같다.
다만, 솔로곡들의 크고 작은 연출은 모두 바꿔
같은 곡이지만 새로운 무대를 보여주려 한다.
특히 대부분의 지역에서 〈LY 투어〉가 끝난 지
6개월밖에 되지 않았기 때문에 더더욱 그럴 필요가 있다.

제이홉 솔로 Just Dance♪를 위해 준비한 비장의 무기는
미국 TAIT(미국의 종합 프로덕션 회사)에서 섭외한 매트릭스 리프트다.
가로세로 각 1.1m의 리프트 12개가 모여 매트릭스를 이룬
이 리프트는 윗면과 측면에 모두 LED가 붙어 있고,
12개를 한 번에 컨트롤해 다양한 형태를 만들 수 있다.
다만, 이 큐를 복잡하게 짜놓을수록 (실제 공연 때 이 리프트는
음악에 맞춘 타임코드에 따라 자동으로 움직인다) 출연자는
공연 때 실수 없이 이 리프트 위를 움직이기가 어려워진다.

다른 멤버들도 그렇지만
특히 제이홉은 연습 때부터 공연의 흐름을 빠르게 받아들이고
무대에서도 실수 없이 안정적인 퍼포먼스를 보이곤 했는데,
복잡한 매트릭스 리프트 큐도
한 번에 이해하고 리허설을 소화해 탄성을 자아냈다.

로즈볼 현장 리허설까지 마친 Just Dance♪는 완벽했다.
여유롭게 'Whassup, Rose Bowl!'을 외치며 등장한 홉은
1절을 부르는 동안 쉴새없이 모양을 바꾸는 매트릭스 리프트 위를
사뿐사뿐 뛰어다니며 퍼포먼스를 펼치고,
2절을 시작하며 B스테이지로 걸어나온다.
관객을 리드하며 댄서들과 댄스 브레이크를 선보인 후
워터캐논(!)을 시원하게 터트리며 A스테이지로 들어오고,
A스테이지에 가득한 댄서들과 신나는 마지막 코러스를 부른다.

〈SY 투어〉에서 Just Dance♪로 전진 배치된 워터캐논은
전 도시의 평균 기온, 최저 기온 등을 미리 조사해
공연이 실제로 이루어지는 시간에 워터캐논을 쏘아도 될 만큼
기온이 충분히 높다는 것을 미리 확인한 후 연출에 넣고 장비를 운송했다.

〈LY 투어〉와 같이,
제이홉이 퇴장한 리프트로 정국이 올라오고,
새롭게 변신한 Euphoria♪가 시작된다.

Euphoria♪의 도입은 〈LY 투어〉의 그것과 다르지 않다.
하지만 청량미로 승부한 1절이 끝나갈 때,
정국은 안무 대신 세 걸음 앞으로 나오고
미국 스태프와 한국 무대감독이 정국의 뒤에 바짝 붙어
그가 낚싯바늘 모양 캐리어에 타면 허리와 손목에 안전장치를 채운다.
'저기 멀리서 바다가 들려'에서 캐리어는 무대에서 50cm 떠오르기 시작해
'꿈을 건너서 수풀 너머로'에서는
순식간에 10m를 수직으로 떠올라 정국을 하늘에 띄운다.

이윽고 정국은 플로어 객석 위를 자유롭게 날아다닌다.
비행중에도 여유롭게 객석과 눈을 맞추던 정국은
잠시 B스테이지 상공에서 멈췄다가
2절 코러스에서 더 멀리 그리고 더 높이 객석 위를 날고,
정국이 날아가는 곳마다 관객의 함성이 그를 떠받친다.
정국은 마침내 B스테이지 센터에 안전하게 착지해
기다리던 댄서들과 마지막 코러스를 한 번 더 부른다.

미국 TAIT에서 섭외해 온 3D 와이어 플라잉이다.
스틸트러스와 딜레이 타워, 혹은 경기장 자체 구조물에
4 포인트를 잡아 4줄의 와이어를 달고 그 중앙에 캐리어를 단 후,
4 포인트에 달린 모터가 4 와이어를 서로 유기적으로 당기고 풀어주면
중앙의 캐리어가 상하좌우로 자유롭게 움직이는 시스템이다.
이 와이어를 타는 모두가 반드시 2시간의 안전 교육을 이수해야 한다.

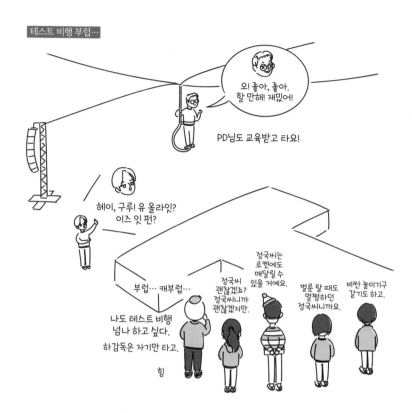

역시 정국이다.

리허설을 수차례 성공적으로 한다 하더라도

실제 라이브에서는 다소 위축되지 않을까 하는 우려도 있었지만,

첫 공연 만에 정국은 모든 우려를 불식시킨다.

탑승중에도 여유로운 미소와 흩날리는 머릿결,

거기에 안정적인 가창, 넓은 시야와 관객 호응 유도까지.

Euphoria♪와, 정국과, 3D 와이어는 찰떡같이 어울렸다.

정국이 아미밤으로 꽉 찬 객석 위를 날아다니는 모습을 잡은 중계는 백미였다.

Best Of Me🎵가 이어지고
에어샷을 한가득 터트려 분위기를 끌어올린다.
이어지는 곡은 지민의 솔로곡 Serendipity🎵다.

Serendipity🎵를 위해 준비한 비장의 무기는 버블 ABR이다.
버블 ABR을 선택한 이유는 크게 두 가지인데
하나는, 이 곡의 앨범 아트 중에 투명 공 안에 들어간
(후반 작업으로 만든 상상의) 지민의 사진이 있었다는 점이다.
둘째로, 〈LY 투어〉 때 이 곡을 부르던 지민이
무대 위로 날아온 비눗방울을 손으로 톡 터트린 적이 있었는데,
그 포인트에서 관객이 열광했다는 점을 상기했다.
그래서 결론적으로 지민을 큰 비눗방울 안에 넣어서
무대로 등장하게 만들고 싶었다.

버블 잉고르지오

Serendipity♪의 전주에
큰 비눗방울처럼 생긴 지름 2.3m의 투명 구가 지하에서 리프트로 올라와
무대보다 1.2m 높은 곳까지 올라간다.
흰색 실크 천이 구와 무대 사이의 높이 차를 우아하게 가린다.
구 안에 키 작은 하얀색 꽃들이 반짝이고,
그 중앙에 지민이 아름답게 (이 표현이 정확하다) 앉아 있다.
절제된 조명이 구를 비추고, 뒤 영상은 잔잔하게 구 주변을 일렁인다.

'온 세상이 어제완 달라 그냥 그냥 너의 기!쁨으로'에서
손가락으로 구를 톡! 건드리는 액션을 하면
비눗방울(처럼 보이는 투명 우레탄 비닐)은 순식간에 뒤로 사라져
마치 비눗방울을 터트린 듯한 신을 연출하면서
뒤 영상도 지민을 중심으로 톡 터지며 퍼져나가는 이미지를 보여준다.

지민은 흰 꽃나무 사이에서 카쏘화(이번에도 살짝 보이는 복근이다)를 쏘고
리프트는 천천히 내려와 지민을 무대에 내려놓는다.
댄서들과 아름다운 군무를 보여주는 동안
광활한 뒤 LED는 우주와 밤하늘을 시원하게 표현하고,
공연장 플로어 여기저기에 설치해둔 40대의 버블 머신은
공연장을 비눗방울로 채운다.

다음은 이 투어의 최대 난제인 RM의 LOVE♬다.
LOVE♬에는 과감하게 AR 기술을 적용했는데,
몇몇 방송에 AR 기술이 쓰인 적은 있었지만
콘서트 (그것도 야외인) 투어에서 적용된 적은 한 번도 없었다.

A스테이지에서 RM이 관객을 등지고 리프트로 등장하면
그의 눈앞에는 스테디캠이 준비하고 있다.
관객을 배경으로 스테디캠을 보며 가창하던 RM은
무대 상수로 한 번, 하수로 한 번 움직이며 관객의 에너지를 모은다.
RM은 여유롭게 객석을 리드하며 B스테이지로 걸어나온다.

2절 브리지 파트부터 AR구간이 시작된다.
무대 위의 RM이 허공에 손짓을 하면
아이맥 속의 RM 앞에는 커다란 하트가 생긴다.
RM 앞에는 세 개의 하트가 차례로 생기고,
무대 위 카메라는 마지막 하트를 뚫고 들어가 RM을 보여주며
AR 활용의 진수를 보여준다.
이윽고 RM의 머리 위에는 갖가지 언어로 번역된 '사랑'이라는 단어가
구름처럼 떠올라 천천히 자전한다.

이윽고 화려한 꽃가루가 B스테이지를 장식하고,
마지막에 RM이 카메라를 향해 손가락하트를 날리면
그의 등뒤 하늘에는 마치 하늘에 RM이 글씨를 쓴 듯
각 도시마다 준비한 RM의 친필 인사가 AR로 떠오른다.

'전 세계 최초로 콘서트 투어에 AR을 적용했다'는 타이틀을 얻는 과정은
아주 복잡하고 지난하고 슬프고 힘들고 거칠었는데,
AR이 여러 사정이 얽힌 B스테이지에서 이루어졌기 때문이다.

B스테이지에 박힌 거대한 로고 세트의 표면이 울퉁불퉁해,
위에 널찍한 고무장판을 깔아야 안무가 가능했다.
그런데 이 고무장판은 야외에서 비를 직접 맞거나
일교차에 의해 이슬이 맺히면 미끄럽기 짝이 없었다.
그래서 미끄럼 방지 테이프를 잔뜩 붙여야 했고,
이 모든 작업이 끝나야 AR팀이 AR 구역을 특정하는
작은 인식 스티커를 촘촘히 붙일 수 있었다.
이 스티커가 붙은 구역만 AR 카메라가 인식할 수 있기에
항상 AR 리허설은 가장 마지막에 급박하게 이루어질 수밖에 없었다.
악천후에 노출된 B스테이지 셋업이 조금이라도 느려지면
작업 순서상 가장 뒤쪽에 있는 AR은 직격탄을 맞았다.
공연중 60여 명의 격렬한 군무에 고무장판이 조금이라도 틀어지면
카메라의 위치 정보도 틀어져 그림이 엉망이 되기 일쑤였다.

그래서 LOVE♬의 AR은 몇 번이나 위기에 봉착했다.
LA 공연에서 조금 불안한 동시에 대성공의 가능성도 보여주었으나
시카고에서는 악천후 덕에 처절한 실패를 거듭해야 했고,
AR이 나오기 직전 미리 프리뷰 모니터로 테스트하고
'확실히 된다'는 사인을 공연중인 RM에게 인이어로 이야기했지만
5초 후 장비가 뻗어 RM이 허공에 손짓만 하고 끝난 적도 있다.

AR이 실제 공연에서 실패를 거듭하며
아티스트에게 신뢰를 잃어갈 때,
나는 진지하게 이 AR 연출을 빨리 포기할까 고민했다.
불안하던 AR은 상파울루에 가서야 안정된 그림을 보여줬다.
불안정한 기술 때문에 리허설을 여러 번 하게 되어 고생한,
때론 무대에서 많은 손해를 감수해야 했던 RM에게도
지면을 빌려 심심한 사과를 전한다.

개척자 정신으로 만든 연출이
개척의 상징인 미 서부에서 시작된 건
우연이 아니니까

나 진짜 그때
너무 죽고 싶었어.

다 믿고 다 싫어서
걍 다 때려치우고
싶었어.

개척자가 겪어야 할
필연적인 과정
아니었겠습니까

그래 그 덕분에
결국 해낸 건 맞아.

RM 넘나 미안.

근데 미국팀은 이걸로
Best Use of AR 상도 타고…

RM의 친필 AR을 본 관객의 함성이 잦아들면,
작은 것들을 위한 시♩의 새 인트로가 나오고
RM은 스테디캠을 받으며 A스테이지로 걸어들어간다.
성큼성큼 걷던 RM이 양팔을 벌리면 RM과 스테디캠 사이로
진과 슈가가 끼어들고, 잠시 후 그 앞에 정국과 제이홉이 끼어든다.
마지막으로 지민과 뷔가 끼어드는 동선까지,
7명의 발랄하고 케미 넘치는 모습을 보여준 스테디캠이 빠지면
최신곡 작은 것들을 위한 시♩가 시작된다.

심플하지만 재기 발랄하게 관객에게 소소한 즐거움을 준 이 동선은
(제이홉 천재설이 돌던) 서울 마지막 동선 리허설 때 급조된다.

짧은 토크 후 몰아치는 BTS Medley♬와 IDOL♬은
숨가쁜 13분의 러닝타임 동안 스타디움을 뜨겁게 달군다.
시간을 머금은 노래는 몸에 인이 박인 함성을 끌어낸다.
아미에게 익숙한 쩔어♬, 뱁새♬, 불타오르네♬가 이어지며
멤버들이 무대를 뛰어다니면 객석은 응원과 떼창으로 가득하다.
EDM 믹스한 IDOL♬에서는 시작부터 신나게 화약을 쏘아올린다.

중간 VCR 후, 무대에는 푸른 얼음벽이 서 있다.
매트릭스 리프트로 벽을 만들고 LED에 얼음을 띄운 것이다.
리프트가 내려가면 흰 침대가 보이고 뷔가 눈을 감고 누워 있다.

으른 섹시 2

이 무대에는 뭘 줄까?
이거 지금 안무가 너무 빡빡하게 들어가 있어서
안무는 좀 덜어내야 할 거 같고.

이 섹시한 분위기를
살리려면…

침대 쎄다.
레알 으른 섹시다.

침대 가시죠.

오… 침대?

침대 저도
한 표!

섹시한 무드의 곡에 침대라는 장치는 클리셰다.
그만큼 잘 어울리고, 그만큼 진부하다.

그래서 독서등 모양 스탠드를 달고 안에 고프로를 설치해
누워 있는 아티스트와 손 내밀면 닿을 듯한 거리에서 눈을 맞추는
비현실적인 앵글을 중계로 관객에게 제공한다.

이 신이 대박을 친 이유는 뷔의 눈빛 연기 때문이다.
뷔는 박자에 맞춰 눈을 뜨고,
다음 박자에 카메라를 정면으로 그윽하게 응시하며 낮게 노래한다.
불과 20초, 뷔의 눈빛이 움직일 때마다 객석엔 높은 레벨의 비명이 터진다.
침대를 내려온 뷔는 예의 그 가면 안무를 선보인다.
아이맥에는 섹시한 무드의 다중 노출 효과를 넣어 보여준다.

Singularity♪의 치명적인 매력은 FAKE LOVE♪로 이어간다.
키네시스로 한껏 기울인 트러스가 조형미를 뽐내는 가운데,
특효 하나 없이 무대에 오롯이 집중한 이 곡에는
예외 없이 무자비한 정국의 복근 카쏘화가 폭발한다.

중간 VCR 뒤에는 슈가의 Seesaw♪다.
전주에 무대 상수에서 파란 아크릴 재질의 문이
무대 중앙으로 미끄러져 들어오고,
슈가는 중앙에서 관객을 등지고 리프트로 올라온다.
뚜벅뚜벅 문 앞으로 걸어간 슈가는 문고리를 잡은 채로
잠시 고개를 돌려 아련한 표정으로 객석을 바라본다(맞다, 카쏘화다).
문을 닫고 들어가면 아크릴 뒤로 슈가의 실루엣이 보이고,
문이 하수로 미끄러져 나가며 제자리걸음하는 슈가를 보여주면
LED에는 도시의 야경이 흐른다. 마치 도시를 걷는 듯하다.

가로 18m, 깊이 1m의 컨베이어 벨트 2줄을 앞뒤로 붙여
문, 아티스트, 댄서, 소품 벤치를 수시로 좌우에서 중앙으로 모으고,
중앙에서 좌우로 흐트러트리며 넓은 무대 활용을 보여준다.
슈가는 벨트 위를 정방향과 역방향으로 걷고 멈추기를 반복하며
제자리걸음, 걷지 않고도 이동하는 모습, 축지법 하듯 빠른 이동 등
다양한 움직임을 보이고, 이에 맞춰 야경 영상도 흐르고 멈추기를 반복하며
영상 앞의 슈가를 돋보이게 한다.

멋있으니까

감독님, 근데 저는
뒤를 왜 돌아봐요?

멋있을 거 같은 거 인정.
믿고 갑니다, 플랜에이 감독님들.

제가 바로 민치명입니다.

LY 때 집 안 느낌을 냈어서,
이번엔 야외 밤거리 걷는 느낌으로
하려고 하고요,

문 열고 거리로 나가는 신인데,
나가기 전에 뒤를 한 번
치명적으로 돌아볼게요.

등장은
리프트로
하고요.

집에 핸드폰
놓고 와서?
아… 아니고.

힘 하나도 안 들이고
눈빛만 빡.
아리스트 맞춤형
연출이랄까?

컨베이어벨트로
신선한 동선을 많이…

그… 그냥
멋있으니까?

치명적으로
뒤돌아보기
왠지 잘할 것 같아.

진의 솔로 Epiphany♫가 이어진다.
대형 피아노 전환을 위해 추가한 전주가 흐르는 동안
지름 1.2m인 반구 형태의 회전 미러볼 6개가 E리프트로 올라와
조명을 반사하며 공연장 가득 아름다운 빛줄기를 뿌린다.
무대 중앙에는 가로 5.2m, 깊이 2.3m의 비현실적으로 큰 피아노에
진이 앉아 조명을 받고 있다.
미러볼과 피아노 모두 Epiphany♫를 위한 신규 제작물이다.
(〈LY 투어〉에서부터 많은 연출안을 제안했던 이 곡은
후술할 〈SY 파이널〉에서 또 한번 변신을 거듭한다.)

〈LY 투어〉부터 수도 없이 부른 덕에
이 곡을 부르는 진의 가창력은 완벽했고,
중간 브레이크 부분과 뒤로 계단을 오르는 동선,
그리고 계단 정상에서의 표정 연기도 아주 자연스러웠다.

전하지 못한 진심♫이 이어진다.
〈LY 투어〉의 B리프트 대신 들어간 매트릭스 리프트를 이용해
4명의 높이를 서로 다르게 설정해 움직이며 다이내믹을 준다.

본 공연의 끝으로 향해 질주하는 Tear♫와 MIC DROP♫은
〈LY 투어〉의 연출을 기반으로 하되 풍성한 화약과 불기둥을 추가한다.

앙코르 첫 곡은 Anpanman♬이다.
B스테이지에 멤버들이 등장하면 거대한 ABR 놀이터가 생겨난다.

하수에는 높이가 다른 10개의 원기둥이 생겨 멤버들은 몸을 던지며 놀고,
상수에는 사람이 통과할 수 있는 구멍들을 낸 큰 아미밤 벽이 생겨
멤버들은 고개를 내밀거나 구멍에 맞춰 앙팡맨 포즈를 취한다.
중앙에는 가로세로 9m, 높이 3.5m의 거대한 미끄럼틀이 생겨
멤버들은 신나게 미끄럼틀을 타고 내려온다.

멤버들은 놀이터의 초딩들처럼 어깨동무한 채 미끄럼틀을 내려오거나
카메라에 잡힌 가창하는 멤버 옆에서 장난을 치는 등
멤버들만의 꽁냥함을 보이며 관객들에게 '앓음'을 선사한다.

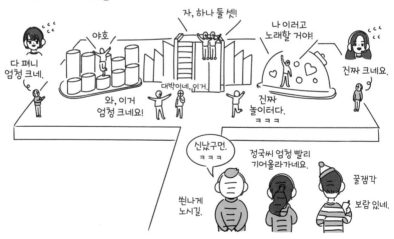

빙탄 테마 파크 개장날
로즈볼 첫 아티스트 리허설

이어진 So What♪에서 멤버들은
쏟아지는 레이저 빛줄기 속에 A와 윙 스테이지를 뛰어다니며
카메라에 한껏 애교를 부린다.
워터캐논과 30초간 집중적으로 수백 발을 쏟아부은 미니 불꽃놀이로
앙코르를 자축한 So What♪은 지민의 볼살과 함께 마무리된다.

어둑해진 밤, 감미로운 Make It Right♪이 시작된다.
멤버들은 스테디캠과 주고받는 신에서 공연장을 수놓은 아미밤을 배경으로
스타디움에서만 만들 수 있는 장관을 만들어낸다.

마지막 토크 후, 〈SY 투어〉의 피날레 곡 소우주♪가 시작한다.
수없이 많은 휴대폰 플래시 라이트가 일제히 켜지면
공연장은 마치 별들이 몰려든 우리만의 우주가 된 느낌이다.
대미를 장식하는 꽃가루가 하늘 가득 뿌려지고,
멤버들은 A스테이지로 돌아가 마지막으로 댄서들과 도열해
허리를 깊이 숙여 관객들에게 인사한다.

멤버들이 C리프트로 마지막 퇴장을 하는 순간,
B스테이지에서는 높이 12m, 폭 6.5m에 달하는
초대형 BTS 로고가 밝게 빛나며 서서히 일어나기 시작한다.
이윽고 2분을 꽉 채운 불꽃놀이가 이 성대한 축제의 끝을 알린다.
멤버들은 퇴장하지만 BTS 로고는 관객들이 모두 퇴장할 때까지
공연장 정중앙에서 빛나며 관객 한 명 한 명과 사진을 찍어주고,
그들의 안전한 귀갓길을 배웅한다.

공연의 대미를 장식한 이 초대형 로고 세트는
많은 관객들의 SNS를 장식할 만큼 멋있었지만,
지금껏 해본 연출·제작 중에 가장 힘든 아이템이다.

여러 팀의 여러 장비가 얽힌 B스테이지에 위치하면서,
이 장비의 투어 운용을 맡은 (리처드를 포함한) 한국 특수효과팀은
빡빡한 셋업 시간에 매일 현장에서 밤을 새우다시피 했고,
악천후라도 만나면 비를 쫄딱 맞기 십상이었다.

공연 인생 최고의 전쟁터였던 첫 도시 LA 로즈볼 공연을 끝내고,
마지막 전투인 철수를 다음날 아침 7시까지 치른다.
아직 비몽사몽중인 2019년 5월 6일 월요일 오후 4시 40분,
시카고행 UA661편이 LA 공항을 이륙한다.
현지 셋업 일정상 화, 수요일은 한국팀의 휴식일이다.

날씨가 심상치 않다. 화요일은 23도까지 올라가던 기온이
수요일 새벽 한바탕 비를 뿌리더니 일몰 즈음 10도까지 내려간다.
여름 기온을 예상하고 가벼운 옷만 챙겨온 스태프들은
이상 저온에 동네 옷집을 들락거리지만
시카고 현지인들도 예상 못한 저온에 두툼한 옷을 거의 팔지 않는다.
(그래서 그나마 구한 두툼한 옷은 거의 같은 브랜드다.)
한국팀이 셋업을 시작한 목요일은 최고 기온이 12도에 불과하고,
'Windy City'라는 별명답게 바람까지 불어 체감 기온은 더 내려간다.
급기야 밤에는 우박까지 떨어지고, 공연날 밤은 7도까지 떨어진다.

야너두

야외 공연에서의 악천후는 가혹하다. 많은 연출을 단숨에 앗아간다.

이상 저온 현상 때문에 워터캐논을 포기한다.

Just Dance♫의 워터캐논을 잃은 제이홉은 이해하면서도 아쉬워하지만

이 기온에 객석에 물을 뿌릴 수는 없는 일이다.

수시로 뿌려대는 비와 우박 때문에 B스테이지 작업은 치명타를 입고,

끝내 RM의 AR이 양일 모두 실패하는 처참한 비극을 맛봐야 한다.

심지어 둘째 날은 공연중에 계속 비바람이 몰아쳐 안전상

정국의 3D 와이어 플라잉을 포기할 수밖에 없다.

높은 미끄럼틀은 돌풍에 아티스트가 휘청이거나 빗물에 미끄러질 것을 우려해

배경으로만 놓고 아티스트 탑승은 제한한다.

시카고 다 미워

우울한 철수를 마치고 13일 월요일 오후 2시,
UA230편으로 뉴저지로 이동한다.
뉴저지도 월, 화에 비가 오고 싸늘해
비극의 시카고를 떠올리게 하지만 수요일부터는 기온이 오른다.
낮에는 20도를 훌쩍 넘고, 밤에도 15도 이상을 유지한다.
목요일에는 모처럼 화창한 날씨가
시카고에서 온 우울한 축축함이 묻은 장비들을 바짝 말려준다.

뉴저지 토요일 공연은 (RM의 AR을 포함해) 무사히 잘 끝났지만,
일요일 공연 전 또 우울한 일기 예보가 날아든다.
공연 시작 한 시간 후에 천둥 번개를 동반한 뇌우가
뉴저지 전역을 덮친다는 예보, 이 경우 공연 중단이 불가피하다.
언제 들이닥칠지 모르는 뇌우에 조마조마하며 일요일 공연을 시작하고,
하늘이 도운 건지 공연중에는 뇌우가 우리에게 마수를 뻗지 않는다.

하지만 철수가 시작되자마자,
천둥 번개가 요란하게 스타디움에 내리꽂힌다.
철수는 수차례 중단되고, 비를 피해 온 스태프들로 대기실이 북적인다.

LA나 시카고였다면 마음을 느긋하게 먹고 눈이라도 잠시 붙였겠지만,
뉴저지 철수는 시간을 지체할 수 없다.
한국·미국의 투어 장비들을 바로 공항으로 이동시켜
패킹하고 통관해 브라질로 항공 운송해야
브라질 셋업 스케줄을 겨우 맞출 수 있기 때문이다.
천둥 번개가 잦아드는 틈을 타 간헐적 철수를 거듭한 끝에
평소보다 훨씬 늦은 시간에 겨우 뉴저지 철수를 끝낸다.

5월 20일 월요일 저녁 6시 30분, JFK를 이륙한 JJ8181편은
남반구로의 긴 비행 끝에 다음날 새벽 5시 30분 상파울루에 착륙한다.

브라질은 역시 브라질이다.
끊임없이 열광하고 환호하는 브라질 아미의 화력은
공연장에 있는 이방인들을 흥분하게 만든다.
브라질 아미들이 자체적으로 노랑, 초록의 셀로판지를
핸드폰 플래시에 붙여 객석을 물들인 이벤트는 감동적이다.
공연이 끝나고 FOH에서 대기실로 돌아가는 동안
공연에 감동받았다며 굵은 눈물을 흘리는 (거의 통곡이다) 관객을 보면
이코노미석에 구겨져 이 먼 곳까지 날아온 보람을 느낀다.

상파울루 철수 후 다시 항공으로 짐을 보내고,
5월 27일 밤 LA8084 비행기로 런던행이다.
뉴욕–상파울루 비행도 밤비행기였지만
시차가 거의 없어 (1시간) 체력이 버틸 만했다.
하지만 상파울루–런던 구간은 밤비행기에 시차가 4시간이었고,
공연이 잘 끝나고 투어에 익숙해지자 긴장도 조금 풀리면서
런던 호텔 도착 직후부터 무지막지한 피로가 밀려온다.

목요일, 드디어 축구 종주국 영국에서 가장 큰 축구 스타디움이자
세계에서 가장 많은 화장실이 있는 장소라는 진기록을 가졌고
그 유명한 라이브 에이드 공연이 열렸던 곳이며
비틀즈, 마이클 잭슨, 마돈나, U2, 테이크댓, 비욘세가 공연한 곳,
웸블리 스타디움에 한국팀 장비가 설치되기 시작한다.

런던 첫 공연은 전 세계 유료 생중계가 계획되어 있어
한층 더 완벽에 완벽을 기해야 한다.
조엘의 미국 프로덕션과 우여곡절 속에 북남미 4도시를 해내며
어지간한 연출 합을 다 맞추고 온 것이 다행이다.
그리고 한국에서 베테랑 카메라 감독 4명을 더 모셔와
완벽한 카메라 합을 보여주려 만전을 기한다.
다만, 원래 디자인에 맞춘 화약류가 미국에서 넘어오지 못해
(영국 수입 통관에 실패했다고 한다)
급하게 런던 현지에서 끌어모은 화약이 빈약한 것이 못내 아쉽다.

6월 1일 저녁 7시 30분,
수많은 수식어가 붙은 웸블리 스타디움에서
전 세계 14만 명의 유료 생중계 시청자와
6만 명이 넘는 현장 관객과 함께 공연이 시작된다.

공연의 시작은 순조롭다.
영국식 악센트와 억양을 가득 넣은 RM의 재치 있는 첫 인사가 이어지고,
날씨가 도와준 덕분에 각종 연출들도 문제없이 실행된다.
공연에 완전히 녹아든 멤버들 표정에는 여유가 넘친다.
모두가 이 아름다운 공연을 마음 놓고 즐기고 있을 때,
대형 사고는 어김없이 우리를 찾아온다.

지민의 Serendipity♪에서 버블이 터지지 않는다.
터지기로 한 타이밍에서 버블은 한 번 들썩하더니
터지지 않고 계속 지민을 감싸고 있다.
한번 더 작동해보지만 여전히 터지지 않는다.
이윽고, 버블은 바람이 빠지며 서서히 찌그러져 지민 위로 스러진다.
스태프가 재빠르게 올라가 버블을 지민 머리 위로 걷어내지만,
이미 이 망한 그림은 수십만 명에게 고스란히 내보내진다.
당황하지 않고 곡을 끝까지 완주한 지민이 고마울 따름이다.

신이시여

천만다행히 버블 ABR 사고 외 다른 사고 없이 첫 공연이 끝나간다.
마지막 멘트에서 진은 프레디 머큐리가 웸블리에서 보여주던
전설의 '에~~~오!'를 영국 관객과 함께하며 축제를 완성한다.

다음날, 우리는 지민에게 또 시련을 안겨준다.

토크중 'BTS 멤버 중에 호그와트 출신이 있다'며 농을 건넨 멤버들은

진이 '스투페파이(기절 주문)'를 외치면 정국이 기절하는 척 연기를 하며

『해리 포터』의 나라인 영국 관객의 호응을 이끌어낸다.

이윽고 지민과 미리 약속한 큐대로, 지민이 상수 쪽을 가리키며

'루모스(빛나게 하는 주문)'를 외치면 상수에서 화약이 터져야 하는데,

현지 화약 컨트롤러의 문제로 안 터진다.

지민은 꿋꿋이 다음 큐인 하수 쪽 '루모스'를 외치지만,

컨트롤러는 복구되지 않고 지민은 연속으로 어색한 상황에 놓인다.

이어진 제이홉의 불 주문에는 불기둥이 시원하게 터져

지민만 주문이 안 먹힌 꼴이 되어 더 미안하다.

한편, 2회차 마지막에는 준비 과정에서
많은 사연이 있었던 Young Forever♪ 이벤트가 있다.
관객 입장 때 미리 관객에게 영상으로 공지했던 이 이벤트는,
엔딩곡 소우주♪가 나오려는 순간
Young Forever♪가 나오면 관객들이 떼창을 하며
이 험한 투어를 소화하고 있는 아티스트를 위로하는 이벤트다.
(사실 나는 매니지먼트가 제안한 이 이벤트의 정확한 취지를 듣지 못했다.
하지만 나에게 관객의 목소리는 '위로'의 목소리로 들렸다)
정국, 지민, 제이홉의 눈물 버튼을 누른 Young Forever♪로
관객과 아티스트는 함께 웸블리에서의 역사적인 공연을 자축한다.

월요일, 유럽의 마지막 도시인 파리로 향한다.
아침에 개인 짐을 실은 트럭이 먼저 출발하고,
가벼운 짐만 챙긴 스태프들은 오후 유로스타로 이동한다.
화요일 하루 휴식일을 가지고,
주말이 아닌 금토 공연을 하는 파리의 스케줄에 맞추기 위해
평소보다 하루 빠른 수요일 오전, 파리의 스타디움으로 향한다.
마지막 파리에서도 변화무쌍한 하늘이 우리를 기다린다.

파리에서는 셋업 시작부터 비가 온다.

투어 내내 비, 바람, 뇌우 등에 시달리다보니

이제 웬만한 비에는 익숙하고, 날씨가 좋으면 어색할 정도지만,

이번에는 대형 태풍, 그것도 공연 시작 시간에 정확히

파리 하늘에 있을 거라는 무시무시한 예보다.

베뉴 외부의 부스는 미리 철수에 들어갔고,

베뉴측은 태풍 상황에 따라 저녁 8시 공연을

1시간 미뤄도 된다고 허락하면서도

밤 11시 30분 전까지 반드시 끝내야 한다고 못박는다.

이 경우, 러닝타임이 3시간에 육박하는 우리는 몇몇 곡을 빼야 해

미리 멤버들과 협의해 삭제할 곡 리스트를 만들어둔다.

태풍 상황에 불가한 연출도 미리 아티스트에게 상기시키고,

전체 스태프에게 딜레이 시간별, 태풍 상황별

연출 변동 내용을 공지한다.

한국을 떠난 지 52일째였던 19년 6월 8일, 파리 공연이 무사히 끝나간다.
태풍은 우리를 잔뜩 겁먹게 했지만,
다행히 대처할 수 있을 만한 시련만 준다.

앙코르 즈음, A-B스테이지를 이어주는 지하 밀차에서
멤버들의 큰 환호 '와! 이제 곧 집에 간다아아아아아아!'가 너무 커
무대 근처 모든 스태프들이 들을 수 있을 정도다.

긴 여정의 마지막 철수를 마치고 꼼꼼히 짐을 패킹한다.
일부는 항공기에 태워 일본으로 가고,
일부는 배에 태워 한국으로 돌아간다.

월요일 낮, 파리에서의 짧은 개인 시간을 가지고,
저녁 7시 50분 OZ502편으로 그립고 그립던 한국행이다.

일본 프리프로덕션 출국까지, 딱 2주의 시간이다.
아이들과 마트에 가 아이스크림을 사 주고,
밤에는 겨울왕국 샴푸로 목욕을 시켜주고,
베개 싸움과 숨바꼭질을 같이 하고,
아빠 산소에 오랜만에 다녀온다.

동시에, 일본행 카고를 패킹하고,
사우디행 카고 리스트를 정리하고,
지나온 투어들의 정산을 하고,
일본 토크 대본을 쓰고,
이 와중에 타 아티스트 공연도 하나 치른다.

이즈음 가장 힘들었던 업무는
그간 미국 프로덕션 매니저가 섭외하고 관리해왔던
미국 프로덕션 중 일부를
일본에서부터는 PLAN A가 오리지널팀으로 영입해
마치 한국팀처럼 섭외-관리-정산까지 하게 된 것이다.

전통의 프프 맛집 마쿠하리에서 일본 프리프로덕션을 시작한다.
일본팀이 〈SY 투어〉에 몇 번 방문해서
미리 디테일을 조율해놓았기에 진도가 빠르다.
중점은 역시 무대 데크 인티그레이션. 여러 대의 리프트와 ABR이 박혀 있는
데크 작업을 일본 무대팀에서 깔끔하게 마무리한다.

첫 공연장인 오사카의 얀마 스타디움으로 향한다.
7월 초중순의 일본이라 당연히 찜통더위와 빗줄기를 각오하고
냉방기기를 총동원해 무대 쪽에 준비했지만,
다행히 생각만큼 덥지도 않고, 비도 이 정도면 귀여운 수준이다.

소소한 연출 수정이 있다.
3D 와이어를 베뉴 천장에 직접 리깅해
비행 반경이 넓어진다.
빡빡한 잔디 보호 규정 때문에 로고 세트를 삭제하고,
공연 시간이 대낮이라 보이지 않을 레이저도 삭제한다.
일본에서 추가로 워터캐논을 섭외해 플로어 외곽에 두른다.
소우주♪ 후에 이동차를 타고 경기장을 한 바퀴 돈다.

일본은 음악시장이 큰 만큼
돔, 스타디움 급 투어가 많아 이동차의 역사가 깊고,
이동차에서 손 흔드는 아티스트의 모습을 유난히 좋아하는 관객 때문에
명실공히 이동차 부문 세계 최강국이라고 할 수 있다.
그래서 일본 이동차 베이스를 섭외하고 그 위에
10월 잠실 파이널에서도 쓸 요량으로 한국에서 만든
구조물, LED, 투명 난간을 설치한다.

오사카 첫 공연이다.
꽤 이른 저녁 8시부터 음향 송출이 제한되었기 때문도 있지만,
주말에는 공연을 이른 시간에 개최하는 일본 특성상
공연이 오후 4시 30분부터 시작이라 일몰은커녕 해가 쨍쨍하다.

다국적 스태프가 합을 맞추는 공연은 완벽하게 흘러간다.
음향 레벨 제한 때문에 사운드가 다소 아쉽지만,
첫날 공연은 지금껏 번갈아 닥쳤던 인재와 천재 때문에
이루지 못했던 연출들을 모두 구현해 아주 만족스럽다.

둘째 날도 끝까지 무사히 지나갈 거라 생각했지만
예기치 못한 오류는 항상 낙관론 속에 일어난다.

천재(天災)인가, 인재(人災)인가

슈가의 문 미스터리를 풀지 못한 채 시즈오카에 도착한다.
도쿄 남서쪽 240km에 위치한 시즈오카는 그야말로 시골이다.
산길(!)을 따라 차로 10여 분 올라가는 동안
한국팀은 '이런 곳에 스타디움이 있다고?' 하며 놀란다.
다시 말해, 교통이 열악한 시골 산에 있는 스타디움에서 공연을 연다는 것,
그것도 2회나 연다는 것은 충성도 높은 거대 팬덤 없이는 불가능하다.

제법 굵은 빗줄기 속에 셋업을 시작한다.
첫날 공연이 시작되어도 비는 꾸준하다.
중간 VCR마다 무대 위 물을 닦아내는 손길이 분주하고,
꼼꼼하게 논슬립 테이핑을 한 B스테이지 무대가 빛을 발한다.
25도를 넘는 기온에 비가 오니 오히려 워터캐논을 신나게 쏠 수 있다.
따뜻한 날씨에 비 오는 야외 공연장에서
관객과 아티스트가 다 같이 비를 맞으며 뛰는 모습은 야외 공연의 백미다.

앙코르가 되어서야 어둠이 내려앉기 시작한 시즈오카의 하늘을
앙코르 마지막 압도적인 불꽃놀이로 장식한다.

LA부터 이곳 시즈오카까지,
대륙을 넘나들며 8도시 16회의 공연을 마쳤다.
마치 정규리그를 치르듯 한 게임 한 게임을 헤쳐나가며
8과 16이라는 숫자를 꾸역꾸역 채워왔다.

기다리던 제대 날짜만큼이나 올 것 같지 않던 긴 투어의 끝.
이제는 잠실에서의 결승전을 준비할 때다.
시즈오카에서 무사히 철수하며 이렇게 정규리그가 잘 끝

난
줄
알
았
는
데,
그
게
아
니
고
연장전이 추가된다.
그것도 미지의 세계인 중동,
사우디아라비아의 수도 리야드에서.

같이 가요, 연장전

중동의 맹주국, 사우디아라비아는 여러모로 흥미로운 나라다.
일단, 21세기에 몇 남지 않은 전제군주 국가다.
영국이나 태국처럼 헌법 아래 왕이 존재하는 것이 아니라,
이곳에서는 왕이 곧 법이자 국가인, 그야말로 무소불위의 최고 권력자다.
국영 정유 회사가 국가 재정의 절반 이상을 책임지는 산유국인 덕분에
세금이 없으며(!), 허드렛일은 인건비가 싼 외국인이 담당한다.
그래서 그런지(?) 사람들이 친절하다. 금요일과 토요일이 주말이다.

대중문화가 척박하고 억압된 사회 분위기였지만,
젊은 왕세자가 2017년 실권을 잡고 온건 이슬람으로 방향을 틀며
여성의 참정권, 운전면허 취득이 허용되고 남녀 혼석도 허용되는 등
다소 완화된 사회 분위기가 형성되었고,
서양 아티스트들이 몇 차례 공연을 열기도 했다.
케이팝에서는 최초로 슈퍼주니어가 19년 7월 콘서트를 제다에서 열었다.

하지만 여전히 안 되는 것도 많다.
엄격한 이슬람 율법에 따라 돼지에서 나온 모든 성분을 먹지 못한다.
술을 만들고 사고파는 것도 불법이며, 외국인에게도 예외가 없다.
해외에서 술을 반입하면 외국인에게도 태형(!)을 때린다.
여성은 외출시 아바야라는
검은색 드레스로 얼굴을 제외한 모든 신체를 가려야 한다.
여권에 이스라엘을 다녀온 흔적이 있으면 입국이 불가하다.

공연 문화의 태동기인 사우디의 공연 시장은 유럽팀이 장악하고 있다.
우리 공연 담당자도 옆 동네인 두바이에서 일하는 유럽인이고,
장비와 인력도 유럽과 두바이 등 여기저기서 끌어모아온다고 한다.

공연 2달 전, 사우디를 담당한 월리PD와 답사를 떠난다.
두바이를 거쳐 리야드에 도착해 공항 밖으로 나오니
에어컨 실외기 100대 앞에 선 것처럼 숨이 턱 막힌다.
밤 10시, 그리고, 아니, 그런데 36도다.

내가 알기로는
모래마저 불태울 것 같이 태양이 내리쬐는 사막도
해가 지고 태양이 물러나 달과 별이 하늘의 주인이 되는 밤이 되면
한기가 느껴질 만큼 추워진다고 했는데, 그냥 다 거짓말이었다.

`이게 밤이냐`

다음날 공연장 답사를 위해
호텔 로비에 모이는 시간은 무려 새벽 6시 30분이다. 이미 35도다.
더 늦으면 더워서 야외 공연장을 답사하기가 힘들다고 한다.
태양은 세상 모든 습기를 증발시켜버리겠다는 듯 새벽부터 강렬하다.

답사 후 리야드에 단 하나 있다는 한식 레스토랑을 찾는다.
공연 때 한식 케이터링을 맡겨도 될지 점검하는 시식 차원이기도 하다.
사장님은 한국 분이지만, 한국 사람이 별로 없는 다른 도시의 한식당처럼
한식, 중식, 일식 등 아시안 푸드 전반을 하시느라 메뉴판이 두툼하다.
식사 후 차량을 기다리며 식당 앞에 서 있던 3분여,
화양연화를 맞은 한낮의 태양이 내 피부를 찢으려는 듯 별을 '발사'한다.

그게 밤이었고 이게 낮이다

리야드 공연 유료 생중계가 확정되어

카메라맨 14명과 메인 팔로우스포트 8명을 한국 스태프로 채우자

C파티는 무려 80명의 대인원이 된다.

여기에는 TAIT팀 6명, AR팀 2명과 일본 무대팀 9명도 포함이다.

프리프로덕션이 없는 리야드 공연이라

일본 프리프로덕션에서 정성스레 만든 인티그레이션 데크를

아예 리야드로 들고 가서 빠듯한 셋업 시간을 해결한다는 복안이다.

한국 해상 카고 외에도 미국에서, 크로아티아에서,

그리고 일본에서 해상과 항공으로 장비가 리야드로 속속 들어간다.

한국에는 가을이 찾아온 2019년 10월 6일,

이번에는 두바이에서 환승하는 리야드행 비행기에 오른다.

생각보다 돼지의 쓰임새가 많다는 걸 깨달은 식량 쇼핑

리야드에 내리자마자 여자 스태프들에게는 아바야가 지급된다.
더위를 피해 다음날 아침과 저녁에 한국 카고를 내린다.
숙련되지 않은 스테이지 핸즈들과, 무지막지한 더위와,
하루에 다섯 번씩 찾아오는 이슬람 기도 시간으로 셋업은 계속 지연된다.
'새벽과 밤에 일하고, 낮에는 더위를 피해 휴식한다'던 로컬팀도
셋업이 촉박하니 낮이고 밤이고 계속 작업이다.

리야드의 랜드마크들이 보랏빛으로 물들어 BTS를 환영한 날 저녁,
실제 공연 시작 시간에 맞춰 아티스트 리허설을 시작한다.

검은 아바야의 여성 관객들이 공연장을 가득 메운 공연날,
내내 30도를 훌쩍 넘는 더위에도 멤버들은 땀을 줄줄 흘리며
스타디움을 가득 채운 3만 명의 관객과
전 세계에서 생중계를 지켜보는 팬들을 위해 열정적인 공연을 선사한다.

리야드 공연의 불꽃놀이는 지금껏 〈SY 투어〉 중 최고다.
공연장 지붕을 따라 360도로 화약을 설치해
어느 쪽 하늘을 올려다봐도 불꽃이 보이는 경험을 선사한다.

리야드의 철수와 귀국 과정은 만만치 않다.
두바이-인천 구간 항공권을 다 구하지 못해 1박을 더 해야 한다.
일본팀은 두바이-도쿄 구간이 태풍으로 결항되어
리야드에서 출발조차 못하고 호텔로 돌아와 1박을 더 한 후,
리야드-두바이-마닐라-도쿄로 항로를 바꾸고 나서야 출발한다.

더 큰 문제는 카고다.
4개국에서 해상과 항공으로 나뉘어 리야드에 들어온 장비는
각기 들어온 방법대로 나가기로 되어 있었는데,
리야드 세관에서 '해상이든 항공이든 하나로 몰아서 나가라'며
갑작스러운 변덕을 부린다.
당장 8일 후 잠실 셋업을 해야 하는
우리에겐 불행히도 선택지가 없다.
잠실에서 써야 하는 장비들 때문에,
급하지 않은 장비까지 항공으로 운송해야 하고,
이 때문에 막대한 항공 운송 비용이 추가로 발생한다.
울며 겨자 먹기로 급히 섭외한 화물기는
서울로 바로 가지 못하고 홍콩을 경유하여 서울로 향한다.

연장전인 사우디아라비아 공연이 끝나고,
이제 〈LY 투어〉부터 이어진 〈SY 투어〉의 대장정의 마지막,
잠실주경기장이다.

〈LY 투어〉의 첫 공연장이었던 잠실주경기장으로
1년 2개월 만에 다시 돌아온 우리의 마지막 숙제는
〈BTS WORLD TOUR LOVE YOURSELF : SPEAK YOURSELF THE FINAL〉
(이하 〈SY 파이널〉)이라는 아주 긴 이름이 붙은
〈SY 투어〉의 마지막 공연을 성대하고 안전하게 치러내는 일이다.

전무후무한 주경기장 3회(주말 공연 후 월요일은 휴식일이라,
마지막 공연은 심지어 평일 화요일이다) 매진 공연에 올 15만 관객,
(BTS는 이 공연으로 '잠실주경기장에서 가장 많은 콘서트를 한
아티스트 2위'에 오른다. 1위는 데뷔 50년차 조용필 선생님이다.)
공연 당일 라이브 뷰잉과 인터넷 생중계를 볼 관객,
그리고 향후 발매될 DVD까지 볼 관객을 포함하면
이 공연을 관람할 최종 총 관객수는 가늠이 불가능할 정도다.

그리고 이제는 로컬 프로덕션 없이 PLAN A와 한국 프로덕션이
오리지널팀과 로컬팀의 역할까지 모두 수행하며
오롯이 이 공연을 모두 책임져야 하고,
더 많아진 다국적 외국인 스태프까지 함께 안고 가야 한다.

〈SY 투어〉로 세상에서 가장 높은 곳까지 오르며
산전수전공중전까지 다 마친 투어팀은
〈SY 파이널〉에 투입되는 새 장비를 위한
프리프로덕션까지 완벽히 마치고 주경기장 셋업을 시작한다.

〈SY 파이널〉 셋업 현장에는 시간이 부족하다.
직전 주말까지 주경기장을 쓴 팀이 빠져나간 후인
2019년 10월 21일 월요일 아침에서야 셋업을 시작한다.
금요일 저녁 아티스트 리허설까지 딱 4.5일,
그리고 언제 어떻게 변해 우리를 괴롭힐지 모를 날씨를 고려하면
그날의 작업량은 그날 반드시 마무리지어야 한다.

일본팀과 TAIT, AR팀이 속속 입국하고,
마지막까지 함께하는 F9도 입국해 반갑게 인사를 나눈다.

날씨의 도움으로 착착 진행되던 셋업 현장에 비보가 날아든다.
리야드를 출발해 화요일 오후 도착하기로 한 카고가
수차례 딜레이를 거듭해, 현장 스케줄이 제대로 꼬인다.
매트릭스 리프트와 인티그레이션 데크, 표범 ABR 등이 포함되어 있어
가장 중요한 A스테이지 작업이 계속 밀리기 때문이다.
전 팀이 재정비된 스케줄에 맞춰 비상 대기다.
투어팀의 저력은 이런 비상 상황에서 빛난다.
30시간이나 딜레이된 배송에 한참 늦어진 스케줄을
한국, 일본, 미국팀이 수요일 밤을 새우며 단숨에 따라잡는다.

금요일 저녁, RM이 LOVE🎵 리허설을 막 시작하려는 순간,
난데없이 강한 소나기가 쏟아져 리허설이 중단된다.
1년 전 태풍을 겪었고, 〈SY 투어〉 내내 비에 시달린 탓에
습관처럼 일기 예보를 확인하곤 했다.
하지만 이날은 분명 '강수 확률 0%'였는데도
거짓말처럼 20여 분간 하늘에 구멍이라도 난 듯 폭우가 쏟아진다.
돌이켜보면, 잠실에 있는 열흘 동안 딱 그 순간에만 비가 왔다.
어쩌면 〈SY 투어〉 내내 전 세계를 따라다니며 우리를 괴롭혔던 비가
마지막 공연 전에 투어팀에 작별인사를 하러 왔던 것 같다.

높고 푸른 가을 하늘이 찬란한 토요일, 첫 공연이 시작된다.
불길이 높은 한국산 불기둥이 시원한 저녁 공기를 날카롭게 가르고,
한껏 풍성해진 화약과 표범으로 Dionysus🎵를 연다.
오랜만에 우리말로 첫인사를 하는 멤버들 얼굴엔 이미 미소가 가득하다.
일본과 사우디까지 함께한 일본인 스테디캠 감독님과 멤버들이
WINGS🎵에서 주고받는 호흡은 이제 완벽 그 이상이다.

이어진 VCR, 화면 안의 정국이 스탠드 등을 켜는 순간
공연장의 수많은 아미밤도 센스 있게 반짝인다.
92%가 넘는 경이로운 페어링을 기록한
잠실 관객들 덕분에 가능한 연출이다.

투어에서 TAIT팀과 끝없이 갈고닦은 Just Dance♪와 Euphoria♪는
그만큼 갈고닦은 아티스트의 경험과 함께 여유롭게 잠실을 물들인다.
모두 일어선 관객과 신나게 뛰는 곡은 VJ를 새단장한 Best Of Me♪다.

크리스털처럼 투명한 새 버블을 터트린 Serendipity♪에서는
공연장 여기저기에 설치한 100대(!)의 버블 머신이 켜진다.
특히 마지막 공연날에는 바람의 도움으로 버블이 정말 예쁘게
하늘 높이 날아올라 100대를 설치하느라 특수효과팀이 고생한 보람이 있다.

AR을 가지고 놀 듯 여유 있는 RM의 LOVE♪에서는
3일간 매일 마지막 메시지를 바꾸며
팬들에 대한 사랑을 귀엽게 표현하고,
넓은 객석을 캔버스 삼은 아미밤은 가사 내용에 따라 반짝인다.

잔뜩 꾸러기 표정을 지은, 작은 것들을 위한 시♪와
신나는 떼창을 MR 삼은 BTS Medley♪가 지나고 VCR이 끝난 후,
침대에 천으로 반쯤 결박(!)된 뷔가 모습을 드러낸다.

가뜩이나 으른 섹시미를 발사하던 뷔의 솔로 무대는
버건디색 천을 덧씌워 붉게 물들인 침대와
뷔의 몸에 휘감은 반짝이는 붉은 망사 천,
그리고 흑두루미를 연상시키는 재질의 검은 코트로
잠실 관객의 탄성을 자아낸다.

새 벤치와 VJ로 단장을 한 Seesaw♪에서는
객석의 아미밤이 건물 숲 VJ를 반사한 듯 객석을 건물 숲으로 물들였다.

이어진 진의 Epiphany♪는 가장 큰 변화를 준 무대다.
〈LY 투어〉 때부터 많은 연출안을 잡아먹은 이 곡은
〈SY 투어〉의 끝인 〈SY 파이널〉에 와서야 가장 잘 맞는 연출을 찾았다.

반구 미러볼이 돌며 분위기를 잡은 인트로가 지나면
무대에는 하얗게 빛나는 직육면체 프레임이 올라오고,
첫날에는 '(머리로 이마를 덮어 이마를)안깐진', 둘째 날부터는 '깐진'으로
헤어스타일을 바꾸며 등장한 진이 안에 서 있다.
진의 전후좌우에서 빗줄기가 진을 빗속에 가두듯 끝없이 쏟아진다.
'레인 부스'라고 부른 무한급수 프레임이다.

에피파니 연출의 대략 52번째 아이디어를 위한 프리프로덕션

물도 거의 안 날리고, 좋은데요?

근데, 저 나갈 때 물 잠깐 꺼주실 거죠?

좌아아아아

쏴아아아아

오, 좋은데?

백회PD가 점심 쏘는 거면 물 꺼주고!
ㅋㅋㅋ

에피파니만 도대체 연출을 몇 번 만드는 거야.

인트로에는 레인 부스로 서정적인 분위기를,
엔딩에는 헤더 LED와 리프트를 활용한 압도적인 발라드를 선보이며
끝없이 토해내야 했던 Epiphany♬의 연출안을 마무리짓는다.

전하지 못한 진심♬ 후, B스테이지에서 Tear♬가 시작된다.
B스테이지 테두리에서 난데없이 불길이 일어 무대를 불의 테두리 안에 넣는다.
80m가 넘는 길이인 '라인 버너'의 위용이다.

앙코르를 외치는 동안, 3층과 4층 스탠드 객석에 아미밤으로
보라색 바탕에 흰 글씨로 'SPEAK YOURSELF'를 쓴 신은
이 공연의 상징적인 사진으로 남는다.
자신들만의 파도타기를 연거푸하며
(부재중인) 아티스트와 서로를 응원하는 관객들의 모습도 귀엽다.

Anpanman♬의 놀이터 ABR도 새로 제작된 것이다.
'놀이터에서 함께(!) 노는 소년들의 꿍냥함'이 더 잘 보이도록
멤버 4명이 동시에 타도 될 만큼 넓은 슬라이드를 만들고,
정상부를 넓은 원형으로 만들어 다 같이 놀 수 있게 했다.
또, 이 ABR을 빠르고 깔끔하게 전환하기 위해
B스테이지에 대형 슬라이딩 데크를 제작해넣었다.
빠르고, 튼튼하고, 보기에도 깔끔해 만족도가 높았는데,
사실 지하에서는 4명의 스태프가 열심히 체인이 걸린 레버를
(누군가의 표현에 따르면 '로마시대 노예처럼') 돌려야 했다.

So What♬의 신나는 미니 불꽃놀이가 끝나면
밤하늘 야외의 감성이 넘치는 Make It Right♬이다.
이 곡은 〈SY 투어〉에서 'ARMY TIME(전 관객이 아티스트를 향해
같은 글귀의 슬로건을 한 곡 내내 드는 시간)'을 위한 곡이었는데
마지막인 잠실에서는 거꾸로 'BTS TIME'을 선보인다.
그간 슬로건을 열심히 들어준 관객에게 답장을 보내자는 의미로,
그날 그날 멤버들이 직접 쓴 문구를 곡의 마지막에 든다.
'우리의 처음과 끝은 항상 너야',
'걱정 마, 우리는 이미 서로의 의지야',
'방탄이란 은하수에 아미란 별들을 심다',
3일간 멤버들이 전한 답장에 많은 관객들이 감동을 받는다.

투어의 마지막 도시, 마지막날, 마지막 토크 순서다.
이쯤 되면 아티스트들도 진심이 터져나온다.
언제나 개구진 진도 울컥하느라 토크를 몇 번이나 멈추고
RM은 시작하기도 전부터 눈물이 조명에 반짝이더니
끝내 굵은 눈물을 뚝뚝 흘린다.
이어서 소우주♬를 부르는 멤버들의 목소리엔 눈물이 묻어 있다.

소우주♬에서 드론쇼는 5분간 밤하늘을 멋지게 장식한다.
여러 종류의 행성, BTS와 아미 로고 모양으로 변하는 드론은
관객들에게 새로운 볼거리를 제공한다.

아티스트의 뜨거워진 눈시울이 연신 카메라에 잡히며
소우주♬ 본 곡이 마무리되면 긴 후주가 기다리고 있다.
3명, 4명 양쪽으로 나뉘어 이동차에 탑승하고,
경기장을 크게 한 바퀴 돌아 반대편에 내린다.

대미를 장식하는 마지막 불꽃놀이는 상상을 초월한다.
엄청난 예산을 투여해, 검은색 밤하늘을 정확히 2분간
화려한 불꽃이 만발한 꽃밭으로 바꾼다.
각 화약류의 각도와 높이를 모두 계산해 시뮬레이션하며 디자인한,
특수효과팀이 엄청난 공을 들여 준비한 불꽃놀이다.
공연장 규정상 밤 9시 30분까지만 불꽃놀이가 가능해
9시 28분이 되면 무조건 스타트 버튼을 눌러야 했는데,
그래서 3일 내내 시작하는 타이밍이 다르다.
첫날은 이동차를 타기도 전에, 둘째 날은 이동차 위에서,
셋째 날은 이동차를 내리자마자 불꽃놀이가 시작하는데,
그 실제 시각은 모두 9시 28분으로 동일하다.

여전히 뜨거운 눈시울에
한 마디만 하려하다 백 방울의 눈물이 날까
끝내 한 마디도 하지 못하고 손만 흔드는
RM의 상기된 표정이 기억에 깊이 남는 퇴장을 마지막으로
이 긴 투어의 여정은 끝난다.

그리고…… 그런 RM을 바라보는 제 표정도 아마
RM의 표정과 별반 다르지 않았을 것입니다.

마지막 공연이 끝나고,
대기실에서 마지막 인사를 나눴습니다.
7년이 조금 넘는 동안 많은 프로젝트에서
셀 수 없이 많은 횟수의 공연을 함께한
BTS와 PLAN A의 이별 인사였습니다.

웃으며 기념사진을 찍고,
서로의 앞날을 진심으로 축복하고,
두 팔 벌려 뜨겁게 포옹하는
아름다운 이별.

그 이별 선물이었는지, 〈LY 투어〉가 〈SY 투어〉로 끝나기까지
30개 도시에서 62회의 공연으로 현장에서만 200만 명이 넘는 관객을 만난
(여러 2차 콘텐츠까지 합치면 550만 명이 관람했다고 합니다)
이 긴 투어는 상복도 넘쳐났습니다.
아메리칸 뮤직 어워드는 이 투어를 'Tour of the Year'에,
틴 초이스 어워드는 'Choice Summer Tour'에 선정했습니다.
티켓마스터의 '2019 Touring Milestone Award'에도 선정되었고,
영국의 매거진 『NME』는 별 다섯을 부여하며 만점짜리 투어라 평하며
웸블리 공연을 'Music Moment of the Year'에 선정하기도 했습니다.
케이팝의 세계를 오랫동안 여행중인 사람으로서,
여정의 중간 즈음에서 만난 가슴 벅찬 일이었습니다.

긴 여행을 다니다보면
여정이 비슷한 사람들을 만납니다.
기차역 플랫폼에서, 유적지의 매표소에서,
게스트하우스의 거실에서, 맥줏집의 계산대에서.
우연으로 만났든 필연으로 만났든,
마음이 맞고 목적이 같으면 반나절을 혹은 며칠을 동행하고,
그러다가 어느 갈림길에서는 서로 다른 길을 택하기도 합니다.
그리고 또 며칠 후 어딘가에서 마주쳐 다시 동행이 되기도 합니다.

이미 출발해버린 긴 여행에서
'지금부터 끝까지' 함께할 동행을 만난다는 것은
쉬운 일도 아니고, 좋기만 한 일도 아닙니다.
여행의 본질은 여러 동행을 만나고 헤어지면서
크고 작은 아쉬움과 반가움을 겪는 중에
오롯이 혼자 있어도, 누가 옆에 있어도 흔들리지 않는
자신을 만드는 과정에 있기 때문입니다.
세상의 끝까지 같이 갔던 7년의 긴 동행이 끝난 것은 아쉽지만
익숙함이 여행의 목적은 아니기에 아쉽기만 한 것은 아닙니다.
PLAN A가 하고 있는 긴 여행은
우리가 만들 길을 따라 계속될 테니까요.

'정상에 서서 다음 걸음부터는 오르막이 없는 것을 알게 되는 순간'이
'화양연화'의 정의라면, 마지막 잠실주경기장 공연은
우리의 공연 인생에 첫 화양연화였습니다.
그래서 〈화양연화 ON STAGE:EPILOGUE〉의 엔딩 VCR에서
제가 멤버들에게 했던 '화양연화의 끝에는 뭐가 있을까?'라는 질문에
이제는 우리가 답을 찾을 차례입니다.

그래서 PLAN A는 창작의 열정에
BTS와 쌓은 아주 두툼한 경험을 더해
또다른 아티스트와,
또다른 공연으로,
또다른 공연장에서
사람들을 매혹시키는 멋진 콘텐츠를 만들며
두번째 정상, 세번째 화양연화로 향하는
거친 오르막길을 거침없이 오르고 있습니다.

케이팝이 전 세계에 퍼지고 있는 지금,
바야흐로 케이팝 시대를 최선두에서 항해하는 PLAN A는
앞으로도 무궁무진한 새 콘서트 연출기를 써나갈 것입니다.

생각했던 것보다 1년여나 더 걸릴 만큼
책을 쓰는 데 아주 오랜 시간이 걸렸습니다.
계획보다 페이지도 많이 늘어났고, 퇴고의 시간도 길었습니다.

이 책을 시작하며 마음먹었던 목표,
공연에 관심을 가진 사람들에게 실마리를 주고,
PLAN A가 연출해온 BTS 공연의 의미와 역사를 기록하겠다는 목표가
이 책으로 이루어졌기를 바랍니다.

더불어, 코로나 바이러스가 처참히 무너트린
전 세계 공연계에서 고통받는 많은 동료들에게
이 책이 찰나의 위로라도 되었으면 합니다.
시큰한 조명 포그 내음을 함께 맡고,
심장을 울리는 스피커 소리를 같이 들을 수 있는 날이
빨리 다시 오기를 바랍니다.

마지막으로 이 책이,

9년 전 『김피디의 쇼타임』 이후 다음 책을 은근히 기다리셨을

사랑하는 어머니에게 막내아들이 드리는

좋은 선물이 되기를 바랍니다.

이제 한글을 읽고 쓰기 시작한 윤이와, 곧 그렇게 될 연이가

'나는 왜 아기 때 아빠와 같이 찍은 사진이

다른 친구보다 현저히 적지?'라는 의문을 품게 될 때쯤,

이 책으로 그 의문을 풀고 아빠를 이해할 수 있기를 바랍니다.

해외 출장이 많은 남편 때문에 혼자 고생 많았던 유진에게

책의 두꺼운 분량만큼이나 깊은 고마움과 사랑이

이 책으로 전해지길 바랍니다.

2021년 2월 10일 0시 52분,

언젠가 올 긴 터널의 끝을 기다리며, 서초동 사무실에서

지금부터는 아주 길고 사소한 개인적인 이야기입니다. 그렇지 않아도 두꺼운 책을 여기까지 읽어오시느라 고생하셨는데, 여기서 멈추셔도 '이 책 다 읽었다'고 할 수 있으니, 지금 남은 책장을 덮으셔도 괜찮습니다.

세 시간에 육박하는 공연이 끝나면, 마지막에는 엔딩크레디트 VCR이 있습니다. 아티스트가 이 공연 연습을 하는 과정을 담은 영상 위에, 여러 스태프들의 이름이 길게 올라가는 VCR입니다. 관객들은 영상의 아티스트 얼굴을 한번 더 보기 위해 마지막까지 남아 있기도 합니다. 그런데 이 영상은, 스태프들에게는 아주 작은 글씨로, 그것도 많은 스태프들 사이에 끼여 있어 잘 찾기도 힘든 자신의 이름을 발견하고 보람을 느끼는 짧은 순간이기도 합니다. 동시에, 행여 내 이름이 빠지거나 오타가 나지는 않았는지 마음 졸이기도 합니다. 이 책을 끝내는 시점에서, 이 책 안에서 일어난 사건들을 겪는 동안 제 인생에 출연하셨던 여러분들을 위한 저만의 엔딩크레디트를 쓰려 합니다. 여전히 작은 글씨지만, 쫓기듯 올라가는 VCR 속의 이름이 아닌, 활자로 남는 이 크레디트로 그분들께 제 진한 감사 인사를 드립니다.

먼저, 그들의 소년기의 마지막과 청년기의 시작을 함께한 우리 멤버들 얘기를 하지 않을 수 없습니다. 남준군, 이제야 밝히지만 내 최애는 남준군이었어요. 사려 깊고 배려할 줄 알고 인내할 줄 아는 친구를 리더로 만나서 정말 행운이었습니다. 그리고, WINGS 파이널에서의 본싱어 랩, 내가 들은 인생 랩이었습니다. 다른 한 날개인 석진군, 터프한 환경에서도 항상 유쾌하게 모두를 대해줘서 스태프들이 속으로 많이 고마워했어요. 그 많은 공연을 하면서도 (적어도 겉으로는) 한 번도 아프지 않은 멤버였죠, 석진군의 내구성에 감사를 표합니다. 윤기군, 막상 시키면 뭐든 다 잘하는 민PD. 공연 연출은 어떻게 하면 할 수 있는지, 플랜에이에 들어가려면 어떻게 해야 하는지 꼬치꼬치 물던 웨이크업 VCR 촬영장에서의 모습이 아직 눈에 선합니다. 윤기군은 잘될 줄 알았어요. 다음엔 꼭 양꼬칫집에서 만날 수 있기를, 그리고 몸과 마음이 모두 행복한 친구로 살길 기원합니다. 호석군, 시끄럽고 번잡한 대기실에 연출팀이 들어갈 때마다 큰소리로 '감독님 오셨다, 멤버들 모이세요'라고 외치며 회의 분위기를 잡아줘서 고마웠어요. BTS가 잘되는 큰 이유 중에 하나는 호석군이 팀에 조용한 카리스마로 자리잡고 있어서라고 확신합니다. 벌룬 탈 때 안 무섭다고, 괜찮으니 타보라고 했던 거 미안해요, 나도 처음 탔을 땐 사실 좀 무서웠어요. 지민군, 많은 아티스트를 봐온 저조차도 탄성을 자아내게 하는 아름다운 무브와 그에 어울리는 목소리를 겸비한 지민군의 무대 위 퍼포먼스를 내심 많이 아꼈습니다. 친근하게 연출팀에게 장난 거는 모습을 한동안 보지 못할 것 같아 많이 아쉽습니다. 태형군, 항상 자기 몫을 다하며, 마지막 공연에서는 스탠바이까지 빨라져 이제 정말 완벽한 모습의 태형군. 더 깊어진 눈빛만큼, 더 깊은 사람이 될 거라 믿습니다. 막내 정국군, 못하는 게 없는 황금막내 근육 재간둥이. 하늘 높이 올라가는 벌룬을 타도, 와이어를 타도 무대를 유유히 즐기는 모습은 정말 인상적이었어요. 사슴 같은 눈을 꿈뻑이며 사투리 억양이 섞인 수줍은 목소리로 얘기하던 정국군이 그립습니다. 정국군이 많이 보고 싶을 거예요.

BTS 이전 2AM부터, 햇수로 딱 10년을 같이한 빅히트 엔터테인먼트에 감사를 전합니다. 어떤 찬사를 붙여도 부족한 방PD님, 처음부터 끝까지 유쾌하게 리드해주신 비즈니스맨이자 동시에 감각적인 윤석준 대표님, 긴 시간 형제처럼 그리고 친구처럼 정을 나눈 김동준 실장님, 깊은 사람이 무엇인지 알려주는 누나 같은 이상화 실장님, 연출 파트너로서 인정할 수밖에 없는 멋진 퍼포먼스 디렉터 손성득 팀장님, 비주얼 디렉터 김성현 팀장님께 특히 감사드립니다. 음악제작팀, 콘서트사업팀, 콘텐츠사업팀, 매니저팀, LC팀, 댄서팀, 밴드, 룸펜스에도 감사드립니다. 항상 따뜻하게 조언해주시는 빅히트 재팬의 이명학 대표님과, 류무열 팀장님 이하 직원분들께 감사드립니다.

국내외에서 함께 공연을 만든 제작사들께 감사합니다. CJENM의 김윤주 국장님, 이유경님, 강민이님, 이동엽님, 김혜선님과 파워하우스 하천식 대표님, 라이브네이션의 김형일 대표님, 남현영 이사님, 송진형 팀장님 감사합니다. 재미진사무소 김소현 실장님과 김지윤 팀장님, 조프로덕션의 조윤택 실장님, 퍼플카우의 남대현 실장님, 덕분에 평안하게 국내외를 돌 수 있었습니다, 감사합니다.

BTS 투어의 까다로운 프로덕션을 같이 만들어준 해외의 로컬 프로덕션을 빼놓을 수 없습니다. Bangkok의 New, Title과 IME의 정천애 이사님, Singapore의 Kiat, Hongkong의 Traven(and Team Impact!), Taipei의 Jeffrey, US의 (미운 정만 든) Joel, (고운 정이 많이 든) Terry에게 감사합니다. 웬만한 한국 친구보다 자주 만나던 일본 PROMAX의 Andy 이사님, 은지상, 유리상, 김진아 통역님과 통역팀, 무대감독 Ishiyama상, 니혼스테이지의 Takemura상, 특효팀 최영은 감독님께 깊은 감사를 드립니다. 그리고, 눈인사는 많이 했지만 이름을 미처 못 외운 전 세계의 많은 로컬 프로덕션 스태프들께도 감사 인사를 전합니다.

한국 프로덕션 스태프를 쓰기에 앞서, 한국팀과 혼연일체로 투어를 돈 외국 스태프들을 잊을 수 없습니다. 유럽 가면 맥주 친구가 되어주는 귀여운 형 Richard, 런던에서 도쿄까지 한달음에 달려와준 Michael, 최강의 Team TAIT(Simon, Kiel, Dan, Gab, Didi, Daniel), 많은 풍파를 겪어 풍파가 없으면 어색했던 AR팀의 Neil과 Luca에게 감사합니다. 멋진 조명과 영상을 선사한 F9의 악동 Jeremy와 포근한 Jackson, 감사합니다.

지금부터가 이 엔딩크레디트의 하이라이트, 한국 프로덕션입니다. (다만, BTS 투어의 역사가 긴 만큼 함께했던 스태프들도 워낙 많아, 투어팀은 부득이 〈SY 투어〉 중 '상파울루에 계셨던 스태프' 위주로 쓰겠습니다. 삐지시는 분 없기를 간절히 바라봅니다.) 애정하는 무대감독팀 SH Company의

하태환(그간 함께한 아이돌이 하도 많아 '아이돌의 아버지'라 불림), 한은영, 주환열, 윤선경, 이세화, 김민수 감독님. 시크한 츤데레인 음향팀 트라이스타의 옥정환, 윤민석, 오성택, 김현수 감독님. 유쾌한 프로툴 엔지니어 박진세(워리어스 팬), 정우영(볼빨간 투덜이 스머프 느낌) 감독님. 아이돌 공연 중계에서 신의 영역에 계신 중계팀 D-take의 김형달(레드불렛부터 창립멤버), 양원탁(양신이라 불린 남자), 남주형(AR로 고통받으심), 한상일(지하를 오가느라 고통 받으심), 강현준(탑캠 등 궂은일 전문), 지철, 이희종, 채형우 감독님. 아름다운 레이저를 뿌려준 레이저팀 LF의 소재우(소레자. 묵묵맨 코스프레 하지만 실은 유쾌한 수다쟁이) 감독님. 드넓은 스타디움을 캔버스 삼아 아름다운 그림을 그린 팬라이트 컨트롤팀 LF의 류모아 감독님. 툴툴거려도 믿음직한 조명팀 LF의 오희승(오리), 고경남(고여사), 최보임, 박미소, 고은빈(셋 중에 누가 여권 잃어버렸더라?) 감독님. PLAN A의 오랜 동료인 LED팀 좋은미디어의 권용욱(창립 멤버이자 돌아온 탕아) 감독님. 믿고 일하는 전식팀 아트데코의 마경원(전식왕이 된 창립 멤버), 이건우, 박상호, 오은서 감독님. FOH의 심장이 되어준 미디어서버팀 라이브랩의 한다희 감독님. 화려한 날갯짓을 보여준 키네시스팀 우일시스템의 박기철(보기와 달리 마음이 여림), 조은비, 맹태영 감독님. 많은 소품에 힘들었을 무대팀 위대영(찰리) 감독님. 항상 웃는 얼굴로 함께 해주시는 특수효과팀 블레이즈의 이현수(사랑합니다), 송향진(형도요), 이조렬(생각하면 그냥 웃음이 남), 김성민, 엄경윤, 전동민, 정우진, 김세환, 전재윤 감독님. 지하세계를 넘나들며 ABR을 탄탄하게 운영하신 ABR 운용팀 씨큐의 이윤용, 유성엽, 권현우, 홍성민 감독님. 터프한 스케줄과 환경에도 큰 사고 없이 운송해준 운송팀 디메르코의 김웅기(리키) 팀장님. 모두 긴 투어 동안 고생하셨습니다, 감사합니다.

투어에 자주 게시지는 않았지만 감사할 분들이 있습니다. 멋진 무대 세트로 공연에 따뜻한 숨결을 불어넣어주신 무대 세트팀 유잠의 유재헌 실장님, 최고의 ABR을 만들어주신 ABR 팀 강동우 대표님, 해외팀에 지지 않는 멋진 VJ 만들어 주신 ALIVE의 공하얀마음 감독님, 급박한 상황에서도 예쁜 무대 미술을 선보인 메이트아트의 조효진(불사조) 실장님, 투어팀의 귀를 열어주신 인터컴팀 아이엑스코의 이민호 대표님, 일본에서 멋진 대본 함께 써주신 김미래 작가님, 힘들여 만든 투어를 멋진 DVD로 남겨주신 플레이컴퍼니 조형석 대표님, 송태렬 감독님, 정경한PD님, 감사합니다.

투어 담당자들이 현장에 집중할 수 있도록 뒷바라지해주시고, 부족한 연출팀에 물심 양면으로 도움을 아끼지 않으신 LF의 신두철 대표님, 트라이스타의 김영일 대표님, 좋은미디어 정해영 대표님과 정원영 실장님, 아트데코 이나기 대표님과 곽무석 이사님, 라이브랩의 추봉길 대표님과 정혜정 실장님, 우일시스템의 박우성 대표님과 김준석 대표님, 메이밴 손성수 대표님과 김성연 실장님 등 각 사 대표님들과 실장님들, 진심으로 감사합니다. 오랜만에 한국에서 공연하면 항상 제일 먼저 찾게 되는 레이허팀 로버스트의 김성태 실장님, 발전차팀 파워라인의 이기중 대표님, 감사합니다.

다분히 개인적으로, 투어에 힘들어하던 제가 해외에서 찡찡대면 카톡으로, 한국에서 찡찡대면 불러다가 밥과 술로 어르고 달래시며 흔들리는 제 멘탈을 잡아 주신 신두철 대표님, 정원영 실장님, 두 분 선배님께 특히 감사드립니다. 투어를 같이 다니며 외로운 호텔 독거 연출에게 좋은 친구가 되어 준 하감, 웅팀, 마차장에게 감사합니다.

마지막으로, 이 책의 공동저자라고 해도 손색없을 정도로 함께 긴 여정을 걸어온 PLAN A 멤버들에게 가장 고맙습니다. 레드불렛 무대 크루부터 스타디움 투어의 연출에 오르기까지, 긴 시간 동안 저와 별별 일을 묵묵히 다 겪어낸 김희나PD. 초고속 성장으로 스타디움 투어 연출에 오른, 다방면에 관심과 재능을 가진데다 허둥미까지 겸비한 서동현PD. 16년 무덥던 여름 어느 날 무작정 출근해 바 의자를 나르다가 이제는 뭐든 믿고 맡길 수 있는 만능캐가 된 김혜윤PD. 매력적인 탕아의 기질과 따뜻한 천재의 기질을 가지고 외국인 아저씨들을 신나게 부려먹은 이지민PD. '잘해야 본전인 일(대본, 차량 스케줄, 팬라이트 연출안)'을 맡아 '잘하니 대박인 일'로 바꿔놓았고, 대본 리딩 때면 멤버들을 휘어잡는 카리스마를 선보이던 김백희PD. 끝이 없는 덕후 기질과 조용한 리드로 연출과 프로덕션 매니지먼트 모두에서 힘이 된 강서림PD. 긴 코로나의 어두운 터널을 지나며 얼마 전 몇몇 PD들과 이별하게 되어 아직도 마음이 아픕니다. 언젠가 다시 만나 즐겁게 일할 수 있는 날이 오기를 바라는 동시에, 그런 날이 오지 않는다고 해도 여러분들이 가는 길을 응원합니다. 여러분과 일하는 동안 정말 고마웠어요. 지난 투어를 추억하며 맥주잔을 부딪칠 날을 기다립니다. 더불어, PLAN A와 투어팀을 위해 헌신한 김오름PD, 한효민PD와 지금껏 길게 혹은 짧게라도 PLAN A를 거쳐간 여러 후배 PD들. PLAN A의 빛나는 PD들 덕분에 PLAN A가 BTS뿐 아니라 여러 아티스트의 공연을 즐겁게 만들며 성장할 수 있었습니다. 긴 시간 가파른 오르막을 함께 올라온 PLAN A의 PD들에게 고개 숙여 감사드립니다.

케이팝 시대를 항해하는 콘서트 연출기
소극장에서 웸블리 스타디움까지, 케이팝 콘서트 연출 노트

1판 1쇄 2021년 3월 22일
1판 5쇄 2024년 6월 17일

지은이 김상욱
그린이 김윤주

책임편집 변규미 편집 이희숙 박선주 이희연 디자인 김선미
마케팅 김도윤 김예은
브랜딩 함유지 함근아 고보미 김희숙 박민재 박다솔 조다현 정승민 배진성
제작 강신은 김동욱 이순호

펴낸이 이병률
펴낸곳 달
출판등록 2009년 5월 26일 제406-2009-000034호

주소 10881 경기도 파주시 회동길 455-3
✉ dal@munhak.com
🐦 f 📷 dalpublishers
전화번호 031-8071-8683(편집) 031-8071-8681(마케팅) 팩스 031-8071-8672

ISBN 979-11-5816-133-0 03810